Vierhapper, Friedrich; Lii

Bau und Leben der Pfla..ᵤₑₙ - ın zwoelf gemeinverständlichen Vorträgen

Vierhapper, Friedrich; Linsbauer, Karl

Bau und Leben der Pflanzen - in zwoelf gemeinverständlichen Vorträgen

Inktank publishing, 2018

www.inktank-publishing.com

ISBN/EAN: 9783750110854

Bau und Leben der Pflanzen

In zwölf

gemeinverständlichen Vorträgen

von

Dr. Fr. Vierhapper   und   **Dr. K. Linsbauer**

Assistent am botanischen Garten
und Museum der Wiener
Universität

Privatdozent, Assistent am pflanzen-
physiologischen Institut der Wiener
Universität

Mit 22 Abbildungen

WIEN, 1905
Verlag von Carl Konegen

Vorwort.

Auf Einladung des Herrn Verlegers entschlossen sich die Verfasser, ihre im Winter 1903 im Wiener Volksheim abgehaltenen „volkstümlichen Universitätskurse" zu veröffentlichen. Wenngleich sich der Text dieser Vorträge nicht genau mit dem gesprochenen Worte deckt, was schon aus dem Grunde unmöglich ist, weil bei den Vorträgen auf Demonstrationen und Experimente ein Hauptgewicht gelegt wurde, so ist doch im allgemeinen Umfang und Anordnung des Stoffes und soweit als tunlich die Art der Darstellung beibehalten worden, welche auf die Hörerschaft, die sich aus den verschiedensten Berufszweigen zusammensetzte, Rücksicht nehmen mußte. Da manche Hörer nur den ersten Vortragszyklus besuchten, während andere wieder zum zweiten Kursus neu hinzukamen, mußten die Verfasser bestrebt sein, in jeder Serie von Vorträgen ein möglichst abgerundetes Ganze zu bieten. So erklärt es sich, daß bereits im anatomischen Teile manche physiologische Kapitel gestreift wurden, um den Zusammenhang zwischen dem Bau eines Organs mit seiner Funktion hervortreten zu lassen, während im zweiten Teile zum besseren Verständnis der Lebensvorgänge auf manche anatomische Tatsache hinzuweisen war.

Wien, im Februar 1904.

Die Verfasser.

5

Inhalt.

Der Bau der Pflanzen.

7

Das Leben der Pflanzen.

Literatur.[*]

Büsgen, Bau und Leben der Waldbäume. Jena, Verlag Fischer, 1897. 225 S.

Cohn, Die Pflanze. Vorträge aus dem Gebiete der Botanik. 2. Aufl. Breslau, Verlag Kern, 1896. 2 Bde.

Haberlandt, G., Eine botanische Tropenreise. Leipzig, Verlag Engelmann, 1893. 296 S.

Kerner, A., Pflanzenleben. 2. Aufl. 2 Bde.

Knut, P., Grundriß der Blütenbiologie. Kiel und Leipzig, Verlag Lipsius, 1894. 102 S.

Kohl, F. G., Pflanzenphysiologie. Kursus wissenschaftlicher Vorlesungen für Lehrer und Lehrerinnen zu Marburg. Marburg, Verlag Elwert, 1903.

Zeitschriften, welche über die Ergebnisse der botanischen Forschung in populärwissenschaftlicher Weise regelmäßig berichten:

Naturwissenschaftliche Rundschau. Herausgegeben von W. Sklarek, Braunschweig.

Naturwissenschaftliche Wochenschrift. Herausgegeben von H. Potonié. Berlin.

Prometheus. Herausgegeben von O. N. Witt, Berlin.

Schriften des Vereins zur Verbreitung naturwissenschaftlicher Kenntnisse. Selbstverlag, Wien.

---

[*] Das nachfolgende Verzeichnis beschränkt sich auf die Aufzählung einiger populärwissenschaftlicher Werke, die ein tieferes Eindringen in den vorgetragenen Gegenstand ermöglichen, ohne spezielle Fachkenntnisse zu erfordern. Die Darstellung selbst stützt sich hauptsächlich auf die bekannten Hand-, beziehungsweise Lehrbücher von Strasburger, Noll (Jenenser Lehrbuch), Schimper, Warming, Wettstein, Wiesner. Ein genauerer Quellennachweis ist bei dem populären Charakter dieser Schrift wohl nicht am Platze.

Der Bau der Pflanzen.
(Pflanzenmorphologie.)

— —

Sechs Vorträge

von

Dr. Fr. Vierhapper.

Systematische Übersicht über die Hauptgruppen des Pflanzenreiches.*)

Abkürzungen: Ff. = Farbstoff, Fg. = Fortpflanzung, u. = ungeschlechtlich, g. geschlechtlich, Z. = Zelle, veg. vegetativ.

1. Stamm: *Myxophyta.*
Einzellig oder vielzellig.
Veg.-Z. membranlos. Heterotroph. Fg. u.

   1. Kl. *Myxomycetes* (Schleimpilze)

2. Stamm: *Schizophyta.*
Einzellg oder Coenobien.
Veg.-Z. mit Membran. Fg. u.

   1. Kl. *Schizophyceae* (Spaltalgen)
    Autotroph. Ff. Phycocyan
   2. Kl. *Schizomycetes* (Bakterien)
    Heterotroph

3. Stamm: *Zygophyta.*
Einzellig oder Coenobien.
Veg.-Z. mit Membran. Autotroph. Ff. Chlorophyll. Fg. u., bei höheren g.

   1. Kl. *Peridineae* (Peridineen [Geiselalgen]). Zellwand: Zellulose Längs- und Querfurche und Geisel. Ff. Chlorophyll-Peridinin
   2. Kl. *Bacillarieae* (Kieselalgen) Zellwand: Zellulose - Kieselsäure. 2 Schalen Ff. Chlorophyll-Diatomin
   3. Kl. *Conjugatae* (Jochalgen) Zellwand : Zellulose. Ff Chlorophyll

4. Stamm: *Euthallophyta.*
Einzellig oder vielzellig.
Veg.-Z. mit Membran. Fg. u. und g.

   1. Kl. *Chlorophyceae* (Grünalgen) Autotroph. Ff Chlorophyll
   2. Kl. *Fungi* (Pilze) Heterotroph

5. Stamm: *Phaeophyta.*
Vielzellig. Veg.-Z. mit Membran. Autotroph. Ff. Phycophaein. Fg. u., selt. g.

   1. Kl. *Phaeophyceae* (Braunalgen)

6. Stamm: *Rhodophyta.*
Vielzellig. Veg.-Z. mit Membran. Autotroph. Ff. Phycoerythrin. Fg. u und g.

   1. Kl. *Rhodophyceae* (Rotalgen)

7. Stamm: *Cormophyta.*
Vielzellig. Veg.-Z. mit Membran. Autotroph (selten heterotrph.). Ff. Chlorophyll. Fg. g., oft auch noch u. Gliederung in Wurzel. Stamm. Blatt.

   1. Kl. *Bryophyta* {1. *Musci* (Laubmoose)
    (Moose) {2. *Hepaticae* (Leberm.)
   2. Kl. *Pteridophyta* (Leitbündelkryptogamen, Farnpflanzen)
    1. *Filicinae* (Farne)
     a) *Isospore*, *b*) *Heterospore*
    2. *Equisetinae* (Schachtelhalme)
     a) *Isospore*, *b*) *Heterospore*
    3. *Lycopodinae* (Bärlappe)
     a) *Isospore*, *b*) *Heterospore*
   3. Kl. *Anthophyta* (Blütenpflanzen)
    1. *Gymnospermae* (Nacktsamige)
     a) *Cycadinae* (Farnpalmen) *b*) *Ginkgoinae* (Ginkgogewächse), *c*) *Coniferae* (Nadelhölzer), *d*) *Gnetinae*
    2. *Angiospermae* (Bedecktsamige)
     a) *Monocotyledonae* (Einkeimblättrige)
     b) *Dicotyledonae* (Zweikeimblättrige)

Stamm 1—6 und Stamm 7 Kl. 1—2 sind die „Kryptogamen" der älteren Systeme, während Stamm 7 Kl. 3 den „Phanerogamen" entspricht.
Die Pflanzen der ersten sechs Stämme kann man auch als Lagerpflanzen (Thallophyta) den Sproßpflanzen (Cormophyta) des siebenten Stammes gegenüberstellen.

*) Nach Wettstein. Handbuch der systematischen Botanik. I. Band. 1901. Wien. Deuticke.

1*

13

Erster Vortrag.

Hugo von Mohls Lehre, daß die Pflanzen ebenso wie die Tiere einen einheitlichen inneren Aufbau besitzen, indem alle Teile ihres Körpers aus einerlei in den verschiedensten Formen auftretenden Elementarorganen, Zellen genannt, bestehen oder der ganze Pflanzenleib eine einzige solche Zelle ist, gehört zu den bedeutendsten Errungenschaften, welche die Botanik im vorigen Jahrhunderte zu verzeichnen hat. Diese heute über alle Zweifel erhabene Tatsache entspricht unserem Bedürfnisse nach einer einheitlichen Naturauffassung in ebenso vollkommener Weise, wie etwa das sogenannte periodische System der Elemente in der Chemie, und ist mit der von Lamarck und Darwin begründeten Theorie von der Entwickelung der gesamten Tier- und Pflanzenwelt aus gemeinsamem Ursprunge viel leichter in Einklang zu bringen als die alte Ansicht, daß der Pflanzenkörper aus drei verschiedenartigen Elementen: „Bläschen", „Fasern" und „Röhren" zusammengesetzt ist.

Zur Erleichterung des Verständnisses des Baues der Pflanzen dürfte es sich empfehlen, zunächst einige allgemeine Angaben über das Grundorgan des Pflanzenkörpers, die Zelle, zu machen. Alle jene Eigenschaften und Erscheinungen, durch welche sich die lebende von der leblosen Welt unterscheidet, also vor allem der Stoffwechsel, bestehend in der Aufnahme und Verarbeitung der Nahrung und Abgabe gewisser auszuscheidender Substanzen, das Wachstum und die Fähigkeit der

14

Fortpflanzung, kommen auch schon dem Elementarorgan der ersteren, der Zelle, zu.

Um uns über den Bau der Zelle im allgemeinen zu orientieren, vergegenwärtigen wir uns der Einfachheit halber einen Organismus, der aus einer einzigen, nach allen Seiten gleichförmig ausgebildeten Zelle besteht, zum Beispiel ein Individuum der sehr häufigen, auf Baumrinden, Holzzäunen, Mauerwerk und dergleichen grüne Überzüge bildenden Alge *Pleurococcus vulgaris* [1]. Solch ein Individuum ist mit freiem Auge kaum wahrnehmbar, hat, wie wir unter dem Mikroskop sehen können, die Gestalt eines kugeligen Bläschens und besitzt einen Durchmesser von circa $4-6\,\mu$.[2]. Es zeigt uns ohne jegliche Komplikation die wichtigsten Bestandteile einer Zelle. Der Inhalt besteht aus einer farblosen, feinkörnigen Masse, welche sich bei näherer Untersuchung als eine zähschleimige Flüssigkeit erweist, die viele kleine Körnchen enthält. Diese Flüssigkeit samt den Körnchen heißt Cytoplasma. Dasselbe wird von einem dünnen, festen, durchsichtigen, hauptsächlich aus Zellulose bestehenden Häutchen, der Zellwand oder Zellmembran, eingeschlossen. Den von der Zellwand umgebenen Raum nennt man das Lumen der Zelle. Im Cytoplasma liegen mehrere grüne ellipsoidische Körperchen, welche bedeutend größer sind als die Körnchen des Cytoplasmas und in die Kategorie der Chromatophoren (Farbstoffträger) gehören. Die Grundsubstanz derselben ist Cytoplasma und enthält einen Chlorophyll genannten Farbstoff, dem die *Pleurococcus*-Kolonien ihre grüne Färbung verdanken. Ferner enthält das Cytoplasma noch ein scharf umschriebenes, kugeliges, farbloses, sehr leicht färbbares Gebilde, welches, von ähnlichem, aber dichterem Gefüge als das Cytoplasma, die Chromatophoren an Volumen bedeutend übertrifft, den Zellkern, und schließlich an ihrem starken Lichtbrechungsvermögen leicht kenntliche Öltröpfchen. Außer den Chromatophoren und dem Zellkerne treten im Cytoplasma älterer Zellen vieler Pflanzen

[1] Vergl. Abb. 5.
[2] $1\,\mu = 0{,}001\,mm$.

noch Hohlräume auf, die mitunter beträchtliche Größe erreichen und mit einer sauer reagierenden Flüssigkeit, dem
Zellsaft, erfüllt sind, die sogenannten Vacuolen[1], welche
sich oft zu einer einzigen großen, mittelständigen Vacuole,
dem Saftraum, vereinigen, ferner Stärkekörner, Kleber-
körner (Aleuron), Kristalle usw. Im Zellkerne finden
sich in Ein- oder Mehrzahl die Kernkörperchen. Setzt
man der lebenden Zelle wasserentziehende Mittel (Glyzerin,
Zucker- oder Kochsalzlösung etc.) zu, so tritt sogenannte
Plasmolyse ein, das heißt es zieht sich das Cytoplasma zusammen, tritt von den Wänden zurück und es entsteht zwischen
Cytoplasma und Zellmembran ein leerer Raum, gegen welchen
das erstere durch ein überaus zartes, aus cytoplasmatischer
Substanz bestehendes Häutchen, den Primordialschlauch,
abgegrenzt ist. Auch gegen die verschiedenen Einschlüsse
in seinem Innern, die Chromatophoren, Vacuolen, den Zellkern usw., grenzt sich das Cytoplasma durch ähnliche Haut-
schichten ab.

Cytoplasma, Zellkern und Chromatophoren[2] sind die
wesentlichen Bestandteile einer Zelle und werden zusammen
Protoplasma oder schlechtweg Plasma genannt. Jenes
wunderbare Etwas, das wir Leben nennen, ist an das Protoplasma gebunden. Wo kein Protoplasma, dort ist kein Leben.
— Ein besonders wichtiger Bestandteil ist auch die Zellmembran[2]. Nicht jede Zelle hat jedoch eine Zellmembran und
auch das Protoplasma ist nicht in allen Zellen in die drei
wesentlichen Bestandteile gegliedert. Es gibt vielmehr unbehäutete Zellen, denen der Kern und die Chromatophoren
fehlen und in welchen das ungegliederte Plasma — Archiplasma genannt — allein die Funktionen des Lebens versieht.

Zellen, wie die *Pleurococcus*-Individuen, welche ein in
Cytoplasma, Kern und Chromatophoren gegliedertes, mit einer
Zellwand umgebenes Protoplasma besitzen, weisen bereits eine
beträchtliche Arbeitsteilung auf, so zwar, daß die Membran
das Cytoplasma, den eigentlichen Träger des Lebens, als

[1] Vergl. Abb. 6, Fig. 1, 2.
[2] Vergl. Abb. 4.

schützende Hülle umgibt und die für die Ernährung und das
Wachstum nötigen wässerigen mineralischen Lösungen ungehindert passieren läßt, während der Primordialschlauch des
Plasmas gewissermaßen über die aufzunehmenden Substanzen
eine Entscheidung trifft, indem er nur für gewisse Substanzen
passierbar ist, der in den Chromatophoren aufgespeicherte
grüne Farbstoff im Sonnenlichte die Umwandlung der anorganischen Nahrung in Bestandteile des Zelleibes vollzieht, sie
assimiliert, und der Kern vor allem beim Wachstum und
bei der Fortpflanzung von großer Bedeutung ist. Bei Zellen,
denen die Zellhaut fehlt, vertritt die cytoplasmatische Hautschichte deren Stelle, in kernlosen Zellen vereinigt das ungegliederte Archiplasma in sich die Funktionen des Cytoplasmas
und des Kernes. Entbehren endlich alle Zellen einer Pflanze
der chlorophyllführenden Chromatophoren, so ist diese nicht
imstande, anorganische Nahrung in organische Substanz um-
zusetzen, sie muß vielmehr schon verarbeitete Nahrung aufnehmen und heißt heterotroph, im Gegensatze zu den
autotrophen Pflanzen, welche, weil sämtliche oder doch
viele ihrer Zellen geeignete Chromatophoren besitzen, zur selbständigen Assimilation befähigt sind.

Wir ersehen also aus dem bisher Gesagten, daß eine
einzige Zelle selbst dann, wenn sie nur aus Archiplasma besteht, alles das in sich vereinigt, was es ihr ermöglicht, sich
zu ernähren, zu wachsen und sich fortzupflanzen, mit einem
Worte zu leben, und es darf uns demnach nicht wundernehmen, wenn wir bei der Betrachtung der verschiedenen
Formen des weiten Pflanzenreiches vielen Typen begegnen
werden, welche zeitlebens einzellig bleiben.

Der Körper der höher organisierten Pflanzen ist stets
vielzellig und weist eine äußerliche Gliederung in verschiedene
Teile auf, welche, insoferne als sie im Dienste verschiedener
Funktionen stehen, Organe genannt werden.

Wir werden uns im folgenden bei der Besprechung des
Baues der Pflanzen, soweit es sich um höherstehende Formen
handelt, mit dem Bau ihrer Organe zu beschäftigen haben
und hierbei mit Vorteil die vor allem dem Stoffwechsel

dienenden Vegetationsorgane gesondert von den Fortpflanzungsorganen behandeln.

Die einzelligen und die auf niedriger Entwicklungsstufe stehenden vielzelligen Pflanzen sind nicht in dem Sinne wie die höheren in Vegetations- und Fortpflanzungsorgane gegliedert. Alle Lebensfunktionen werden hier entweder von einer einzigen Zelle besorgt, oder es beteiligen sich alle Zellen in gleicher Weise an den Aufgaben des Stoffwechsels und der Fortpflanzung. Aber auch sie sollen hier eine getrennte Behandlung erfahren, indem im ersten Abschnitte der Bau ihres Körpers, im zweiten aber die Art und Weise ihrer Fortpflanzung besprochen wird.

I. Die Vegetationsorgane.

1. Die Lagerpflanzen *(Thallophyta)*.

Der Vegetationskörper (Thallus) der den niedrigen Stämmen des Pflanzenreiches angehörigen Formen besteht oft nur aus einer einzigen Zelle oder ist ein Aggregat mehrerer Zellen, von denen jede einzelne eine gewisse Selbständigkeit bewahrt, indem sie bei zufälliger Isolierung als selbständiger Organismus weiterlebt, und heißt dann Coenobium. Erst vom vierten Stamme an aufwärts begegnen wir wirklich vielzelligen Pflanzen, deren Körper im allgemeinen eine um so größere Arbeitsteilung aufweist und im Zusammenhange damit um so komplizierter gebaut ist, eine je höhere Stellung sie im Systeme einnehmen.

Die Arten des nur heterotrophe Typen umfassenden ersten Stammes, der Schleimpilze, haben mehrere Entwickelungsstadien und sind nur im ersten und zweiten, als sogenannte Schwärmer und Amöben, einzellig. Die Schwärmer, welche unmittelbar aus dem Fortpflanzungsorgan, der Spore, hervorgehen, sind membranlose Zellen mit Cytoplasma und Kern. Wie schon der Name sagt, sind sie beweglich. Sie tummeln sich entweder durch Schwingen eines zarten fädlichen Fortsatzes des Cytoplasmas, der Cilie, herum oder kriechen durch langsames Ausstrecken von Fortsätzen (Pseudopodien) auf dem Substrate dahin (amöboide

Bewegung). Später verringern die Schwärmer ihre Beweglichkeit — die eine Cilie tragenden ziehen dieselbe ein — und werden zur Myxamöbe, deren Bewegung stets eine amöboide ist.

Der zweite Stamm zerfällt in zwei Reihen; eine autotrophe, die Spaltalgen, und eine heterotrophe, die Spaltpilze oder Bakterien. In beiden Reihen sind die meisten Formen einzellig. Die Zelle der Spaltalgen ist meist kugelig, unbeweglich und hat eine Membran, welche gewöhnlich in eine nicht aus Zellulose bestehende Innenschichte und eine leicht gallertig verquellende Außenschichte geschieden ist. Als Zellinhalt tritt ein peripherischer Chromatophor auf, welcher einen zentralen, farblosen Teil, den Zentralkörper, umschließt. Ein Zellkern wurde nicht beobachtet. Der Chromatophor enthält außer Chlorophyll noch einen meist blauen Eiweißkörper, das Phycocyan, welches mit dem Chlorophyll die meist blaugrüne Färbung dieser Algen bedingt. — Die Spaltpilze oder Bakterien haben die kleinsten Zellen, die wir überhaupt im Pflanzenreiche kennen (bis zu 0·1 μ). Die Bakterienzelle hat keinen Kern, ihr undifferenziertes, durch die leichte Färbbarkeit an Kerne erinnerndes Plasma ist Archiplasma. Statt der Zellmembran ist nur eine verdichtete plasmatische Außenschichte vorhanden, von welcher der archiplasmatische Inhalt ähnlich wie ein Brotleib von seiner Kruste umgeben wird. Als heterotrophe Formen entbehren die Bakterien des Farbstoffes. Sie haben die Form von Kugeln: *Coccus*, geraden Stäbchen: *Bacterium* (ohne Geiseln), *Bacillus* (mit Geiseln) und gekrümmten oder gewundenen Stäbchen: *Spirillum* (mit Geiseln), *Spirochaete* (ohne Geiseln). Sehr mannigfaltig ist ihre Bewegung. Die kleinen, geisellosen Kokken haben die eigentümliche, wimmelnde Bewegung kleinster Teilchen, zum Beispiel sich bildender Mikrokristalle von Jod, welche Brownsche Molekularbewegung genannt wird. Die mit Geiseln ausgestatteten Formen (*Bacillus, Spirillum*) bewegen sich mit Hilfe dieser überaus feinen plasmatischen Fäden, die *Spirochaete*-Arten endlich durch schlangenartiges Krümmen und Winden ihres biegsamen Zelleibes.

Von den Typen des dritten Stammes, den stets autotrophen Jochalgen, sind die Geiselalgen, die einen
wesentlichen Bestandteil der schwebenden Wasserflora, des
pflanzlichen Planktons, bilden, zumeist einzellige, überaus
mannigfaltig geformte Organismen. Sie haben stets eine zumeist aus zwei oder mehreren Platten bestehende, oft in horn-
oder flügelförmige Fortsätze erweiterte Zellulosemembran, im
Cytoplasma einen deutlichen Kern und große, meist korn- oder
plattenförmige Chromatophoren, welche nebst Chlorophyll oft
noch einen zweiten Farbstoff, das braune Peridinin, enthalten und dann eine gelbe oder braune Färbung besitzen. Sehr
oft sind sie durch zwei aus einer Öffnung der Membran, der
Geiselspalte, hervortretende Geiseln beweglich, welche
im Ruhestadium in je einer an der Oberfläche befindlichen
Furche, der Längs- und Querfurche, ruhen. — Auch die
zweite Untergruppe der Jochalgen, die Kieselalgen, weist
größtenteils einzellige Formen von sehr verschiedenartiger
Gestaltung auf. An ihnen ist vor allem die Zellmembran auffällig, welche aus zwei stark verkieselten, ungemein zart ge-
zeichneten und skulpturierten, voneinander getrennten Platten,
die wie Boden und Deckel einer Schachtel übereinander-
greifen, besteht. Der Kern ist meist in einer zentralen Plasma-
ansammlung eingelagert, an deren beiden Seiten sich meist
große Vacuolen und je ein durch eine Mischung von Chlorophyll und einem braunen Farbstoff, dem Diatomin, braun
gefärbter Chromatophor befinden. Sehr kompliziert ist die
Bewegung dieser Pflanzen. Sie äußert sich in einem langsamen
Hinkriechen in der Längsachse und wird durch Strömungen
des Plasmas veranlaßt, die, aus dem Innern der Zelle her-
vortretend, an der Oberfläche derselben verlaufen. Glüht man
Kieselalgen, so bleiben nur die kieselreichen Schalen zurück,
deren unendlich feine Struktur dann noch deutlicher zu Tage
tritt. Größere Ansammlungen von Schalen ausgestorbener
Kieselalgen früherer Erdepochen bilden als Kieselguhr
eines der wichtigsten Überbleibsel aus längst vergangenen
Erdepochen unter den niederen Pflanzen. — Auch in die
dritte Gruppe der Jochalgen, die Konjugaten, gehört

eine große Abteilung stets einzelliger Organismen, die
Desmidiaceen, ausschließlich Bewohner des Süß- und
Brackwassers, welche sich zum Unterschiede von den Geisel-
und Kieselalgen nicht aus eigenem, sondern, soviel bis jetzt
bekannt, nur auf Veranlassung von Licht oder infolge chemi-
scher Reize bewegen. Ihre Membran ist eine einfache, weder
verkieselte, noch auffällig skulpturierte Zellulosehaut. Zu
beiden Seiten des mitten im Cytoplasma liegenden Kernes
befindet sich je ein großer, oft sehr zierlich geformter Farbstoffträger, der nur Chlorophyll enthält und die grüne Färbung
dieser schönen Algen bedingt.

In der vierten Gruppe, den eigentlichen Lagerpflanzen, gibt es, namentlich unter den autotrophen Formen,
den Grünalgen, viele einzellige Arten (zum Beispiel der
oben erwähnte *Pleurococcus vulgaris*), welche sich von den
einzelligen Desmidiaceen hauptsächlich dadurch unterscheiden,
daß sie ebenso wie die Zellen der Blütenpflanzen nicht zwei
große, sondern mehrere oder viele kleine körnchenförmige
Chromatophoren, Chlorophyllkörner genannt, besitzen. Andere
Färbungen, wie zum Beispiel bei der den roten Schnee
bildenden einzelligen Alge, werden durch im Zellsafte der
Vacuolen gelöste Farbstoffe veranlaßt. Manche dieser einzelligen Formen sind mit Hilfe von Geiseln beweglich, welche
das Protoplasma durch äußerst feine Öffnungen der Zellwand
nach außen entsendet. — Unter den drei höchst organisierten
Stämmen gibt es keine einzelligen Arten.

Die Coenobien der einzelnen Klassen bestehen aus Zellen,
welche denen der einzelligen Formen der entsprechenden
Klassen im Baue vollkommen gleichen, so daß hier eine besondere Beschreibung der Zellen selbst überflüssig ist.

Als Coenobien kann man zunächst gewisse Entwickelungsstadien der Schleimpilze, die sogenannten Plasmodien, bezeichnen, welche durch mehr oder minder innige Verschmelzung der Myxamöben, die sich vorher gewöhnlich durch
Teilung vermehrt haben, zustande kommen. Diese Plasmodien
sind formlose, meist ungefärbte, schleimige Plasmamassen von
sehr wechselnder Größe. Die Zahl der sie zusammensetzenden

Zellen ist, da keine Membranen vorhanden sind, nur aus der
Zahl der Kerne zu erkennen. Gleich den Myxamöben bewegen
sich auch die Plasmodien durch Ausstrecken und Einziehen
von Pseudopodien.

Auch die Spaltpflanzen bilden nicht selten dadurch, daß
sich ihre Zellen teilen und nicht voneinander absondern, Coenobien. Erfolgt die Teilung immer nur nach ein und derselben
Richtung des Raumes, so entstehen fadenförmige Gebilde, wie
sie uns sowohl bei gewissen Spaltalgen (zum Beispiel bei
den Oscillatorien) als auch bei gewissen Spaltpilzen (zum
Beispiel bei den durch das Auftreten von Schwefelkörnern in
den Zellen ausgezeichneten Schwefelbakterien) begegnen.
Während die einzelligen Formen zumeist frei in Flüssigkeiten
schweben, sind diese Fäden nicht selten an dem einen Ende
festgewachsen, und es ist dann zumeist ein Unterschied zwischen
den untersten festgewachsenen und den oberen Zellen des
Fadens vorhanden, indem die letzteren viel länger und schmäler
sind als die ersteren. Die obere Endzelle ist zumeist in eine
Spitze zusammengezogen. Es ist dies die erste Gliederung innerhalb der Zellen eines Pflanzenkörpers, hervorgerufen durch
die verschiedene Arbeitsleistung derselben. Gewisse dieser
Fadenalgen zeigen — je nachdem sie frei oder angewachsen
sind — eigentümliche kriechende oder schwingende („oszil-
lierende") Bewegungen. Sehr oft sind die Zellfäden von
einer gemeinsamen, bei den Spaltalgen von der Zellmembran, bei den Spaltpilzen von der plasmatischen Außenhaut
abgesonderten, geschichteten Gallerthülle umschlossen. Wenn
an irgendeiner Stelle eine Trennung eines Fadens in
zwei Stücke eintritt, so wächst nicht selten das eine Stück an
dem anderen innerhalb der Hülle vorbei und es kommen dadurch Scheinverzweigungen zustande. Erfolgt die zur
Entstehung der Coenobien führende Teilung der Zellen nach
zwei Richtungen des Raumes, so kommen flächige, wenn nach
allen dreien, klumpenförmige Bildungen zustande (zum Beispiel
die „Paketbakterien"), die gleichfalls zumeist in gallertigen
Hüllen stecken. Mitunter (zum Beispiel bei der Blaualgen-
gattung *Gloeocapsa*), umgeben sich die bei den Teilungen

entstehenden Zellen innerhalb der gemeinsamen Gallerte mit neuen Gallerten, so daß sehr zierliche Formen zustande kommen.

Unter den G e i s e l a l g e n gibt es keine Coenobien. — Die K i e s e l a l g e n dagegen bilden oft durch entsprechende Aneinanderlagerung ihrer in einen losen Zusammenhang tretenden Zellen Coenobien von faden-, fächer- oder kettenförmigem Aussehen. Seltener sind größere, formlose, in gemeinsamen Hüllen steckende Massen. Die mehrzelligen, fadenförmigen J o c h a l g e n [1]) werden, da jede ihrer einzelnen Zellen beim Zerfall des Fadens zum Ausgangspunkte eines neuen Fadens werden kann, und die Fäden von Gallerten umhüllt sind, jetzt gleichfalls als Coenobien betrachtet. Je nachdem sie festgewachsen sind oder frei im Wasser schwimmen, zeigen die Zellreihen einen Unterschied zwischen Basis und Spitze oder nicht.

Die G r ü n a l g e n sind in ihren niedriger organisierten Familien oft als Coenobien ausgebildet, die, in Faden-, Flächenoder Klumpenform auftretend, Cilienbewegung zeigen oder der Beweglichkeit entbehren. — Unter den zum vierten Stamme gehörigen Pilzen und den Formen der drei höchsten Stämme des Pflanzenreiches gibt es keine Coenobien.

Bei den einzelligen und Coenobien bildenden Pflanzen ist uns sehr häufig eine Eigenschaft begegnet, welche man früher nur dem Tierkörper zugeschrieben und als einen der wichtigsten Unterschiede zwischen Tieren und Pflanzen betrachtet hat, nämlich die Fähigkeit der Ortsveränderung oder L o k o m o t i o n. Das Medium der aktiven Bewegung der Pflanzen ist, um es nochmals zu wiederholen, entweder der Erdboden oder aber das Wasser. Der Bewegung auf dem Erdboden sind nur hautlose Organismen, wie es die Schleimpilze sind, fähig, denn nur der Mangel der Membran ermöglicht es der Zelle, nach beliebigen Richtungen Pseudopodien auszustrecken. Die Bewegung im Wasser ist sehr verschiedener Art. Bei vielen Bakterien, den Geiselalgen und bei den schwimmenden echten Algen veranlassen Geiseln, die wir als in Ein- oder Mehrzahl

---

[1]) Vergl. Abb. 7.

14

auftretende, die Hülle durchsetzende feine Fortsätze des Plasmas kennen gelernt haben, durch lebhaftes Hin- und Herschwingen die Bewegung der betreffenden Zelle oder Zellfamilie. Bei den Kieselalgen ist die Ursache der Ortsveränderung eine Strömung von Plasma an der Außenseite der Zellmembranen; gewisse Bakterien verändern ihre Lage im Raume durch schlängelnde Bewegungen ihres ganzen Körpers, andere, die kleinsten Formen, zeigen Brownsche Molekularbewegung, das ist die Bewegung kleinster Teilchen. Die Bewegungen der Desmidiaceen sind noch nicht völlig aufgeklärt. Man weiß nur, daß sie durch Lichtwirkungen und chemische Einflüsse zustande kommen. Bei angewachsenen Formen ist natürlich eine Lokomotion ausgeschlossen. Regelmäßige Bewegungen des ganzen Körpers oder einzelner Teile desselben gehören zu den Seltenheiten. Es wäre nur der rätselhaften oszillierenden Bewegungen gewisser Spaltalgen zu gedenken. Bei allen anderen festgewachsenen Typen sind außer von Fall zu Fall auftretenden, durch gewisse Reize veranlaßten Bewegungen einzelner Teile nur mehr Strömungen des Plasmas innerhalb der einzelnen Zellen, namentlich augenfällig bei gewissen Wasserpflanzen, als Bewegungserscheinungen zu beobachten.

Zweiter Vortrag.

Während die Zellen der Coenobien nur in losem Zusammenhange stehen und eine gewisse Selbständigkeit bewahren, so daß der ganze Organismus eigentlich nicht als Individuum im wörtlichen Sinne, sondern als Summe von Einzelindividuen angesprochen werden darf, bestehen die im eigentlichen Sinne vielzelligen Pflanzen aus einer Summe von Zellen, welche durch die Vereinigung der äußersten Schichte ihrer Membranen zur sogenannten Mittellamelle miteinander mechanisch verbunden, ihre individuelle Selbständigkeit verloren haben und dadurch, daß ihre Plasmen in Form äußerst zarter Stränge die benachbarten Zellhäute durchsetzen und miteinander im Zusammenhange stehen, einen einzigen, einheitlichen Organismus konstituieren.

Vielzelligen Formen begegnen wir zum erstenmal im Stamme der eigentlichen Lagerpflanzen. Während die Grünalgen, die autotrophe Reihe des vierten Stammes, ebenso wie die stets autotrophen Formen des fünften und sechsten Stammes, die Braun- und Rotalgen, eine sehr große Mannigfaltigkeit im Baue ihres Vegetationskörpers aufweisen, ist der vegetative Aufbau der Pilze, der heterotrophen Reihe des vierten Stammes, sehr einfach. Es hängt dies mit der Funktion des vegetativen Körpers, des Thallus (man bezeichnet mit diesem Ausdrucke überhaupt den Vegetationskörper niederer Pflanzen), aufs innigste zusammen. Während nämlich die Algen als autotrophe Formen anorganische Substanz assimilieren und infolgedessen im Verhältnis zu ihrer Gesamtgröße möglichst viele

dem Lichte ausgesetzte Zellen mit Chromatophoren ausbilden
müssen, bedürfen die Pilze als heterotrophe Typen dieser
Zellen nicht und haben infolgedessen zumeist einen stark rück-
gebildeten Vegetationskörper. Die Grünalgen sind fast
stets Wasserpflanzen. Ihr Thallus besteht immer aus Zellen
mit Zellulosemembran, Cytoplasma, Kern und Chlorophyllkörnern und ist im einfachsten Falle fadenförmig[1], freischwebend,
auf fester Unterlage angewachsen oder schließlich im Substrat eingewachsen und weist dann bereits eine Gliederung
in ein Befestigungs- und in ein eigentliches Vegetationsorgan
auf. Während die Zellen des letzteren Chlorophyll führen,
fehlt dieses denen des ersteren. Die Fäden sind entweder unverzweigt oder verzweigt. Auch die flächig entwickelten Thallusse
sind entweder freischwebend oder festgewachsen. Das Wachstum erfolgt bei den Fadenalgen durch Teilung der Zellen
nach einer, bei den flächigen nach zwei Richtungen des Raumes.
Die höchststehenden Formen sind aus Zellen, welche nach allen
drei Richtungen des Raumes angeordnet sind, zusammengesetzt.
Sie sind zumeist festgewachsen und zeigen mitunter (Siphoneen) eine Gliederung in ein Organ, welches den Thallus im
Boden befestigt (Rhizoid), und in ein Assimilationsorgan,
welches wieder in die eigentliche assimilierende Fläche (Phyl-
loid), die möglichst viele Zellen mit Chromatophoren dem
Lichte darbietet und in deren stengelförmigen Träger (Cauloid)
gegliedert sein kann.

Die bei den Teilungen der Zellen der Grünalgen neu entstehenden Zellen sind entweder durch Membranen voneinander
getrennt (Converfineen) oder es werden keine Zwischenwände ausgebildet, so daß dann der Thallus, wenn auch mannigfaltig gegliedert und außen von einer Zelluloschaut umgrenzt,
innerlich nicht in Zellen gesondert ist, sondern nur in einer
einheitlich erscheinenden Plasmamasse eine Menge von Kernen
enthält. Ein solches Gebilde, das entweder Fadenform haben
oder aber auch sehr hoch differenziert und mit Rhizoiden,
Cauloiden und Phylloiden ausgestattet sein und eine ansehn-

[1] Vergl. Abb. 8.

liche Größe erreichen kann, repräsentiert scheinbar eine einzelne Zelle, ist aber in Wirklichkeit ein vielzelliger Organismus, in welchem nur die Zwischenwände fehlen und der aus ebensovielen Zellen besteht, als Kerne vorhanden sind. Solche vielkernige Gebilde werden Coeloblasten genannt. Im Gegensatze zu den einfacher gebauten Confervineen heißen diese aus Coeloblasten bestehenden Algen Siphoneen oder Schlauchalgen. Während der Thallus von Gattungen wie *Vaucheria, Caulerpa* etc. ein einziger Coeloblast ist, wird der Vegetationskörper der Armleuchtergewächse von vielen Coeloblasten, deren Wände reichlich mit Kalk inkrustiert sind, gebildet. Dieselben setzen, in einer Reihe stehend, einen Hauptfaden zusammen, an welchem in regelmäßigen Abständen quirlig angeordnete, gleichgestaltete Coeloblasten als an Blätter erinnernde Seitenäste entspringen, durch deren Teilung bei der Gattung *Chara* neue Coeloblasten entstehen, welche den Hauptfaden berinden.

Die Braun- und Rotalgen, fast ausschließlich festgewachsene Meeresbewohner und der wesentlichste Bestandteil der festsitzenden Meeresflora (Benthos), haben stets vielzellige Vegetationskörper. Die Zellen haben Cytoplasma, Kern, Wand und Chromatophoren, welche außer dem Chlorophyll bei den Braunalgen noch einen braunen Farbstoff, das Phycophaein, bei den Rotalgen aber einen roten Farbstoff, das Phycoerythrin, enthalten. An dem reichgegliederten Thallus der höchsten Formen kann man gewöhnlich Rhizoide, Cauloide und manchmal auch Phylloide (*Sargassum*: Beerentang) als die drei Grundtypen der Organe der höchststehenden unter den niedriger organisierten Pflanzen unterscheiden. Die Rhizoide sind oft als Haftscheiben entwickelt, die Phylloide tragen mitunter Schwimmblasen. Bsi *Sargassum* sind eigene Organe als Schwimmblasen ausgebildet.

Auch im inneren Aufbau zeigen sich nicht selten Anklänge dieser Organismen an höhere Pflanzen, indem die oberflächlichen Zellen der Cauloide und Phylloide oft eine hauptsächlich dem Schutze und der Assimilation dienende Rindenschichte bilden, während im Innern Zellen zur Speicherung von

2

Nahrungsstoffen, längsgestreckte, röhrenförmige Zellen, die mit der Nahrungsleitung im Zusammenhange stehen, und manchmal sogar Siebröhren. Gebilde, denen wir erst wieder bei den höchsten Pflanzen begegnen, vorhanden sind. Auch Zellen mit stark verdickter Membran, die vor allem die Festigkeit erhöhen, findet man nicht selten. Die hohe innere Gliederung kommt äußerlich manchmal dadurch zum Ausdruck, daß an dem Thallus eine Mittelrippe (*Fucus*: Blasentang) zu sehen ist. Das Wachstum erfolgt bei höherstehenden Formen durch Vermittlung einer Scheitelzelle, das ist einer Zelle an der Spitze jedes wachsenden Organs, durch deren gesetzmäßige Teilungen fortwährend neue Zellen, so zwar, daß immer die untersten die ältesten sind, gebildet werden. Berindungen der Cauloide, wie sie für Characeen charakteristisch sind, zählen bei den Rotalgen nicht zu den Seltenheiten. Zu den Braunalgen gehören unstreitig die größten Pflanzenformen (von 200 bis 300 *m* Länge), wie sie eben nur das Meer hervorbringen kann.

Während dasjenige, was man gewöhnlich als „Schwämme" bezeichnet, den Fruchtkörpern der betreffenden Pilzarten (heterotrophen Euthallophyten) entspricht, die als Fortpflanzungsorgane im zweiten Hauptabschnitte näher besprochen werden sollen, ist der Vegetationskörper der Pilze, Mycelium genannt, meist ein sehr unscheinbares Geflecht einzelner Zellfäden (Hyphen), die entweder wie die Confervineen aus getrennten Zellen bestehen oder wie die fadenförmigen Siphoneen als Coeloblasten anzusprechen sind. Die Zellen der Pilze haben eine deutliche, aus einer Abart der gewöhnlichen Zellulose bestehende Membran, Plasma und einen Kern, entbehren aber als heterotrophe Typen, zum Unterschiede von den demselben Stamme angehörenden autotrophen Grünalgen, der Chromatophoren. Das Mycel der saprophytischen Pilze wuchert ähnlich wie der Körper der meisten Schleimpilze und wie die Fäulnis-, Gärungs- und Farbstoffbakterien auf toter organischer Substanz. Die Träger des Mycels der parasitischen Pilze sind dagegen, wie die der krankheitserregenden Bakterien und eines einzigen Schleimpilzes (der die „Kohlhernie" erzeugenden *Plasmodiophora Brassicae*) lebende Organismen, Pflanzen oder

Tiere. Die Hyphen dieser Schmarotzer dringen meist durch Öffnungen zwischen den Zellen des Wirtes in dessen Inneres, wachsen hauptsächlich in den Hohlräumen zwischen seinen Membranen weiter und treiben von da eigentümliche rhizoidenartige Fortsätze, die Haustorien, in das Lumen seiner protoplasmareichen Zellen. Nur selten nimmt der Vegetationskörper der Pilze eine von dem gewöhnlichen Myceltypus abweichende Form an, wie etwa gewisse zum Überwintern bestimmte Dauerstadien, zum Beispiel die Sklerotien des Mutterkornes, jene bekannten, aus den Getreideähren herausragenden, schwarzvioletten, hornigen Körper, welche nichts anderes sind, als die vom Mycel des parasitischen Pilzes durchwucherten und krankhaft aufgetriebenen Fruchtknoten der infizierten Getreidepflanze; oder aber gewisse, durch eine dichte Verfilzung von Hyphen entstandene wurzelähnliche Bildungen, wie zum Beispiel die „Rhizomorphen" des Hallimasch, eines unserer bekanntesten eßbaren Schwämme.

Zu den merkwürdigsten Bildungen im weiten Reiche der Pflanzen gehört der Thallus der Flechten. Derselbe ist mannigfach gefärbt und präsentiert sich entweder als krustenförmiger Überzug auf Baumrinden oder Gestein, der aber keineswegs etwa nur äußerlich aufsitzt, sondern auch ins Innere seiner Unterlage eindringt, oder als eine laubartige, mit Rhizoiden im Erdboden oder auf Holz befestigte Masse oder schließlich als reichlich verzweigtes, gleichfalls Bäumen oder Felsen anhaftendes Gebilde. Diesen Unterschieden entspricht die landläufige Einteilung der Flechten in Krusten-, Laub- und Strauchflechten. Von besonderem Interesse ist aber der innere Aufbau einer Flechte. Unter dem Mikroskop sieht man nämlich, daß jede Flechte aus einem Gewirr farbloser Fäden besteht, zwischen welchen entweder gleichmäßig oder in bestimmte Zonen angeordnet kleine, einen blaugrünen oder grünen Farbstoff führende Zellen oder Zellgruppen, Gonidien, in großen Mengen auftreten. Die farblosen Fäden bilden in den einfachsten Fällen ein gleichartiges Geflecht, meistens aber eine dichte Rindenschichte und eine lockere Markschichte, bei den höchsten strauchigen Formen ist auch ein zentraler Zylinder

2*

vorhanden, der aus mit seiner Längsrichtung parallelen farblosen
Fäden besteht. Die Rhizoiden werden nur von farblosen Zellen
gebildet. DieVerbindung zwischen den Gonidien und den un-
gefärbten Fäden ist eine sehr innige, indem erstere von letzteren dicht umsponnen werden. Ja man hat sogar beobachtet,
daß diese auf ähnliche Weise, wie die Haustorien parasitischer
Pilze die Zellwände ihrer Nährpflanzen durchsetzen, in das
Plasma der Gonidien Fortsätze treiben. Eingehende Untersuchungen über die Natur des Flechtenkörpers haben nun das über-
raschende Resultat zutage gefördert, daß die farblosen Fäden
nichts anderes sind als Pilzhyphen, die blaugrünen oder grünge-
färbten Zellen oder Zellfäden dagegen Algen aus der Gruppe
der Spalt- und Grünalgen angehören, die auch außerhalb des
Verbandes der Flechte zu den häufigsten Typen gehören.
Man hat es also in der Flechte mit einer Verbindung zweier
ganz verschiedener Organismen, eines heterotrophen und eines
autotrophen, eines Pilzes und einer Alge, offenbar zu gegenseitigem Vorteile — der Pilz ist allerdings mehr im Vorteile
als die Alge— zu tun. Eine solche Vereinigung zweier Organismen zu gegenseitigem Vorteil nennt man Symbiose.

Die Flechten sind also eine symbiotische Vereinigung
zwischen Pilzen und Algen. — Die merkwürdige Vereinigung
gewisser Schmetterlingsblütler (Lupine, Klee) mit Bakterien,
die in eigenen Knöllchen an den Wurzeln der ersteren auftreten[1]), sowie die Erscheinung, daß die Wurzeln mancher unserer
Waldbäume (z. B. der Tanne und der Rotbuche) mit Pilzhyphen
umsponnen sind, dürften ähnliche Fälle von Symbiose sein. —
Gerade so wie bei den letztgenannten Vereinigungen die Bakterien,
beziehungsweise die Pilzhyphen der grünen Laubpflanze die
Aufnahme gewisser Nahrungsstoffe, vor allem des Stickstoffes,
vermitteln, wofür sie von dieser Nahrung und eine Wohnstätte
erhalten, ist wohl auch bei den Flechten der Pilz derjenige
Teil, welcher vor allem die Aufnahme von Nahrung und, wie
wir später noch kennen lernen werden, auch die Fortpflanzung
besorgt, während der Alge vor allem die Aufgabe der Assi-

[1]) Vergl. Abb. 18.

milation der aufgenommenen Nährstoffe zufällt. Wie gut sich
dieses gegenseitige Zusammenwirken bewährt, ist insbesondere
daraus ersichtlich, daß die Flechten in so ungemein großer
Artenzahl über die ganze Erde verbreitet sind, und daß sie
sich mit immenser Anpassungsfähigkeit den ungünstigsten
Bedingungen anzuschmiegen und selbst dem härtesten Felsen
Nahrung abzutrotzen vermögen. Gerade die ins Gestein ein-
dringenden Krustenflechten sind es ja, welche, indem sie das
Gestein zersetzen und einen geeigneten Nährboden für höher
organisierte Pflanzen vorbereiten, eine so überaus wichtige
Aufgabe im Haushalte der Natur erfüllen.

2. Die Moospflanzen (Bryophyta).

Bevor wir nun zu den höchst organisierten Pflanzen, den
Farn- und Blütenpflanzen, übergehen, haben wir noch eine große
Gruppe, die Moose, zu besprechen, deren Vegetationskörper
in gewisser Beziehung eine vermittelnde Stellung zwischen
den Gefäßpflanzen und den tieferstehenden Formen einnimmt.
Dieses Verhalten der Moose hat seinen Grund in der gerade
in dieser Reihe sich vollziehenden Emanzipation vom Wasserleben und der immer vollkommeneren Anpassung an den Landaufenthalt. Sämtliche Moose sind autotrophe Formen, welche
stets chlorophyllführende Zellen besitzen. Der Thallus der
höchststehenden, sogenannten frondosen Lebermoose,
z. B. der sehr häufigen *Marchantia polymorpha*, ist ein grünes
flächenförmiges, gewöhnlich mehrschichtiges, mannigfaltig ge-
lapptes Gebilde, welches dem Erdboden anliegt und mit vielen
auf seiner Unterseite auftretenden chlorophyllfreien Rhizoiden
in demselben befestigt ist. Unterseits tritt oft in der Mitte eine
Rippe auf, welche alle Lappen durchzieht, und zu beiden Seiten
derselben findet sich zwischen den gleichfalls längs der Mittelrippe stehenden Rhizoiden je eine Reihe kleiner schuppen-
förmiger, bleicher oder bräunlicher Blätter, die nur aus einer
einzigen Zellschichte bestehen. Legt man durch die Rippe
eine Vertikalebene, so zerfällt der Thallus in zwei symmetrische
Hälften. Er ist also bilateral (zweiseitig) symmetrisch. Seine
Lappen sind an ihrer Spitze ausgebuchtet und haben in dieser

Bucht eine Zelle, von welcher sich durch fortgesetzte Teilungen
abwechselnd links und rechts rückwärts neue Zellen absondern.
Indem diese Zellen allmählich zur normalen Größe heranwachsen,
schieben sie die zuerst genannte Zelle, die Scheitelzelle,
immer weiter nach vorwärts, der Thallus wächst in die Länge.
Querteilungen veranlassen zu gleicher Zeit das Breitenwachstum
desselben. Es kann auch der Fall eintreten, daß sich die
Scheitelzelle einmal in zwei gleich große Zellen, eine rechte
und linke, teilt, von denen jede zur Scheitelzelle eines neuen
Lappens werden kann. Dadurch wird eine fortgesetzte Zweiteilung des Thallus veranlaßt, die man Gabelverästelung oder
Dichotomie nennt. Bei den Lebermoosen vom Baue der
Marchantia polymorpha hat der flächige Thallus die Aufgabe
der Assimilation. An die Spaltöffnungen höherer Pflanzen erinnernde Bildungen besorgen die Durchlüftung des Körpers
dieses Mooses.

Im Gegensatze zu den frondosen haben die foliosen
Lebermoose meist einen dünnen, dem Substrat anliegenden
Stengel, welcher beiderseits je eine Reihe relativ großer
grüner und auf der Unterseite noch eine Reihe kleiner rück-
gebildeter Blätter, die Amphigastrien, trägt. Der Bau ist
wieder ein bilateral symmetrischer. Die Assimilationstätigkeit
wird hier von den großen Blättern versehen. Der Unterschied
dieser Formen von den früher genannten nach dem Marchantia-
Typus gebauten ist, so verschiedenartig sie auch aussehen
mögen, kein wesentlicher. Denken wir uns den Thallus der
ersteren verbreitert, alle Blätter aber auf die Unterseite gerückt und verkleinert, so haben wir ein Moos vom Baue
der letzteren. Bei den foliosen Lebermoosen sehen wir
zum erstenmal Formen, welche eine deutliche Gliederung in
ein der Nahrungsleitung dienendes Stämmchen und hauptsächlich die Assimilation besorgende Blätter aufweisen.

Bei den Laubmoosen finden wir ausschließlich Formen
mit beblätterten Stämmchen. Die Stengel sind aber hier zumeist
nicht der Unterlage angeschmiegt, sondern aufrecht, die Blätter
nicht in zwei Zeilen, sondern in Spirallinien am Stämmchen angeordnet. Dieses wird durch viele Rhizoiden im Boden befestigt

und wächst an der Spitze wieder mit einer Scheitelzelle, welche aber nicht nach zwei, sondern nach drei Seiten neue Zellen durch Teilung erzeugt. Sie hat die Form eines umgekehrten Kegels und sondert nach unten durch fortgesetzte Teilungen Zellen ab, welche in drei vertikalen Zeilen stehen. Jede dieser Zellen teilt sich wieder in eine äußere und eine innere, von denen die letztere sich am Aufbaue des Stämmchens beteiligt, während die erstere zum Ausgangspunkte eines Blattes wird. Die Blätter stehen somit zunächst in drei vertikalen Zeilen und erlangen erst später durch Drehungen des weiterwachsenden Stämmchens ihre spiralige Anordnung. Die innersten Zellen des Laubmoosstämmchens sind zumeist langgestreckt und dienen vor allem zur Leitung der bereits durch die Assimilationstätigkeit des Chlorophylls in den Blättern erzeugten Nahrung. Gruppen solcher langer Zellen finden sich auch in den Blättern und durchziehen dieselben in der Form eines Stranges, den man im durchfallenden Lichte schon bei schwacher Vergrößerung sehen kann. Den Lebermoosblättern fehlt eine solche M i t t e l r i p p e. Durch gewisse Zellen dieses Stranges wird die von den Rhizoiden in Form von äußerst verdünnten Nährsalzlösungen aus dem Boden aufgenommene Nahrung den Chlorophyll führenden Zellen des Blattes zugeführt, um dort assimiliert zu werden Die Assimilate wandern dann wieder durch andere Zellen des Mittelstranges in den Stengel zurück. Bei den Lebermoosen, die dem feuchten Substrat aufliegen und überall durch Rhizoiden die Nahrung aufnehmen können, ist eine solche Leitung überflüssig und infolgedessen auch die Bahn für dieselbe nicht vorhanden oder doch nur sehr rudimentär. Wir sehen also, daß der Vegetationskörper der Laubmoose mehr dem Landleben angepaßt ist, als der der meisten unserer Lebermoose, und infolgedessen eine Gliederung aufweist, wie wir sie bisher nicht beobachten konnten. Aber trotzdem sind die Beziehungen der Laubmoose zum Wasser noch viel innigere als die der höchsten Formen des Pflanzenreiches. Wenngleich ihr Vegetationskörper nicht mehr im Wasser lebt, so besitzt er doch infolge ganz merkwürdiger Einrichtungen in mehr minder hohem Grade die

Fähigkeit, Wasser festzuhalten. Die Blätter der Laubmoose sind zumeist dem Stämmchen derartig angedrückt, daß zwischen ihrer auf der Seite des Stämmchens befindlichen Oberseite und diesem selbst Hohlräume entstehen, welche untereinander in Verbindung sind und so gewissermaßen um das Stämmchen ein System von „Haarröhrchen" (Kapillaren) bilden, durch welches vom Boden beständig das Wasser aufgesogen, bis zur Spitze der ganzen Pflanze emporgehoben und mit großer Hartnäckigkeit festgehalten wird. Bei unseren *Polytrichum*-Arten, wird diese Fähigkeit noch dadurch erhöht, daß ihre Blätter oberseits senkrecht zu ihrer Fläche viele dichtstehende, längsverlaufende Lamellen tragen.

Durch dieses Vermögen das Wasser festzuhalten, erklärt sich die große Bedeutung, welche den gesellig wachsenden Moosen im Haushalte der Natur zukommt. Wehe den Gegenden, die man ihrer Wälder beraubt. Mit den Wäldern verschwinden die Moose, die so gern in ihrem Grunde sich aufhalten und einen großen Teil des als Regen zur Erde fallenden Wassers in ihren schwellenden Polstern zurückzuhalten vermögen. Da der Boden, welcher von Moosen entblößt wurde, nicht die Fähigkeit hat, all das Wasser, das sonst die Moose festgehalten hätten, aufzunehmen, wird dasselbe abfließen und durch allmähliche Abtragung des Humus an Ort und Stelle und durch Überschwemmungen großen Schaden anrichten.

Am vollkommensten besitzen die Torfmoose (Sphagnaceen) eine durch ihren Bau besonders charakteristische Gruppe der Laubmoose, die Eigenschaft, sich mit Wasser vollzusaugen. Die Blätter dieser Moose bestehen nur aus einer Zellschichte, in welcher zweierlei Zellen, schmale, Chlorophyllkörner führende, für die Assimilation bestimmte und große leere Zellen mit Löchern in den durch Leisten genügend ausgesteiften Wänden miteinander abwechseln. Den letzteren ähnliche Elemente treten auch in der Rindenschichte des Stämmchens auf und bedingen in Gemeinschaft mit diesen das bleiche Aussehen der Torfmoose in trockenem Zustande. Durch diesen Bau wird die Haarröhrchenwirkung, welche das Aufsteigen des

Wassers in den Stämmchen und Blättern veranlaßt, wesentlich erhöht. Ein Büschel trockener Sphagnen ins Wasser gelegt und dann großem Drucke ausgesetzt, verhält sich genau wie ein vollgesogener Badeschwamm. In der Natur sind die Sphagnen, die stets an feuchten Stellen leben und in den durch sie erzeugten Torfmooren oft ungeheure Bestände bilden, stets in größerem oder geringerem Maße mit Wasser durchtränkt.

Dritter Vortrag.

3. Die Farn- und Blütenpflanzen
(*Pteridophyta* und *Anthophyta*).

A. Äußerer Bau der Farn- und Blütenpflanzen.

Während wir bei den bisher besprochenen Pflanzen nur
von wurzel-, blatt- und stammähnlichen Gebilden gesprochen
haben, finden wir bei den infolge ihrer vollkommenen Anpassung an das Landleben viel höher organisierten Farn- und
Blütenpflanzen stets echte Wurzeln, Stämme und Blätter. Um
uns über das Wesen und die Bedeutung dieser Organe zu in-
formieren, untersuchen wir zunächst den Samen einer Blütenpflanze, zum Beispiel einer Bohne, in welcher, wie in allen
Samen, die junge Pflanze mit ihren drei Grundorganen als
Keimling (Embryo) bereits vorgebildet ist. Nach Entfernung
der harten Samenschale sehen wir zwei den ganzen Innenraum
erfüllende, gleichgroße fleischige Lappen, die Keimblätter
oder Kotyledonen, welche ein kleines Zäpfchen, das Würzelchen (Radicula) und ein noch kleineres Gebilde, das
Federchen (Plumula), an welchem man schon bei schwacher
Vergrößerung mehrere von außen nach innen an Größe ab-
nehmende Blattanlagen beobachten kann, umschließen.

Bei der Keimung wächst das Würzelchen vertikal nach
abwärts. In seiner direkten Verlängerung nach oben befindet
sich das Federchen, an dessen Basis, also zwischen Radicula und
Plumula, die beiden Keimblätter in gleicher Höhe einander
gegenüberstehend festgewachsen sind. Bei genauerer Betrachtung

erweist sich der von den Blättchen verhüllte Teil der Plumula
als ein Achsenstück, das, ebenso wie die Kotyledonen und
die Radicula aus sehr vielen dünnwandigen, protoplasmareichen
Zellen bestehend, an seiner Spitze nicht mit einer Scheitelzelle, sondern mit einem vielzelligen Vegetationskegel
weiterwächst. Auf diesem Vegetationskegel, der sich durch
fortgesetzte neue Zellteilung und Vergrößerung der neu entstehenden Zellen immer weiter von der Ansatzstelle der beiden
Kotyledonen wegschiebt, wodurch die Verlängerung der Achse
bedingt wird, bilden sich nun als seitliche Höcker die Anlagen der Blätter, so zwar, daß in der Regel die untersten
die ältesten sind. Es ist also die schon im Samen vorhandene
Plumula die Uranlage des Stammes samt den Blättern, während
die Radicula die Anlage der primären Wurzel ist. Die Kotyledonen bezeichnen nicht immer genau die Grenze zwischen
der Uranlage des Stammes und der Wurzel, indem oft noch
ein Stück zwischen der letzteren und den Keimblättern als so-
genanntes Hypokotyl zum Stamme gehört.

Wurzel, Stamm und Blätter sind die drei Grundorgane
des Vegetationskörpers der höheren Pflanzen. Sie teilen sich
zumeist in der Weise in die wichtigsten Funktionen des
pflanzlichen Lebens, daß die Wurzel die Aufnahme, der
Stamm die Leitung und die Blätter die Verarbeitung der
Nahrung besorgen. Bei den Blüten- oder Samenpflanzen
finden wir die drei Grundorgane schon in dem im Samen ent-
haltenen Keimling der Anlage nach vorhanden. Auch bei
den Farnpflanzen („Leitbündelkryptogamen"), Gewächsen, die
noch keine Samen ausbilden, sehen wir, daß am Keimling die
drei Grundorgane in analoger Weise vorgebildet sind.

Wir können die Organe einer Pflanze nur dann, wenn
sie auf die geschilderte Weise angelegt sind und sich weiterentwickeln, als echte Wurzeln, Stämme und Blätter ansprechen.
Zu diesen charakteristischen Eigenschaften in der Anlage und
Entwickelung gesellt sich aber auch noch eine Reihe wichtiger
Merkmale des äußeren und inneren Baues, welche für die einzelnen Grundorgane bezeichnend sind und zur sicheren Unterscheidung derselben auch im fertigen Zustande voneinander

und von den als Rhizoide, Cauloide und Phylloide bezeichneten
Organen der im ersten und zweiten Vortrage behandelten
niederen Pflanzen verwendet werden können.

a) Die Wurzel.

Unter den drei Grundorganen ist dem äußeren Aufbaue
nach die Wurzel das einfachste. Eine echte Wurzel trägt niemals Blattgebilde und weist also zum Unterschiede von unterirdischen Stammgebilden niemals die Narben abgefallener
Blätter auf. Die wichtigsten Funktionen der Wurzel sind die
Aufnahme der Nahrung aus dem Boden und die Befestigung
der Pflanze im Substrat. Im Dienste der zuerst genannten Funktion
stehen die später noch näher zu besprechenden Wurzelhaare[1].
welche an den Enden der Haupt- und aller Nebenwurzeln nicht
weit von den Spitzen entfernt in großen Mengen auftreten.

Durch Erstarken der Radicula, welche infolge reichlicher Zellteilungen an ihrem am unteren Ende befindlichen
Vegetationspunkte immer tiefer in den Boden eindringt und
sich alsbald auch zu verzweigen beginnt, entsteht die primäre
Wurzel[1]. Den direkt aus der Radicula durch Vergrößerung
derselben hervorgegangenen, senkrecht nach abwärts gerichteten Teil nennt man Hauptwurzel. die Verzweigungen,
welche, schwächer als die Hauptwurzel, schief nach abwärts
oder horizontal gerichtet sind, Nebenwurzeln ersten oder
zweiten Grades. Solche primäre Wurzeln findet man an denjenigen Gewächsen, welche in einem Jahre entstehen (oder
doch im Herbste des Vorjahres), blühen, fruchten und wieder
zugrunde gehen, den sogenannten einjährigen (beziehungsweise
zweijährigen) Pflanzen oder Kräutern.

Gewöhnlich spindelig, wird die primäre Wurzel in manchen
Fällen, namentlich in der Kultur (zum Beispiel bei der gelben
Rübe), rübenförmig oder gar nahezu kugelig und dient dann
gleich manchen noch zu besprechenden unterirdischen Stamm-
gebilden zur Speicherung gewisser von der Pflanze assimilierter
Substanzen.

[1] Vergl. Abb. 13.

Bei der Mehrzahl der durch mehrere Jahre lebenden krautigen Pflanzen, den sogenannten S t a u d e n und bei vielen Holzgewächsen (S t r ä u c h e r n und B ä u m e n) geht die Radicula zugrunde, an ihrer Stelle erstarkt das zu den Stammgebilden gehörige Hypokotyl oder auch ein Teil des ober den Kotyledonen befindlichen Teiles des Stammes (Epikotyl), der nachträglich in die Erde gezogen wird, und an diesen Stammteilen entstehen nachträglich neue Wurzeln, welche sich mit denselben in die Funktionen einer primären Wurzel teilen. Man bezeichnet diese Wurzeln, wie überhaupt alle jene Wurzelgebilde, welche nachträglich, auch an oberirdischen Stamm- oder ausnahmsweise auch Blattgebilden entstehen, als A d v e n t i v w u r z e l n. Wenn das Hypokotyl mehr minder vertikal gestellt ist, kann es leicht mit einer primären Hauptwurzel verwechselt werden. In vielen Fällen ist eine sichere Unterscheidung nur dann möglich, wenn man die Entwickelung des Gebildes verfolgt. Bei gewissen Stauden und Holzgewächsen bleibt die primäre Wurzel während der ganzen Lebensdauer erhalten.

Die an oberirdischen Stammgebilden auftretenden Adventivwurzeln haben manchmal, namentlich dann, wenn sie gar nicht mehr in den Boden eindringen, eine ganz andere Funktion, als man zunächst von ihnen erwarten würde, und zeigen dementsprechend verschiedene Abweichungen vom normalen Bau einer Wurzel. In diese Kategorie gehören vor allem die L u f t w u r z e l n der in den Tropen so häufig auf Bäumen vegetierenden Ü b e r p f l a n z e n (E p i p h y t e n), die sich vor allem aus den Familien der Orchideen und Bromeliaceen rekrutieren. Diese Pflanzen sind an der Rinde der Bäume befestigt, indem sich ihre Wurzeln in die Ritzen und Spalten der Rinde zwängen, ohne in das Innere des Baumes einzudringen [1]). Die auf der Rinde durch den Wind abgelagerten Staubpartikelchen etc. liefern samt dem Regenwasser die anorganische Nahrung dieser interessanten Formen. Da die Rinden der Bäume das Wasser nicht zu halten vermögen,

---

[1]) Vergl. Abb. 15.

würde es den Epiphyten nicht möglich sein, die für ihr Leben
nötigen Wasserquantitäten zu erwerben und namentlich in
regenlosen Perioden würde ein völliges Austrocknen derselben
unausbleiblich sein, wenn nicht gewisse Teile des Stammes
als Wasserspeicher funktionierten und wenn nicht die Luftwurzeln vorhanden wären. Adventivwurzeln, welche ohne
Stütze nach abwärts wachsen und infolge sehr zweckmäßiger
innerer Einrichtungen zur Aufnahme von liquidem Wasser, das
sie in Form von Tau oder Regen benetzt, sehr geeignet sind.
Andere Epiphyten verstehen es, sich direkt Bodennahrung zu
verschaffen, indem sie vertikal nach abwärts Wurzeln ausbilden,
die in den Boden eindringen.

Auch die an der Unterseite der Stämmchen kletternden
Epheus auftretenden Gebilde sind Adventivwurzeln, deren
Hauptfunktion die Befestigung des Kletterers ist, weshalb sie
auch den Namen Kletterwurzeln führen. — Als einer besonderen Form von Wurzeln sei noch der Saugwurzeln
gewisser parasitischer Blütenpflanzen gedacht. Die verschiedenen Arten der Gattung *Cuscuta* (Seide) sind Schlinggewächse,
deren dünne Stengel, welche im Zusammenhange mit der die
Assimilation überflüssig machenden parasitischen Lebensweise
nur ganz winzige Blätter tragen, sich um die betreffende
Nährpflanze (Klee, Lein etc.) winden und, den Haustorien der
parasitischen Pilze vergleichbar, mycelartige Wurzeln in das
Innere des Stammes der Nährpflanze bis zu ihren nahrungs-
leitenden Geweben treiben, um ihr einen Teil der Nahrung
zum Aufbau des eigenen Körpers zu entziehen. Die Senker
der Leimmistel (*Viscum album*) gehören in dieselbe Kategorie
von Wurzeln, sind aber nicht mycelartig.

b) Der Stamm.

Die Stammgebilde tragen zum Unterschiede von den
Wurzeln zumeist Blätter. Ein einfaches Stammgebilde mit
seinen Blättern nennt man einen Sproß (Cormus), die Stellen,
an denen Blätter entspringen, Knoten, die Stengelstücke
zwischen diesen Internodien. Kräuter, wie zum Beispiel
der Gartenmohn, bestehen mitunter nur aus einer unter-

irdischen primären Wurzel und einem oberirdischen Stengel,
der verschiedene Blätter (Kotyledonen, Mittel- und Blütenblätter) trägt, also aus einem einzigen Sproß. Der Sproß hat
sich aus der Plumula dadurch entwickelt, daß sich die Achsen-
teile zwischen den allmählich zu Blättern auswachsenden Blattanlagen zu längeren oder kürzeren Internodien streckten und
den Vegetationskegel der Plumula immer weiter vom Erdboden
entfernten, bis er schließlich durch die Bildung der letzten
Blattanlagen, derjenigen des Fruchtknotens, aufgebraucht wurde,
womit sein Längenwachstum ein Ende erreichte.

In der Regel bestehen aber die Pflanzen nicht aus einem
einzigen, sondern aus mehreren bis vielen Sprossen. Sie sind
verzweigt. Unverzweigte Pflanzen wie der Gartenmohn sind
nicht eben häufig. Die Stauden, Sträucher und Bäume sind
stets verzweigt. Man unterscheidet verschiedene Haupttypen der
Verzweigung höherer Pflanzen. Verhältnismäßig selten ist hier
der bei *Marchantia* geschilderte analoge Fall, daß der Vegetationskegel der Plumula sich in zwei Vegetationskegel teilt,
aus deren jedem sich wieder zwei Vegetationskegel bilden.
Diese fortgesetzt gabelige Teilung heißt D i c h o t o m i e und
kommt unter den höheren Pflanzen zum Beispiel bei den
Bärlappartigen vor.

Gewöhnlich erfolgt jedoch die Verzweigung nicht durch
Zweiteilung der alten, sondern nur durch Anlage neuer Vege-
tationskegel und man nennt eine solche Verzweigung ein
M o n o p o d i u m. Die zwei Haupttypen der monopodialen
Verzweigung stimmen in folgendem überein. Die neuen
Vegetationskegel eines einfachen, sich zur Verzweigung an-
schickenden Sprosses entstehen zwischen dem Grunde seiner
Blätter und dem Internodium, kurz gesagt, in der Blattachsel.
Sie haben ähnlich wie die Plumula verkürzte Internodien und
schon eine Anzahl Blätter entwickelt, welche den Vegetationskegel schützend überwölben. Die äußersten dieser Blätter
sind entsprechend dieser Funktion des Schutzes, namentlich
an denjenigen Vegetationskegeln, welche einen Winter über-
dauern sollen, derb und scheiden manchmal (zum Beispiel
Roßkastanie) harzige Sekrete aus. Man nennt einen solchen

Vegetationskegel samt seinen Blättern und den verkürzten Internodien zwischen denselben eine Knospe. Die in den Blattachseln eines Sprosses angelegten Knospen heißen A c h s e l - k n o s p e n. Bei unseren ausdauernden Pflanzen, den Stauden, Sträuchern und Bäumen wird der Vegetationskegel der einfachen Sprosse nicht immer zur Bildung einer Blüte aufgebraucht, sondern bleibt oft, wenn in der betreffenden Vegetationsperiode das Wachstum eingestellt wird, erhalten, hat, indem er von den letzten Blättern umhüllt wird, ganz dasselbe Aussehen wie die Achselknospen und bildet die T e r m i n a l k n o s p e.

Die Terminalknospe ist also das ruhende, eines weiteren Wachstums fähige Ende eines Sprosses, eine Achselknospe aber die Anlage eines neuen Sprosses. Die Plumula ist eigentlich nichts anderes als die Terminalknospe der Keimpflanze, in deren Kotyledonen schon Achselknospen, Kotyledonarknospen, entstehen können. Gerade so wie aus der Plumula der primäre Stengel dadurch entsteht, daß sich die Internodien zwischen den Blättern verlängern und diese selbst zur normalen Größe heranwachsen, entstehen aus den Achselknospen neue Sprosse. Die Knospenschuppen, die zum Schutze der Knospe gedient haben, werden als funktionslos gewordene Organe abgeworfen.

Wenn man irgendeinen Sproß als primären Sproß bezeichnet, sind die aus seinen Achselknospen entstehenden Sprosse sekundäre Sprosse. Diese können wieder Achselknospen entwickeln, die Anlagen neuer, der tertiären Sprosse. Einen Sproß samt den Achselsprossen der verschiedenen Grade nennt man ein Sproßsystem. Pflanzen wie der Gartenmohn, bei denen schon der direkt aus der Plumula hervorgegangene Vegetationskegel zur Bildung der Blüte aufgebraucht wird, heißen einachsig. Solche einachsige Gewächse müssen aber durchaus nicht immer unverzweigt sein. Es können vielmehr aus den Achseln der Laubblätter noch seitliche Sprosse entstehen, die gleichfalls mit einer Blüte endigen können. Von zwei-, drei-, n-achsigen Pflanzen spricht man dann, wenn erst die Achsen zweiter, dritter, nter Ordnung mit Blüten abschließen. Unsere Stiefmütterchen, die Acker-Ehrenpreise usw. sind zwei-, die heimischen Wegericharten dreiachsige Pflanzen.

Das Längenwachstum der Internodien ist ein begrenztes. Wenn einmal das Bildungsgewebe in Dauergewebe übergegangen ist,[1]) wächst ein Internodium nur mehr sehr selten (durch „interkalares" Wachstum, wenn sich in gewissen Zonen teilungsfähige Gewebe erhalten) in die Länge. Das Längenwachstum der ganzen Pflanze erfolgt somit nicht durch Verlängerung der alten, sondern nur durch Ausbildung immer neuer Internodien aus den Vegetationskegeln.

Ein Sproß kann auf zweifache Weise verlängert werden. Im einen Falle bleiben alle Terminalknospen einer Pflanze erhalten und verlängern in der nächsten Vegetationsperiode die Sprosse, zu denen sie gehören. Bei dieser monopodial im engeren Sinne genannten Art der Verzweigung ist also das Wachstum der einzelnen Sprosse, indem ihre Vegetationskegel erhalten bleiben, ein gewissermaßen unbegrenztes. Wir finden solche Monopodien besonders schön entwickelt bei unseren Nadelhölzern. Der Stamm einer dreißigjährigen Tanne ist, wenn man den primären aus der Plumula hervorgegangenen Sproß als solchen erster Ordnung bezeichnet, noch immer derselbe Sproß erster Ordnung. Die Hauptäste des Baumes sind mit Bezug auf diesen Sproß solche zweiter Ordnung usw. In anderen Fällen, zum Beispiel bei unseren Kätzchenbäumen (Hasel, Buche, etc.), fällt die Terminalknospe eines Sprosses entweder allein oder mit dem obersten Teil des Sprosses ab. Die oberste Achselknospe rückt an ihre Stelle und der aus ihr entstehende Sproß setzt in der nächsten Vegetationsperiode seinen Muttersproß fort. Man nennt ein auf diese Art sich verzweigendes Sproßsystem ein sympodiales Monopodium. Wenn sich der betreffende Achselsproß vollkommen genau in die Richtung des Muttersprosses stellt, ist diese Art des Längenwachstumes von einem typisch monopodialen auf den ersten Blick nicht zu unterscheiden. Auch an den Tochtersprossen erster Ordnung fallen die Terminalknospen ab und die entsprechenden Tochtersprosse zweiter Ordnung übernehmen die Verlängerung ihrer Muttersprosse. Es ist demnach

[1]) Vergl. S. 51

3

verständlich, daß der Stamm einer Buche oder Eiche nicht seiner
ganzen Länge nach ein Sproß erster Ordnung, sondern vielmehr
ein System ebensovieler Sprosse verschiedener Ordnung ist,
als er Vegetationsperioden durchlebt hat.

Gewisse Pflanzen mit gegenständigen [1]) Blättern (Mistel)
sind falsch dichotomisch verzweigt. Es geht da die Terminalknospe des Sprosses erster Ordnung zugrunde. Aus den Achselknospen je zweier gegenständiger Blätter entstehen Sprosse
zweiter Ordnung, welche das Wachstum des Sprosses erster
Ordnung wiederholen usw. Die falsche Dichotomie ist nur
ein spezieller Fall sympodialer Verzweigung.

Während die Terminal und Achselknospen an ganz bestimmten Stellen der Sprosse entspringen, entstehen die
Adventivknospen an beliebigen. Die aus den Adventivknospen hervorgehenden Sprosse heißen Adventivsprosse. Diese
können an Stämmen, Blättern oder Wurzeln (Wurzelbrut bei
Pappeln etc.) entstehen. Auch eine Verwundung des Pflanzenkörpers kann ihre Bildung anregen. Der „Stockausschlag“
unserer Laubbäume besteht aus solchen, meist durch besonders
großes, oft abweichend gestaltetes Laub ausgezeichneten
Adventivsprossen.

Sprosse, deren Internodien sehr kurz bleiben, heißen
Kurztriebe. Bei vielen Kurztrieben stellt der Vegetationskegel
sein Wachstum dauernd ein (z. B. bei den Nadelbüscheln der
Lärchen, Zedern, Föhren), bei anderen bildet er jedes Jahr neue
kurze Internodien, oder es können auch wieder lange Internodien entstehen, der Kurztrieb kann in einen Langtrieb
auswachsen. Unter Langtrieben versteht man Sprosse mit
verlängerten Internodien.

Wenn wir von Stämmen im allgemeinen sprechen, denken
wir zunächst an oberirdische Stämme. Diese Stämme tragen
die Laubblätter dem Lichte entgegen und leiten ihnen die zu
verarbeitende Nahrung zu. Man kennt mehrere Formen derselben. Beblätterte Stämme einjähriger Pflanzen oder Stauden
nennt man Stengel. Ein vollkommen blattloser Stengel

---

[1]) Vergl. S. 42.

heißt S c h a f t (Löwenzahn). Der Stengel der Gräser besitzt
oft hohle Internodien und stets massive Knoten und heißt
Halm. In diesen Knoten bleibt eine wachstumsfähige Zone
erhalten, vermittels derer eine Aufrichtung der durch Hagel
oder andere Einflüsse niedergestreckten Grashalme stattfindet.
Die am Boden hingestreckten, sich bewurzelnden und even-
tuell auch ablösenden Stämme heißen A u s l ä u f e r. S t ä m m e
schlechtweg nennt man die verholzenden Stämme der Bäume.

Unterirdische Stämme sind den meisten Stauden eigen.
Sie fungieren während der durch Trockenheit oder Kälte hervorgerufenen Zeiten des Stillstandes der Lebenstätigkeit der
Pflanze ähnlich wie die Stämme der Bäume hauptsächlich als
Nahrungsspeicher und ihre Zellen sind mit sogenannten Reservestoffen (Stärke etc.) reichlich angefüllt. Wenn dann bei günstigen Verhältnissen die Pflanze zu neuem Leben erwacht, neue
Blätter treibt usw., werden hierzu die auf gestapelten Reservestoffe benützt. Es gibt drei Typen unterirdischer Stämme:

1. Das R h i z o m (z. B. Farne, Salomonssiegel), ein langer,
horizontaler oder schief absteigender, meist zylindrischer, unterirdischer Stamm, der oft kleine schuppige Blätter trägt. Rhi-
zome sind sehr häufig und können leicht Anlaß zu einer Ver-
wechslung mit einer Wurzel geben, von der sie aber infolge
des Besitzes von Blättern leicht auseinanderzuhalten sind.

2. Der K n o l l e n (Kartoffel), ein ellipsoidisches oder
rundes unterirdisches Stammgebilde, meist mit einer Hülle ver-
korkter Zellen umgeben, und mit dem Wurzelstock durch Über-
gänge verbunden. Die Blätter sind wie bei diesem klein und
schuppenförmig. Die A u g e n des Kartoffelknollens sind kleine
Knospen.

3. Die Z w i e b e l (Liliengewächse etc.). Während beim
Rhizom und Knollen die Reservestoffe ausschließlich im betreffenden Stammgebilde aufgespeichert sind, sind sie bei der
Zwiebel vor allem in den Blättern. Der Stammanteil der
Zwiebel ist meist scheibenförmig und heißt Z w i e b e l-
s c h e i b e oder Z w i e b e l k u c h e n. Unten ist er mit gewöhnlich nur randständigen Adventivwurzeln besetzt, auf der Oberseite trägt er viele ineinandergeschachtelte Blätter, von denen

3*

36

die äußersten oft dünn, trockenhäutig und braun (Zwiebel-
schalen), die inneren, die Zwiebelschuppen, fleischig und
saftstrotzend, die eigentlichen Träger der Reservestoffe sind.
Die innersten (obersten) Blätter sind die an die Erdoberfläche
hervortretenden Laubblätter.

Bei manchen Pflanzen (Schlehdorn, Weißdorn) bilden
sich gewisse Triebe zu Dornen um, indem ihr endständiger
Vegetationskegel sein Wachstum einstellt und das mit einer
stechenden Spitze endende Gebilde erhärtet. Als Schutzmittel
gegen Tierfraß haben diese Dornen eine gewisse Bedeutung.

Während viele Hauptstämme vertikal nach aufwärts, also
gerade der Hauptwurzel entgegengesetzt wachsen und eine
der zu tragenden Last der Zweige und des Laubwerkes entsprechende Festigkeit besitzen, fehlt den Stämmen der Kletterpflanzen (Lianen) dieses Vermögen. Es benötigen diese
Stämme Stützen, an welchen sie emporklettern. Man unterscheidet Spreizklimmer, windende und mittels Ranken kletternde
Pflanzen und Wurzelkletterer.[1] Die Spreizklimmer, Pflanzen, welche gewöhnlich in dichtem Buschwerk vorkommen,
stützen sich gewöhnlich mit ihren abstehenden Ästen oder
Blättern auf die Gewächse ihrer Umgebung und gewinnen so
den entsprechenden Halt; oft treten Widerhaken an den Stämmen
und oft auch an den Blättern auf, mit Hilfe derer sie sich
verankern. Auf diese Weise gewinnt ihr Stamm, der so wenig
Festigkeit besitzt, daß er sich allein nicht aufrichten könnte,
immer neue Stützen für weiteres Wachstum. Bei den windenden Pflanzen sind es die Stengel selbst, welche die betreffende Stütze, z. B. die Stämme eines Strauches, umschlingen,
indem sie sich gegen dieselbe krümmen und an ihr weiter-
wachsen. Durch die kontinuierliche Krümmung und das beständige Wachstum erhält der Stamm einer solchen Liane die
Form einer Spirale, welche dem betreffenden Stamme dicht
anliegt. Man unterscheidet rechts und links windende
Stämme; zu ersteren gehört der Hopfen, zu letzteren die
Bohne. Relativ selten sind Pflanzen (z. B. der Weinstock),

[1] Über diese vergl. S. 30.

bei welchen gewisse Sprosse als Ranken ausgebildet sind, das heißt zu Organen, welche auf den durch Berührung mit fremden Gegenständen hervorgerufenen Reiz in der Weise reagieren, daß sie sich krümmen, den Gegenstand umfassen und so den weiterwachsenden Stamm halten. Solche aus Stammgebilden hervorgegangene Ranken bezeichnet man als S t a m m - r a n k e n — im Gegensatze zu den später noch zu besprechenden B l a t t r a n k e n.

In besonders trockenen Gegenden, wo die Ausbildung großer Laubmassen die Gefahr allzu großer Verdunstung und das Absterben laubreicher Pflanzen zur Folge hätte, werden die Blätter oft sehr rückgebildet oder verschwinden ganz, und die Stämme übernehmen ihre Funktion und erhalten dann oft ein von dem normalen sehr abweichendes Aussehen. Solcher die Blätter in ihrer Tätigkeit ersetzender Stammgebilde gibt es wieder mehrere Kategorien. Stets liegt aber diesen Bildungen die Tendenz eines möglichst großen Widerstandes gegen die Trockenheit durch möglichste Verkleinerung der verdunstenden Flächen zugrunde. Die S t a m m s u k k u l e n t e n (Euphorbien, Kakteen) haben gar keine oder sehr kleine, oft in Dornen umgewandelte Blätter. Der Stamm ist zu einem grünen, meist sehr voluminösen, wasserspeichernden Assimilationsorgan umgewandelt. Die eigentliche Hauptfunktion eines Stammes erscheint hier diesen sekundären Funktionen gegenüber ganz zurückgedrängt. Gegen Wasserabgabe sind diese Stämme durch Verdickung der oberflächlichen Zellwände, Wachsüberzüge usw., gegen die Angriffe der Tiere, denen sie in den Trockenperioden eine willkommene, erfrischende Nahrung bieten würden, häufig durch ein Stachelkleid oder durch giftige Inhaltsstoffe sehr gut geschützt. Bei den besonders für das Mittelmeergebiet und die trockenen Distrikte Südafrikas und Australiens charakteristischen R u t e n s t r ä u c h e r n sind ebenfalls die Blätter sehr reduziert oder fehlen ganz. An ihrer Stelle sind die meist zahlreich auftretenden rutenförmigen grünen Äste zu Assimilationsorganen geworden, welche infolge ihrer relativ kleinen Oberfläche und aus anderen später noch zu erläuternden Gründen sehr wenig transpirieren. In manchen Fällen (z. B. beim

Mäusedorn) sind die Äste den Funktionen der Blätter so vollkommen angepaßt, daß sie diesen auch äußerlich gleichen. Solche Phyllocladien müssen als Stammorgane bezeichnet werden, weil sie meist Blätter und auch Blüten tragen, was bei einem echten Blatte nie zu beobachten ist.

c) Das Blatt.

Die Blätter bilden sich, wie schon erwähnt, als seitliche Höcker am Vegetationskegel des Stengels, meist vom Grunde gegen die Spitze fortschreitend, so daß die untersten die ältesten sind. Ihr Wachstum ist im Gegensatze zu dem der Stämme ein begrenztes und erfolgt durch sich teilungsfähig erhaltende Gruppen von Zellen in der Mitte des Blattes oder an seinem Grunde. Ein Wachstum an der Spitze, wie dies bei Stämmen die Regel, gehört hier zu den Ausnahmsfällen und kommt nur bei Farnen vor, deren manche, wie die rankenden Gleichenien, ein unbegrenztes Wachstum ihrer Blätter aufweisen.

Nach ihrer Lage an einem Sprosse unterscheidet man Nieder-, Mittel- und Hochblätter. Die ersteren, als die zuerst entstehenden, sind schon an den Knospen häufig als derbe oder als trockenhäutige Schuppen ausgebildet (wir haben sie schon als Knospenschuppen kennen gelernt) und dienen zum Schutze des Vegetationskegels und der inneren noch zarten, wenig entwickelten Laubblätter.

Die Hochblätter sind gleich den Niederblättern oft verhältnismäßig kleine, schuppenförmige Gebilde, deren Funktion gleichfalls nicht vor allem in der Transpiration und Assimilation, sondern vielmehr häufig in dem Schutze der Blütenanlagen besteht. Meist stehen sie zu den Blüten in Beziehungen. Aus ihren Achseln entspringen nicht selten einzelne Blüten und sie heißen dann Tragblätter oder wohl auch Bracteen. Die Hüll- oder Involucralschuppen der Köpfchen unserer Korbblütler usw. sind nichts anderes als Hochblätter, welche infolge Stauchung der sie trennenden Internodien die bekannte Hülle oder das Involucrum dieser Gewächse bilden. Auch die Hüllkelche vieler Malven, die Hülle der Anemonen usw.

werden von Hochblättern gebildet. Als solche Hüllblätter zeichnen sich die Hochblätter nicht selten durch bunte Färbung, spreuartige Beschaffenheit etc. aus.

Die wichtigsten Blätter der vegetativen Zone sind aber die zumeist als Laubblätter ausgebildeten Mittelblätter, die Blätter schlechtweg. In gewissen Fällen gehen die Niederblätter allmählich in die Mittelblätter und diese in die Hochblätter über, in anderen Fällen sind die einzelnen Blattypen scharf voneinander geschieden.

Die Hauptfunktionen eines normalen Laubblattes sind die Assimilation und Transpiration[1]). Blätter, die diesen beiden Anforderungen in vollkommener Weise entsprechen, haben daher sehr viele chlorophyllhältige Zellen und nehmen eine möglichst große Fläche ein.

Der wesentlichste Teil eines Laubblattes ist seiner Aufgabe gemäß die Blattspreite, welche in bezug auf Größe, Konsistenz, Form, Spitze, Grund, Rand, Farbe und Nervatur sehr veränderlich ist. Die „Blattnerven" entsprechen den noch näher zu behandelnden, die Zu- und Ableitung der Nahrungsmittel besorgenden Gefäßbündeln des Blattes und den diese zur Erhöhung der Festigkeit begleitenden Bastbelegen. Will man die Funktion der Gefäßbündel in den Blattnerven hervorheben, so kann man sie vergleichsweise als Adern, um dagegen die festigende Rolle des Bastes zu betonen, als Rippen bezeichnen. Die Funktionen der tierischen Nerven haben aber die Blattnerven nicht. Sie sind entweder parallel, mit verbindenden Querbalken oder miteinander zu einem mehr minder engmaschigen Netze verbunden. Im ersteren Falle spricht man von einem gestreiftnervigen, im letzteren von einem netznervigen Blatte. Bei netznervigen Blättern durchzieht meist ein stärkerer Nerv als „Mittelnerv" die Mitte der Spreite, die er gewöhnlich in zwei symmetrische Hälften teilt, und es vereinigen sich nicht selten gewisse Nerven des Randes zu einem Strange, der das Einreißen der Blattfläche verhindert. Bei den handnervigen Blättern entspringen die

[1]) Vergl. S. 61. 148.

stärksten Seitennerven von einem Punkte des Hauptnerves,
bei den fiedernervigen einzeln oder paarweise von verschiedenen.
Auf die Details der Konsistenz, der Größenverhältnisse, Gestalt, Randbeschaffenheit, Nervatur der Spreite, die oft wichtige
Behelfe für die Systematik liefern, kann hier nicht näher eingegangen werden.

Die Spreite entspringt am Stengel entweder ohne Stiel
oder wird von einem entsprechend seiner Aufgabe als Träger
derselben durch Festigkeit sich auszeichnenden Blattstiel getragen. Im ersteren Falle nennt man das Blatt s i t z e n d,
im letzteren g e s t i e l t. Der Blattstiel ist zylindrisch,
häufig oberseits rinnig und auch seitlich nicht selten gefurcht,
ein Bauprinzip, durch welches bei größtmöglicher Ersparnis
an Material die größtmögliche Festigkeit erzielt wird. Mitunter
ist er an der Basis zur B l a t t s c h e i d e verbreitert und umfaßt dann nicht selten den Stengel zur Gänze oder doch einen
großen Teil desselben. Bei Gräsern, jungen Palmen usw. sind
diese Blattscheiden so groß, daß sie den schwachen Stamm
vollkommen bedecken. Sie sind dann durch große Festigkeit
ausgezeichnet.

Wichtig ist der Unterschied zwischen e i n f a c h e n und
z u s a m m e n g e s e t z t e n Blättern. Derselbe bezieht sich vor
allem auf die Spreite. Wenn der Rand derselben eine unge-
brochene, kontinuierliche Linie bildet, so nennt man das Blatt
g a n z r a n d i g. Häufig ist aber der Rand der Blätter w e l l i g
a u s g e b u c h t e t, g e k e r b t, g e z ä h n t oder g e s ä g t. Gehen
die Einkerbungen tiefer, so bezeichnet man, je nachdem sich
dieselben bis zu etwa $1/4$, $1/2$, $3/4$ oder bis zum Mittelnerv
der betreffenden Blatthälfte erstrecken, das Blatt als l a p p i g,
s p a l t i g, t e i l i g, s c h n i t t i g. Die Trennung der einzelnen
Teile kann so weit gehen, daß sie nur mehr durch den Mittelnerven miteinander in Verbindung sind. Solche Formen stellen
den Übergang von tief geteilten zu z u s a m m e n g e s e t z t e n
Blättern dar. Von solchen spricht man erst dann, wenn die
einzelnen Teile eine gewisse Selbständigkeit erlangen, die sich
vor allem darin äußert, daß sie einzeln von der Mittelrippe
abfallen und manchmal sogar gestielt sind. Man nennt die

einzelnen Teile eines solchen Blattes Blättchen. Diese sitzen an der gemeinsamen Mittelrippe, dem gemeinsamen Blattstiel. Entspringen die Blättchen, wenn ihre Zahl eine ungerade ist, von einem Punkte des gemeinsamen Blattstieles, der sich dann als Mittelrippe des Mittelblättchens fortsetzt, so nennt man das Blatt gefingert, entspringen sie dagegen an verschiedenen Punkten zu zweien oder einzeln in zwei Zeilen, gefiedert. Sind die Blättchen in ungerader Anzahl vorhanden, so heißt das Blatt unpaarig gefiedert. Der gemeinsame Blattstiel endet dann als Mittelnerv des Endblättchens. Gefiederte Blätter mit einer geraden Anzahl von Blättchen heißen paarig gefiedert. Der gemeinsame Blattstiel endet entweder an der Ansatzstelle der zwei letzten Blättchen oder setzt sich noch als kleines Spitzchen über dieselbe hinaus fort. Trägt der gemeinsame Blattstiel nur drei Blättchen, so nennt man das Blatt dreizählig (Goldregen). Die gefingerten Blätter entsprechen den handnervigen, die gefiederten den fiedernervigen einfachen Blättern. Bei gewissen Pflanzen (Akazien) trägt der gemeinsame Blattstiel statt einzelner in fingeriger oder fiederiger Anordnung stehender Blätter wieder gefiederte Blätter. Wir haben es da mit doppelt zusammengesetzten Blättern zu tun [1]).

Viele Blätter haben an der Basis zu beiden Seiten des Stieles je ein zumeist kleines, pfriemliches Gebilde von blattartiger Beschaffenheit, die Nebenblätter, welche oft sehr frühzeitig abfallen, in anderen Fällen aber ausdauern und manchmal sogar zu Dornen umgestaltet sind (zum Beispiel Robinien, viele kaktusartige Euphorbien etc.).

Bei *Lathyrus Aphaca* sind die Laubblätter in Ranken umgewandelt und die vergrößerten Nebenblätter übernehmen die wichtigsten sonst Laubblättern zukommenden Tätigkeiten, indem sie die Hauptassimilationsorgane dieser Pflanze repräsentieren und auch den größten Teil der Transpiration besorgen. In der durch den Besitz von gegenständigen [2]) Blättern

---

[1]) Vergl. Abb. 20.
[2]) Vergl. S. 42.

und Nebenblättern ausgezeichneten Familie der Rubiaceen sind bei manchen Gattungen (*Galium, Asperula*) die Nebenblätter von gleicher Größe und Form wie die Blätter. Es enstehen dadurch scheinbar sechs- oder durch Verwachsungen oder Teilungen der Nebenblätter auch vier- oder acht- oder noch mehrblättrige Quirle, in denen aber nur die eigentlichen Blätter Achselknospen haben.

Wie bei Robinie die Nebenblätter, so sind in gewissen Fällen die eigentlichen Laubblätter in Dornen umgewandelt. Die zu dreien bis sieben vereinigten oder auch in der Einzahl an den Langtrieben auftretenden Dornen unserer Berberitze entsprechen stets einem einzigen Blatte, das seine Natur auch insoferne nicht verleugnet, als in seiner Achsel ein Kurztrieb entspringt, welcher die normalen Laubblätter der Berberitze trägt. Die Stämme der Kaktus-Euphorbien haben je einen, zwei oder drei Dornen, je nachdem die Blätter oder die Nebenblätter oder die Blätter samt den Nebenblättern in Dornen umgewandelt sind. In manchen Fällen sind auch die ganzen Blätter oder, was besonders häufig, die obersten Blättchen zusammengesetzter Blätter in Ranken umgewandelt, welche in ganz gleicher Weise wie die Stammranken funktionieren (Wicken). Die Blätter der meisten australischen Akazien haben keine Blattspreiten. An deren Stelle übernimmt der flächig verbreiterte oder dornige Blattstiel die Funktionen der Assimilation und Transpiration (Phyllodien)

Die Stellung der Blätter an der Abstammungsachse ist keine regellose, sondern eine ganz gesetzmäßige. Diese Gesetzmäßigkeit steht aber immer mit den tatsächlichen Bedürfnissen der Pflanze in vollem Einklange, denn wir finden stets eine Stellung realisiert, durch welche einerseits eine ungünstige einseitige Belastung der Achse vermieden und andererseits eine möglichst vorteilhafte Stellung der Blätter zum Lichte erzielt wird. Wenn je zwei Blätter an einem und demselben Knoten entspringen und einander gegenüberstehen, heißen sie gegenständig. An aufrechten Sprossen ist dann das nächstfolgende Blattpaar gegen das untere um 90⁰ gedreht, das dritte steht über dem ersten usw. Diese Blattstellung ist die dekussierte. An wagrechten oder schiefen Sprossen mit dekussierter Blattstellung sind meist nur die Blattbasen dekussiert, die Spreiten haben sich, wie dies auch bei anderer Blattstellung an solchen Sprossen der Fall ist, um das einfallende Licht auszunützen, insgesamt in eine Ebene gestellt. Entspringen mehrere Blätter an einem Knoten, so heißt die Blattstellung quirlig. — Zumeist steht aber an jedem Knoten ein einziges Blatt. Die Blätter sind dann wechselständig. Aber auch da ist die Blattstellung eine vollkommen gesetzmäßige, weil die Blätter in ganz bestimmten Reihen am Stengel verteilt sind. Im einfachsten Falle, bei der zweizeiligen ($^1/_2$) Stellung (Gräser), steht das dritte Blatt über dem ersten, das vierte über dem zweiten usw. In einem anderen sehr häufig vorkommenden Falle ist das sechste Blatt über dem ersten, das siebente über dem zweiten usw. zu finden. Diese Stellung heißt $^2/_5$-Stellung. Außerdem gibt es eine $^1/_3$-, $^3/_8$-, $^5/_{13}$-Stellung. Wenn man die Blattbasen wechselständiger Blätter nach ihrer Entstehungsfolge am Stengel verbindet, erhält man eine Spirale, die Grundspirale. Der Nenner der genannten verschiedene Blattstellungen bezeichnenden Brüche zeigt an, wie viele Blätter die Grundspirale tangiert, um von einem Blatte bis zu dem nächsten genau darüberstehenden zu gelangen, der Zähler bezeichnet die Zahl der Umdrehungen dieses Teiles der Grundspirale um den zylindrisch gedachten Stengel. Bei der $^2/_5$-Stellung macht also die Grundspirale, um von einem Blatte zum nächsten genau darüberstehenden zu gelangen, zwei Umdrehungen und berührt dabei fünf Blätter.

Die Blätter ausdauernder Arten bleiben nicht während der ganzen Lebensdauer der Pflanze an ihrem Sprosse, sondern sie fallen nach einer gewissen Zeit ab. Dieser Ablösungsprozeß ist ein organischer Prozeß. Es entsteht an der Basis der Anwachsungsstelle des Blattes durch gesetzmäßiges Absterben gewisser Zellpartien eine verengte Stelle, an welcher das Blatt infolge seiner Schwere abfällt. Am Sprosse vernarbt die Stelle, an der das Blatt sich abgetrennt hat, und hat jetzt als Blattnarbe eine für die verschiedenen Typen charakteristische Form. In ganz gesetzmäßiger Weise vollzieht sich der Abfall der Blätter an den sogenannten sommergrünen Bäumen und Sträuchern jener Gebiete, in denen Wärme- mit Kälte- oder Regen- mit Trockenperioden wechseln, jedesmal zu Beginn der letzteren. Die in der nächsten Vegetationsperiode zur Weiterentwicklung bestimmten Achselknospen mit der Blattnarbe am Grunde lassen an den Sprossen solcher im Winter, respektive in der Trockenheit völlig laublos dastehender Holzgewächse die Stellung der abgefallenen Blätter erkennen.

d) Trichome und Emergenzen.

An den Hauptorganen der höheren Pflanzen, den Wurzeln, Stämmen und Blättern, treten oft noch in der Gestalt sogenannter Trichome und Emergenzen Nebenorgane auf, denen gleichfalls ganz bestimmte Leistungen obliegen. Selten sind Stengel und Blätter vollkommen kahl, zumeist sieht man an ihnen zerstreut oder in mehr minder dichten Überzügen auftretende, mannigfach gestaltete haarige, borstige, drüsige Gebilde oder auch Stacheln. Die genauere Beschaffenheit der Haare und Stacheln, welch letztere, auch wenn sie an Stämmen auftreten, mit äußerlich ähnlichen, aus Sprossen oder Blättern hervorgegangenen Bildungen nichts zu tun haben und schon durch ihre völlig ungesetzmäßige Anordnung von Stamm- oder Blattdornen leicht zu unterscheiden sind, werden wir im nächsten, dem inneren Aufbaue der höheren Pflanzen geltenden Vortrage genauer besprechen.[1] Es sei hier nur noch erwähnt, daß man zumeist die Haare und ähnliche Bildungen je nach ihrer Entstehung zwei verschiedenen Grundorganen, den Trichomen oder Emergenzen, zuordnet. Die später noch zu besprechenden Wurzelhaare gehören in die Kategorie der Trichome.

[1] Vergl. S. 64, 65.

Vierter Vortrag.

B. Innerer Bau der Farn- und Blütenpflanzen.

Der hohen äußeren Gliederung dieser Gewächse entspricht auch ein sehr vollkommener innerer Bau. Wenn wir die innere Organisation der Formen der einzelnen Pflanzenstämme vergleichend betrachten, sehen wir bei den niedersten Typen die Gesamtheit der Lebensäußerungen an eine einzige oder an mehrere gleichartige Zellen gebunden. Bald macht sich aber eine Arbeitsteilung geltend, indem verschiedene Zellen oder Zellgruppen eines Pflanzenindividuums in den Dienst verschiedener Verrichtungen treten und demgemäß eine verschiedene Ausbildung aufweisen.

Einem der einfachsten Fälle einer solchen Arbeitsteilung begegnen wir bei den einer festen Unterlage aufgewachsenen Fadenalgen, bei denen die Zellen am Grunde von denen des freien Endes oft beträchtlich verschieden sind. Bei den Lebermoosen mit flächenförmigem Lager sind die Rhizoiden wesentlich anders gestaltet als die assimilierenden Zellen des Thallus. Die ersteren sind langgestreckt, fädlich und chlorophyllfrei, die letzteren flach, plattgedrückt und enthalten reichliches Chlorophyll. Bei den Laubmoosen, welche, vom Boden emporstrebend, einer Leitung der Nahrungsstoffe und einer gewissen Festigung bedürfen, finden wir langgestreckte, dünnwandige Leitzellen und mechanische Zellen mit verdickten Wänden neben den Rhizoiden und den Assimilationszellen des Stammumfanges und der Blätter.

Bei den Gefäßpflanzen ist die Arbeitsteilung am weitesten vorgeschritten. Um uns über ihren Bau zu orientieren, empfiehlt es sich zunächst, die ihren Körper zusammensetzenden Elemente, die entweder einzelnen Zellen entsprechen oder durch Vereinigung mehrerer gleichartiger Zellen entstanden sind, kennen zu lernen. Die ursprünglichste Gestalt der Zellen, die Kugelform, kommt nur an solchen Zellen vor, welche in ihrer Ausbildung nach allen Richtungen ungehindert sind, also vor allem an vielen einzelligen Pflanzen. Das Zusammentreten der Zellen zu Verbänden (Geweben) bedingt eine gegenseitige Einschränkung ihrer Ausbildung und infolgedessen eine Änderung ihrer Form. An noch im Wachstume befindlichen Teilen des Pflanzenkörpers, wie an den Vegetationskegeln, sind die Zellen oft polyedrisch und ändern erst durch nachträgliches Wachstum, ihren verschiedenen Aufgaben entsprechend, Form und oft auch innere Beschaffenheit. Während junge Zellen nicht selten mit Protoplasma ganz erfüllt sind, tritt dieses später an die Wände zurück oder durchzieht nur mehr in einzelnen zusammenhängenden Strängen den Innenraum der Zelle und umschließt große, mit Zellsaft gefüllte Hohlräume (Vacuolen). Alte Zellen führen gewöhnlich nur mehr Zellsaft oder gar nur mehr Luft in ihrem Innern.

Häufig geht auch mit dem zunehmenden Alter der Zelle eine chemische Veränderung in der ursprünglich nur aus Zellulose bestehenden Zellmembran Hand in Hand, indem dieselbe verholzt oder verkorkt. Die Verschiedenheit der Zellen in der äußeren Form kommt aber durch ein sehr verschiedenartiges Wachstum der Zellmembran zustande. Je nachdem nämlich diese nach einer oder nach mehreren Richtungen an Fläche zunimmt, je nachdem sie sich verdickt oder nicht, und je nach der Art der Verdickung ist die Form der Zellen eine sehr verschiedene. Dünnwandige Zellen heißen, wenn sie von allen Seiten ziemlich gleichmäßig ausgebildet sind, Parenchymzellen, wenn sie aber nach einer Richtung einen bedeutend größeren Durchmesser haben, Prosenchymzellen. Zellen mit dicken, verholzten Wänden heißen, wenn sie die äußere Form von Parenchymzellen haben, Sklerenchymzellen, wenn sie aber nach Art des Prosenchyms langgestreckt sind. Sklerenchymfasern. Die Collenchymzellen sind stets unverholzte prosenchymatische oder seltener parenchymatische Zellen, deren Seitenwände nur längs der Kanten verdickt sind, so daß sie im Querschnitte ein Vieleck mit verdickten Ecken ergeben.

Die einzelnen Zellen jeder höheren Pflanze hängen mit den aneinanderstoßenden äußersten Teilen ihrer Membran, welche sich in ihrer chemischen Zusammensetzung von den übrigen Teilen der Zellwand unterscheiden und gemeinsam ein dünnes Häutchen, die Mittellamelle bilden, zusammen. Solange die Zellen noch Plasma führen, stehen ihre Anteile an demselben, wie schon erwähnt, durch feinste Stränge (Plasmodesmen), welche die Zellwände, auch wenn sie noch so dick sind, durchsetzen, untereinander in Verbindung, und es kommt so die Einheitlichkeit der betreffenden Pflanze als eines unteilbaren ganzen Individuums zum Ausdrucke.

An der Verdickung der Zellmembran beteiligt sich nur ihre von der Mittellamelle umschlossene Mittelschichte. Die Mittellamelle selbst bleibt unverdickt. Die verdickten Wandstellen erstrecken sich nicht gleichmäßig über die ganze Wand, sondern es bleiben gewisse unverdickte Partien erhalten. Die gegenseitige Abhängigkeit der Zellen kommt dadurch zum Ausdrucke, daß die verdickten und unverdickten Stellen der einen Zelle ganz genau denen der angrenzenden Nachbarzelle entsprechen.

Zu den einfachsten Fällen der Wandverdickung gehören die einfachen Tüpfel. Die verdickten Teile der Zellwand werden durch meist kreisförmig umschriebene unverdickte Stellen unterbrochen. Zu jeder solchen unverdickten Partie einer Zelle gehört eine solche der Nachbarzelle, so daß hier die Lumina der beiden Zellen je einen nach der größeren oder geringeren Dicke der übrigen Wand längeren oder kürzeren, überall gleichbreiten Kanal gegeneinander senden, der auf beiden Seiten bis zur gemeinsamen Mittellamelle reicht. Hoftüpfel kommen dadurch zustande, daß sich der Kanal auf beiden Seiten vom Zell-Lumen gegen die Mittellamelle zu verbreitert und infolgedessen nicht zylindrisch, sondern kegelförmig oder halbkugelig ist, und daß überdies die trennende Partie der Mittellamelle in ihrem mittleren Teile eine scheibenförmige Verdickung (T o r u s) hat, welche etwas größer ist als die entweder kreis- oder auch schief spaltenförmige Mündung (P o r u s) des Kanals in das Zellumen. In anderen Fällen, hauptsächlich bei langgestreckten Elementen, nehmen die Wandverdickungen eine geringere Fläche ein als die unverdickten Stellen und sind nur mehr als Ringe, schraubige oder ein Netz bildende Leisten ausgebildet. Sind Zellen mit verdickten Wänden im Verbande mit anderen, so ragen die verdickten Partien naturgemäß immer in das Lumen der betreffenden Zelle, also nach innen. Nur bei freien Zellen (Sporen etc.) sind sie außen zu finden. — Während die Verdickungen der Membran der Festigung des Pflanzenkörpers oder gewisser Teile desselben dienen, erleichtern die verdünnten Partien die Passage der Nahrungsflüssigkeit von einer Zelle zur anderen. Wenn sich bei einem Hoftüpfel der Torus an die Öffnung eines der beiden Kanäle legt, verschließt er dieselbe und erschwert oder verhindert dadurch das Weiterströmen der Flüssigkeit: wenn er sich dagegen in der Mitte des Tüpfels befindet, kann diese durch die ihn umrahmenden Stellen der dünnen Mittellamelle ungehindert passieren. Es ermöglicht also diese wunderbare Einrichtung der Hoftüpfel den betreffenden Zellen, trotz ihres festen Baues die Nahrung zu leiten.

Die Parenchymzellen haben sehr oft einfach getüpfelte Wände. Im Gegensatze zu ihnen zeichnen sich die prosenchymatischen Elemente durch eine große Mannigfaltigkeit ihrer Wandverdickungen aus. T r a c h e i d e n nennt man Prosenchymzellen, die, vor allem der Wasserleitung dienend, dünne oder dicke Wände mit großen Hoftüpfeln haben, an beiden Enden zugeschärft sind und nur Luft als Inhalt führen. Sehr langgestreckte Tracheiden mit besonders weitem Lumen und netzförmig, schraubig oder ringförmig verdickten Wänden heißen wohl auch G e f ä ß t r a c h e i d e n. Sind dagegen die Wände relativ dick und die Lumina eng, so spricht man von

Fasertracheiden. Ein solches Element vereinigt in sich
die Funktionen der Nahrungsleitung im Pflanzenkörper und
der Festigung desselben. Elemente, die ausschließlich der
letzteren dienen, haben im Zusammenhange hiermit ein besonders enges, ja manchmal verschwindendes Lumen und in
den sehr stark verdickten Wänden zumeist nur wenige spaltenförmige, schief gestellte Tüpfel. Es sind die schon genannten
Sklerenchymfasern. Die Milchröhren sind sehr langgestreckte, oft mannigfaltig verzweigte Zellen mit unverholzten
Zellulosemembranen, protoplasmatischem Wandbeleg und einem
milchigen Zellinhalt, welcher eine ganze Menge pflanzlicher
Stoffwechselprodukte, Harze etc. aufgelöst enthält. Solche einzellige Milchröhren sind gewissen Pflanzenfamilien, zum Beispiel
den Euphorbiaceen, eigen, entstehen schon in der Keimpflanze
und durchziehen schließlich den ganzen Körper der betreffenden Pflanze. Der Milchsaft ist die bei Verwundung einer
Wolfsmilch hervorquellende weiße Flüssigkeit.

Sehr oft, namentlich bei den höchststehenden (Blüten-)
Pflanzen, entsprechen die der Leitung dienenden Elemente nicht
einer einzigen Zelle, sondern sind durch Vereinigung mehrerer
Zellen entstanden. Die auffälligsten und häufigsten dieser
sogenannten Zellfusionen sind die Gefäße (Tracheen).
Dieselben entstehen aus einer langen Reihe von Zellen, welche
ganz dieselben Wandverdickungen aufweisen wie die Gefäßtracheiden, dadurch, daß die trennenden Querwände aufgelöst
werden. Die fertigen Gefäße sind den Gefäßtracheiden, entsprechend der völlig gleichen Funktion, sehr ähnlich, führen
wie diese nur Luft und unterscheiden sich nur durch ihre
größere Länge und dadurch, daß sie, als Zeichen ihrer Entstehung, die Reste der aufgelösten Querwände nur als wand-
ständige Ringe, wenn diese quergestellt waren, oder als durch
mehrere Löcher durchbrochene Platten — bei früher schräger
Stellung derselben — erkennen lassen. — Auch die Siebröhren sind Zellfusionen, die gleichfalls aus einer Längsreihe
von Zellen hervorgehen, deren Querwände jedoch nicht völlig
aufgelöst, sondern nur siebartig durchlöchert werden. Durch die
kleinen Poren der Siebplatte stehen die Inhalte der ein-

4

zeinen Glieder der Siebröhre miteinander in Verbindung. Die
Siebröhren sind sehr reich an schleimigem Inhalt, haben
unverdickte und unverholzte Wände, an denen sich ein proto-
plasmatischer Beleg erhält — die Wände der anderen leitenden
und der mechanischen Elemente sind zumeist verholzt — und
sind gewöhnlich mit mehreren sehr plasmareichen, kernfüh-
renden „Geleitzellen" in Verbindung. Während die Gefäßtracheiden und Tracheen die Leitung des die unverarbeiteten
Nährsalze enthaltenden Wassers besorgen, obliegt den Siebröhren der Transport bereits verarbeiteter Stoffe. Eine
dritte Kategorie von Zellfusionen bilden die Milchgefäße,
welche, in Aussehen und Funktion mit den Milchröhren vollkommen übereinstimmend, sich wieder nur durch die Entstehung von diesen unterscheiden, indem sie Produkte der
Verschmelzung mehrerer oder vieler milchsaftführender Zellen
sind. Sie kommen vor allem den Mohngewächsen zu und führen
dort den das Opium liefernden Milchsaft.

α) Der Stamm.

Die eben geschilderten Elemente finden wir im Körper
der höheren Pflanzen in mannigfaltiger Weise verbunden. Ihre
Anordnung ist jedoch keine regellose, sondern vielmehr eine
ungemein gesetzmäßige und möglichst zweckmäßige. Viele
Sklerenchymfasern bilden jene Stränge, welche, den ganzen
Stamm durchziehend, die große Biegungsfestigkeit desselben
bedingen, zahlreiche Gefäße und Siebröhren setzen mit Parenchymzellen, Sklerenchymfasern usw. jene uns immer wieder
begegnenden Bündel zusammen, die vor allem die Nahrungsleitung versehen. Plattenförmige, meist chlorophyllfreie Parenchymzellen bilden die äußerste Schichte, die Haut des
Körpers dieser Gewächse. Solche innige Vereinigungen von
Zellen, die uns entweder infolge ihrer ganz bestimmten Lage
oder weil sie immer eine und dieselbe Funktion versehen,
gewissermaßen als Einheiten höherer Ordnung im Leibe der
Pflanze erscheinen, bezeichnen wir als Gewebe. In bezug auf
die Entstehung und endgültige Anordnung können wir mehrere
Grundtypen der Gewebe unterscheiden, und wir wollen

dieselben zunächst an einer zweikeimblättrigen Blütenpflanze
in ihrer Entstehung und vollendeten Ausbildung betrachten.
Am Keimling eines solchen Gewächses, etwa einer Osterluzeipflanze (*Aristolochia Sipho*), ist der Herd des Wachstums des
Stammes stets der Vegetationskegel der Plumula. Hier finden
wir jene protoplasmareichen, polyedrischen, dünnwandigen
Zellen, welche durch fortgesetzte Teilung immer neue Zellen
erzeugen, die dann unter verschiedenartigen Veränderungen
ihrer Gestalt und ihres Inhaltes die Gewebe des Stammes
und der Blätter der fertigen Pflanze zusammensetzen. Dieses
bildungsfähige Gewebe an der Plumula und an den Vegetationskegeln überhaupt, dessen Zellen in beständiger Teilung
und stetigem Wachstum begriffen sind, nennt man Bildungsgewebe oder Meristem im Gegensatze zu den Geweben mit
nicht mehr teilungs- und wachstumsfähigen Zellen, welche die
ausgebildete Pflanze zusammensetzen, den Dauergeweben.
Die Entwickelung und das Wachstum der Osterluzeipflanze
besteht wie bei jeder anderen höheren Pflanze in nichts
anderem als in der fortgesetzten, in unseren Klimaten durch
gewisse periodisch wiederkehrende Ruheperioden (Kälte und
Trockenheit) unterbrochenen Umwandlung von Meristemen in
Dauergewebe.

Wenn wir an einem ein Jahr alten Individuum einer Osterluzeipflanze in einiger Entfernung vom Vegetationskegel einen
Stammquerschnitt machen [1], sehen wir die Dauergewebe des
Stammes. Vor allem bemerken wir ein Gewebe aus sehr vielen,
an ihren Ecken meist kleine, im Längsverlaufe miteinander in
Verbindung stehende Lufträume (Interzellularen) freilassenden, dünnwandigen Parenchymzellen, welche das Zentrum und den äußeren Teil des kreisförmigen Schnittes
einnehmen und außerdem in mehrere Streifen, wie Radien
eines Kreises, die beiden Teile miteinander verbinden. Die
äußeren dieser Zellen führen zumeist Chlorophyll, die inneren
Stärke und andere Substanzen. Die äußeren zwei bis drei
Zellschichten des peripherischen Teiles bestehen aus collen-

[1] Vergl. Abb. 1

4*

chymatischen Elementen, die inneren neun bis zehn enthalten
Sklerenchymfasern und bilden einen sehr festen Hohlzylinder,
der die große Biegungsfestigkeit des Stammes bedingt. Dieses
ganze aus parenchymatischen, collenchymatischen und skle-
renchymatischen Zellen gebildete Gewebe nennt man das
G r u n d g e w e b e.

Die Zellen der alleräußersten Schichte des Stammes, die
an die eben erwähnten Collenchymzellen anschließt, sind mehr
minder plattenförmig — im Querschnitt rechteckig, auf der

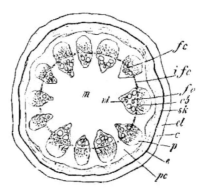

Abb. 1. Querschnitt durch einen 5 *mm* dicken Zweig von *Aristolochia Sipho*.
m Mark, *fc* Gefäßbündel, und zwar: *el* Holzteil, *cb* Siebteil, *fe* und *ifc* Cambium.
p Siebparenchym an der Außenseite des Siebteiles, *sk* Sklerenchymring, *e* Stärke-
scheide, *c* primäre Rinde, in dieser *cl* Collenchym. — Vergr. 9. — Nach S t r a s-
b u r g e r.

Außenseite viel stärker verdickt als an den Seiten und Innen-
wänden und führen kein Chlorophyll. Sie gehören dem H a u t-
g e w e b e an und bilden die E p i d e r m i s. Zwischen den farblosen Epidermiszellen sind in verhältnismäßig großen Zwischen-
räumen je zwei chlorophyllführende Zellen eingeschaltet,
welche, gleichfalls zum Hautgewebe gehörend, eine kleine,
in einen darunter im Stamme befindlichen Luftraum mündende
Spalte zwischen sich frei lassen, die S c h l i e ß z e l l e n, welche
den S p a l t ö f f n u n g s a p p a r a t bilden. Auf diesen für viele
Hautgewebe charakteristischen Bestandteil werden wir bei
Besprechung des Blattes zurückkommen.

Zwischen den radial angeordneten Grundgewebestreifen
befindet sich je ein Strang von Zellen, welche, sehr verschieden großes Lumen aufweisend, eine überaus gesetzmäßige
Anordnung zeigen. Aus dem Längsschnitte erkennt man, daß die
Elemente dieser Zellstränge größtenteils prosenchymatisch,
und zwar vor allem Siebröhren, Gefäße, Tracheiden und Sklerenchymfasern sind, zwischen denen aber auch Parenchymzellen
auftreten. Man nennt dieses Gewebe das Strang gewebe

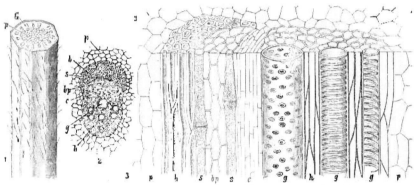

Abb. 2. Fig. 1. Stück eines Stengels der Sonnenblume *Helianthus annuus*, am
Querschnitte sind die im Grundgewebe *p* eingebetteten Gefäßbündel *G* ersichtlich.
— Natürliche Größe. — Fig. 2. Querschnitt durch ein einzelnes dieser Gefäßbündel.
h Libriformfasern, *g* Gefäße, und zwar von links nach rechts ein Hoftüpfel-, Ring-
und Spiralgefäß, *c* Cambiumzellen, *bp* Siebparenchym. *s* Siebröhren, *b* Bastfasern,
p Grundgewebe. — Vergr. 25. — Fig. 3. Dasselbe Gefäßbündel stärker vergrößert im
Längs- und Querschnitte. Bezeichnungen wie in Fig. 2. — Vergr. 100. — Nach
Wettstein. — Schematisch.

oder seiner Aufgabe nach das Leitungsgewebe. Ein einziger
solcher Zellstrang wird als Gefäßbündel bezeichnet. In
jedem Gefäßbündel sind zwei wesentlich von einander verschiedene Teile vereinigt, deren äußerer, gegen den Stammum-
fang zu gelegene, der Siebteil (Phloem), vor allem Siebröhren mit ihren Geleitzellen, Sklerenchymfasern (Bastfasern)
und Siebparenchym enthält, während der innere, viel größere,
der Gefäßteil (Xylem), aus Gefäßen, Tracheiden, Fasertracheiden, Sklerenchymfasern (Libriformfasern) und Holzparen-
chym, größtenteils verholzten Elementen, zusammengesetzt ist.

Dieser Gliederung in zwei verschiedene Teile, wie wir sie bei allen
Gefäßbündeln antreffen, entspricht auch eine Sonderung der Funktionen, indem im Gefäßteil vor allem die Leitung des Wassers mit
den aufgelösten Nährsalzen, im Siebteil dagegen hauptsächlich
die bereits verarbeiteter Substanzen stattfindet. Ein Gefäßbündel,
in welchem das Phloem außen und das Xylem innen liegt, wie
dies zumeist der Fall, wird kollateral genannt. Ist dem Xylem
auch innen Phloem angelagert, so heißt das Gefäßbündel bi-
kollateral (zum Beispiel bei den Kürbisgewächsen).

Die Gefäßbündel der Osterluzeipflanze sind gleich denen
fast aller Dikotyledonen wie die Seiten eines Zylindermantels
angeordnet. Die Gesamtheit der Gefäßbündel mit dem sie um-
schließenden Sklerenchymringe und dem ganzen Grundgewebe
innerhalb desselben nennt man den Zentralzylinder des
Stammes. Das Grundgewebe im Zentrum des Zentralzylinders
heißt man das Mark, das außerhalb desselben die primäre
Rinde, das zwischen den einzelnen Bündeln die primären
Markstrahlen. Die primären Markstrahlen sind also Ge-
webeplatten zwischen den Gefäßbündeln und verbinden die
primäre Rinde mit dem Mark. Ihre Zellen sind parenchymatisch,
lassen aber zumeist eine Streckung in der Richtung des
Stammradius erkennen, woraus man schließen kann, daß sie
ebenso, wie die in der Längenrichtung des Stammes gestreckten
Elemente der Gefäßbündel zur Nahrungsleitung der Länge
nach dienen, für die Leitung der Nahrung in radialer Richtung
bestimmt sind. Außerdem dienen sie aber gleich den Parenchymzellen des Markes als Speichergewebe zur Aufspeicherung von
Reservestoffen (Stärke usw.).

Zur primären Rinde der Osterluzeipflanze gehören also
außer der Epidermis das collenchymatische und parenchymatische Grundgewebe außerhalb des Gefäßbündelringes. Das vor
allem der Festigung dienende Sklerenchymgewebe des Zentralzylinders ist bei vielen anderen Pflanzen nicht in Form eines
Hohlzylinders vorhanden, sondern häufig nur als mehr minder
mächtiger Belag an der Außen-(Phloem-)Seite jedes Bündels.
Hierbei wird Material erspart und doch dieselbe Wirkung
erzielt, indem dann je zwei einander diagonal gegenüberstehende

Bastbelege als „Träger" und die zwischen ihnen sich befindenden Bündel und das Markgewebe als „Füllung" wirken. Manchesmal kommen auch Sklerenchymfasern an der Innenseite der Bündel oder auch im Marke vor. Häufig ist die innerste Schichte der primären Rinde als G e f ä ß b ü n d e l s c h e i d e, und zwar als P a r e n c h y m s c h e i d e (Stärke- oder Zuckerscheide) — wenn die Zellen zur Leitung von Stärke oder Zucker bestimmt sind — oder als S c h u t z s c h e i d e — wenn die tangentialen Wände verkorkt sind, so daß der Saftaustritt aus den Bündeln in die Rinde unterbleibt — ausgebildet. Die Zellen der Gefäßbündelscheiden sind langgestreckt, parenchymatisch und haben gewellte Radialwände.

Das Längenwachstum des Stammes erfolgt in der Weise, daß vom Vegetationskegel aus fortwährend neue Zellen in Dauergewebe umgewandelt werden. Oft läßt sich schon in der noch im Wachstume begriffenen Zone die Gliederung in Haut-, Grund- und Stranggewebe erkennen, indem aus der äußersten Zellschichte — D e r m a t o g e n — die Epidermis, aus dem zentralen Teile — P l e r o m — die relativ langgestreckten Zellen und Zellfusionen des Stranggewebes und aus den zwischen Dermatogen und Plerom liegenden Schichten — dem P e r i b l e m — das Gewebe der primären Rinde hervorgeht.

Alle jene oberirdischen Stengel dikotyler Pflanzen, welche nur eine Vegetationsperiode erhalten bleiben, weisen zur Zeit ihrer vollen Entwickelung einen dem eben geschilderten ähnlichen oder gleichen Bau auf und wachsen auf die angegebene Weise vom Vegetationskegel aus. Wenn aber ein solcher Stengel zu längerem Leben bestimmt ist, wie dies bei unseren Holzgewächsen der Fall, so spielen sich noch eine Reihe anderer Wachstumsvorgänge und Umgestaltungen in seinem Inneren ab. Das Längenwachstum erfolgt, wie schon erwähnt, durch die fortgesetzte Bildung neuer Internodien vom Vegetationskegel aus. Gleichzeitig wachsen aber die schon angelegten Internodien auch in die Dicke. Es erhält sich nämlich bei allen Dikotyledonen[1] in jedem

---

[1]) Vergl. Abb. 2.

Gefäßbündel zwischen Holz- und Siebteil eine wachstumsfähige
Zone, das Kambium, das ist ein Meristem, das im Gegensatze zu dem ursprünglichen oder Urmeristem des Vegetationskegels als ein Folgemeristem bezeichnet wird. Die
Zellen des Kambiums selbst sind prosenchymatisch und wie
alle in Teilung begriffenen Zellen sehr protoplasmareich und
mit einer dünnen, unverholzten Membran versehen. In diesem
Bildungsgewebe beginnen nun zu Anfang jeder neuen Vegetationsperiode, während an den Vegetationskegeln neuerdings
das Längenwachstum einsetzt — das ja durch die Vergrößerung der neugebildeten Zellen natürlich auch mit einem Dickenwachstum verbunden ist — Zellteilungen in radialer Richtung gegen die Rinde und das Mark zu, so zwar, daß nach
innen neue Holz-, nach außen neue Siebelemente gebildet
werden. Durch die fortgesetzte Anlagerung neuer Holzelemente
an die Holzkörper der Gefäßbündel muß naturgemäß das Kambium immer weiter nach auswärts rücken, was nur dadurch
möglich wird, daß nicht nur in radialer, sondern auch in tan-
gentialer Richtung Zellteilungen erfolgen. Ursprünglich nur in
den Bündeln auftretend, durchsetzt das Kambium alsbald auch
die Markstrahlen und erzeugt in diesen nach außen und nach
innen neues Markstrahlengewebe.

Es entsteht also außerhalb des Holzkörpers ein Hohlzylinder aus Kambium (Kambiumring), dessen Tätigkeit sich
von nun an in jenen Zeiten, in denen überhaupt ein Wachstum möglich ist, unausgesetzt bald energischer, bald langsamer
in der eben geschilderten Weise abspielt. Dadurch, daß sich
das Kambium immer weiter vom Zentrum entfernt, wird
sein Umfang immer größer, seine durch fortgesetzte Teilung in der Richtung der Tangente immer neu entstehenden Zellen immer zahlreicher. Aus dieser Art des Wachstumes ersieht man, daß die dem Kambium zunächstliegenden
Schichten des Sieb- und Holzteiles, also die innersten des
ersteren und die äußersten des letzteren, die jüngsten
Schichten sind.

Das Mark beteiligt sich gewöhnlich nicht mehr am weiteren
Wachstum. Seine Zellen verschrumpfen zumeist und spielen

keine Rolle beim weiteren Wachstume des Stammes. Die einzelnen Gefäßbündel sind als Einheiten kaum mehr zu erkennen; ihre großen Xyleme bilden den soliden zylindrischen Holzkörper des Stammes und den diesen als Hohlzylinder umgebenden viel schwächeren Siebteil. Neben den primären Markstrahlen werden jetzt, gleichfalls in radialer Richtung, innerhalb der ursprünglichen Bündel neue Markstrahlen vom Kambium aus gebildet, die s e k u n d ä r e n M a r k s t r a h- l e n, welche sich von den primären nur dadurch unterscheiden, daß sie nicht bis zum Zentrum des Stammes, sondern um so weniger weit nach innen reichen, je später sie entstanden sind. Die Markstrahlen sind wenige Zellreihen hoch und erscheinen im radialen Längsschnitte als breite Querstreifen, im tangentialen als sehr schmale Längsstreifen.

Infolge der fortgesetzten Zunahme des Umfanges des Kambiums und der Vergrößerung des Holzkörpers wird auf die außerhalb des Kambiums liegenden, meist nicht mehr wachstumsfähigen Gewebe, vor allem die Epidermis und die primäre Rinde, ein Druck ausgeübt, der schließlich oft das Zerreißen der peripherischen Teile des Stammes zur Folge hat. Es gibt nur sehr wenige Arten (zum Beispiel die Mistel), deren Stammepidermis sich durch Jahre lebensfähig erhält und, ohne zu zerreißen, mit dem Dickenwachstum gleichen Schritt zu halten vermag. In den meisten Fällen zerreißt jedoch die primäre Rinde oder wenigstens deren äußerer Teil samt der Epidermis und der Pflanzenkörper schreitet zur Bildung einer s e k u n d ä r e n R i n d e. Es entsteht außerhalb des Kambiums entweder in der primären Rinde oder sogar in den äußeren Teilen des Phloems ein zweites pheripherisches Folgemeristem, das P h e l l o g e n. welches nach außen ein neues Dauergewebe, das P e r i d e r m (Korkgewebe) erzeugt, dessen Zellen meist prismatisch mit rechteckigem Querschnitte sind und zumeist dünne, verkorkte Wände aufweisen, die für Wasser völlig undurchlässig sind. Das Periderm bildet zusammen mit den anderen, außerhalb des Phellogens liegenden Schichten die sekundäre Rinde, welche jetzt, oft in Gemeinschaft mit einem nach innen zu

abgeschiedenen Gewebe, dem oft chlorophyllführenden P h e l l o -
d e r m , an Stelle der primären Rinde die Funktion des
Schutzes des heranwachsenden Stammes nach außen (gegen
Fäulnis, mechanische Eingriffe) übernimmt. Solche Periderm-
bildungen kommen auch an unterirdischen Stämmen, zum
Beispiel an den Kartoffelknollen, vor. Die „Schale" der
Kartoffel ist ein Periderm. — An Stelle der Spaltöffnungen
der Epidermis sind jetzt andere Öffnungen — die L e n t i -
c e l l e n — getreten, welche, von vielen Zellen des Periderms
begrenzt, in Lufträume der primären Rinde führen und auch in
alten Stämmen den für die Pflanze sehr wichtigen Austausch
der Luft und des Wassers in Dampfform ermöglichen.

Wird das Phellogen in entsprechender Tiefe angelegt,
so lösen sich die äußersten Teile der sekundären Rinde mit
fortschreitendem Dickenwachstume ab und bilden die B o r k e,
welche als ein abgestorbenes Gewebe zu betrachten ist und
keine Rolle im Stoffwechsel spielt, sondern nur gewissermaßen
als Abschluß gegen außen dient. Je nachdem das Phellogen
einen geschlossenen Zylinder bildet oder nur an gewissen
Stellen des Stammquerschnittes auftritt, entstehen verschiedene
Arten der Borke (Ringel-, Schuppenborke usw.). Mit zu-
nehmendem Alter des Baumstammes bilden sich immer neue
Phellogenschichten, welche immer neue Borkenbildung bewirken. Gewisse Gerbstoffe in den Zellen verleihen der Borke
ihre spezifische Färbung.

Im Wachstume des Stammes und besonders des Holzteiles wechseln Perioden lebhafterer mit solchen langsamerer
Neubildung oder (wie an unseren Holzpflanzen) auch völligen
Stillstandes. In unseren Gegenden werden im Frühjahre, wo
die Aufnahme der Nahrungsflüssigkeit für die Ausbildung
neuen Laubes und die Entwickelung der Blüten weitaus am
lebhaftesten stattfindet, zur Erleichterung dieser Leitung Gefäße mit sehr weitem Lumen und dünnen Wänden, also leitende
Elemente, gebildet; gegen Schluß der Vegetationsperiode dagegen, wenn das Saftsteigen allmählich aufhört, erzeugt das
Kambium größtenteils mechanische Elemente, Fasertracheiden
und dickwandige Gefäße mit kleinem Lumen. Die zuletzt ge-

bildeten Gefäße haben die dicksten Wände und das kleinste
Lumen. Im nächsten Frühjahre beginnt dann die erneute
Tätigkeit des Kambiums mit der Erzeugung neuer dünn-
wandiger Elemente, um wieder mit der mechanischer Zellen
abzuschließen, und so wiederholt sich derselbe Prozeß in
jeder Vegetationsperiode. In dem viel kleineren Siebteile
herrscht kein solcher Gegensatz zwischen dünnwandigen
Frühlings- und dickwandigen Herbstelementen.

Während die Elemente des Holzkörpers, die innerhalb
einer Vegetationsperiode gebildet werden, alle möglichen Über-
gänge von dünn- zu dickwandigen zeigen, ist zwischen dem
verhältnismäßig kompakten Gewebe des Herbstholzes und
dem lockeren Gewebe des im nächsten Frühlinge gebildeten
Holzes eine scharfe Grenze, der J a h r e s r i n g, schon mit freiem
Auge leicht wahrzunehmen. Die Zahl dieser Jahresringe läßt
das Alter des betreffenden Baumes erkennen. Im Siebteile sind
Jahresringe nicht zu unterscheiden.

Gleich den äußersten bestehen auch die innersten
Schichten eines Holzstammes nur mehr aus abgestorbenen
Zellen, welche statt des Protoplasma Luft führen und nicht
mehr der Nahrungsleitung, die ausschließlich von den dem
Kambium zunächst liegenden Elementen besorgt wird, sondern
lediglich der Festigung dienen. Reichlich aufgestapelte Gerb-
stoffmassen bewahren häufig diese Teile vor Fäulnis. Gleich
der Borke ist dann der innerste Teil des Holzkörpers dunkler
gefärbt als der äußere, dessen lebende Gefäße, Tracheiden usw.
noch der Wasserleitung dienen. Diesen bezeichnet man dann
als S p l i n t, jenen als K e r n. In anderen Fällen ist kein
solcher Unterschied zwischen Splint- und Kernholz vorhanden,
indem in letzterem keine Gerbstoffe aufgespeichert werden.
Die Röhren des inneren Holzes werden dann oft durch Gummi
(Kerngummi) oder durch Zellwucherungen, T h y l l e n, ver-
stopft und es wird dadurch das Aufsteigen des Wassers, das
in diesen abgestorbenen Elementen nur Fäulnis zur Folge
hätte, verhindert. In manchen Fällen tritt übrigens tatsächlich
eine Zersetzung des zentralen Holzkörpers ein, wofür die oft
an den Rändern unserer Bäche anzutreffenden hohlstämmigen

Weiden ein sehr gutes Beispiel abgeben. — Soviel über den Bau des Stammes der zweikeimblättrigen Blütenpflanzen. Dikotyledonen).

Die Gymnospermen, bei uns durch die Nadelhölzer vertreten, gleichen den Dikotyledonen in allen wesentlichen Momenten, vor allem im sekundären Dickenwachstume und unterscheiden sich nur dadurch, daß ihr Holzteil keine Gefäße, sondern nur Tracheiden besitzt (mit Ausnahme der Gnetinae). Ganz anders gebaut ist dagegen der Stamm der Monokotyledonen (einkeimblättrigen Blütenpflanzen). Die Gefäßbündel sind hier nicht in einem Ringe angeordnet, sondern über den ganzen Stammquerschnitt verteilt, es bildet sich in ihnen kein Folgemeristem, kein Kambium aus; im Gegensatze zu den offenen Bündeln der Dikotyledonen haben die Monokotyledonen geschlossene Bündel. Das Dickenwachstum solcher Stämme erfolgt hier entweder nur durch Entstehen immer neuer Bündel oder (bei Drachenbäumen, vielen Palmen etc.) durch einen außerhalb der Gefäßbündel innerhalb der Rinde sich bildenden Verdickungsring, welcher zunächst nur nach innen neues Dauergewebe erzeugt. Die die Bündel konstituierenden Elemente sind aber bei den Monokotyledonen dieselben wie bei den Dikotyledonen. Die Pteridophyten entbehren mit wenigen Ausnahmen der echten Gefäße. Gleich den Gymnospermen haben sie nur Tracheiden. Ihre Bündel stehen auf niederer Stufe, indem in denselben zumeist der Siebteil ringsum von Holzelementen umschlossen ist. Eines oder mehrere solcher konzentrischer Bündel durchziehen den Stamm der Farne und Bärlappe. Nur die Schachtelhalme haben kollaterale Bündel. [1]

b) Das Blatt.

Die Blätter sind ihren wichtigsten Aufgaben, das ist der Umwandlung der Kohlensäure der Luft und der durch die Wurzeln aus dem Boden aufgenommenen Nährsalze zu Bestandteilen des Pflanzenkörpers (Assimilation im weiteren Sinne)

[1] Genaueres hierüber noch auf S. 97.

61

und der Abgabe des Wassers in Dampfform (Transpiration), in vollendeter Weise angepaßt. Zumeist sind sie flächenförmig ausgebildet und haben dorsiventralen Bau, das heißt die Oberseite ist anders gestaltet als die Unterseite, und lassen sich durch eine Ebene in zwei symmetrische Hälften zerlegen (bilaterale Symmetrie). Andere Blätter, zum Beispiel die Kiefernadeln, sind isolateral gebaut, indem kein ausgesprochener Unterschied zwischen Ober- und Unterseite vorhanden ist.

Um den inneren Bau eines dorsiventralen Blattes kennen zu lernen, betrachten wir einen Querschnitt senkrecht zum Mittelnerv irgendeines flachen Laubblattes eines unserer heimischen Gewächse, z. B. der Erdscheibe (*Cyclamen Europaeum*)[1].

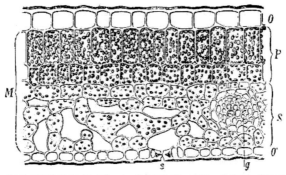

Abb. 3. Querschnitt eines Blattes von *Cyclamen Europaeum*. O obere, O' untere Epidermis, s Spaltöffnung, M Mesophyll, P Pallisadenparenchym, S Schwammparenchym, g Gefäßbündel. — Vergr. 300. — Nach Wiesner.

Wir finden ohne Mühe dieselben Gewebearten wie im Stamme. Vor allem fällt uns hier das Grundgewebe auf. Während im Stamme nur die Zellen der äußersten Schichten des Grundgewebes Chlorophyll enthalten, sind hier alle Grundgewebszellen durch reichlichen Chlorophyllgehalt ausgezeichnet. Es besteht dieses Grundgewebe oder Mesophyll aus 4 und mehr Schichten mit Chlorophyllkörnern angefüllter Parenchymzellen. Die Elemente der Oberseite sind in Anordnung und Form von denen der Unterseite beträchtlich verschieden. Während die

[1] Vergl. Abb. 3.

71

ersteren zylindrisch sind, auf der Oberfläche senkrecht aufstehen
und enge aneinanderschließen, lassen die mehr minder unregelmäßig gestalteten, oft etwas verzweigten Zellen der Unterseite
zwischen einander viele Lufträume frei und enthalten weniger
Chlorophyllkörner als diese. Man nennt das Mesophyll der Oberseite
Pallisaden-, das der Unterseite Schwammparenchym.
Entsprechend dieser Anordnung dient im allgemeinen das erstere
vor allem der Assimilation, das letztere der Transpiration.

Die äußerste Zellschichte, das Hautgewebe des Blattes,
besteht gewöhnlich aus chlorophyllfreien, plattenförmigen Zellen
und heißt Epidermis.[1]) Die Außenwände der Epidermiszellen sind
wieder viel stärker verdickt als die Seiten- und Innenwände und
außen gemeinsam mit einem dünneren oder dickeren, gegen
chemische Einwirkungen sehr widerstandsfähigen Häutchen, der
Kutikula, die von der Zellwand abgeschieden wurde, überlagert.
Während die Zellen der oberseitigen Epidermis gewöhnlich
lückenlos aneinanderschließen, haben die der Unterseite, wie
man sich am leichtesten überzeugt, wenn man die Epidermis
abzieht und von der Fläche betrachtet, viele, oft regelmäßig
in Reihen angeordnete Spaltöffnungen.[1]) Jede dieser Spalten
wird von zwei Zellen der Epidermis, den Schließzellen gebildet,
welche im Gegensatze zu ihren Nachbarinnen Chlorophyll enthalten. Die Schließzellen haben meist Nierenform und lassen,
indem sie mit ihren konkaven Seiten gegeneinander gekehrt
sind, zwischen sich eine ovale Spalte frei, welche in einen
unmittelbar darüber im Schwammgewebe befindlichen Luftraum
führt. Es kommuniziert also an diesen Stellen die Luft des
Blattes — die Interzellularen stehen ja untereinander in Zusammenhang — mit der Außenluft. Infolge einer sehr sinnreichen Einrichtung vermögen die Schließzellen ihre Form in
der Weise zu verändern, daß bei herabgemindertem Druck des
Plasmas und des Zellsaftes auf die Zellwand (Turgor) die
Spalte geschlossen wird, während sie bei erhöhtem Turgor
offen ist. Eine Herabminderung des Turgors tritt aber stets
bei geringer, eine Erhöhung bei großer Luftfeuchtigkeit ein.

[1]) Vergl. Abb. 4.

Es werden also in ersterem Falle die Spalten geschlossen, in letzterem aber geöffnet sein. Die Spaltöffnungen erleichtern also nicht nur die Transpiration, das ist die Abgabe von Wasserdampf aus den Zellen durch die Wände in die Luftkanäle und von diesen in die Außenluft, sondern sie vermögen dieselbe auch zu regulieren. — Blätter, welche lediglich der Assimilation dienen und nicht transpirieren, wie die im Wasser untergetauchten Blätter gewisser Wasserpflanzen,

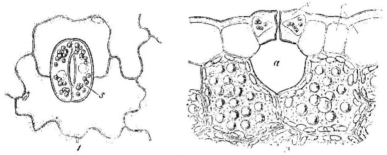

Abb. 4. Spaltöffnungsapparat des Laubblattes einer angiospermen Pflanze. Fig. 1. Von der Fläche. — Fig. 2. Im Querschnitte. s Schließzelle, e Epidermiszellen, a Luftraum. In Fig. 1 zeigen die Schließzellen, in Fig. 2 die den Luftraum nach unten begrenzenden Zellen des Schwammparenchyms Cytoplasma, Kern und Chlorophyllkörner. — Vergr. 400. — Nach Reinke.

haben keine ausgebildeten Spaltöffnungen. was uns ja, da wir deren Funktion kennen, nicht wundernehmen darf. Während man an dorsiventral gebauten Blättern die Spaltöffnungen zumeist nur auf der Unterseite findet, kann man sie bei Blättern isolateralen Baues in der Regel beiderseits antreffen, während sie bei Schwimmblättern nur oberseits auftreten.

Außer durch die Spaltöffnungen vermögen aber auch durch die Zellwände der Epidermiszellen hindurch Gase, allerdings in viel geringerem Grade, in die Außenluft zu gelangen. Bei Pflanzen trockener Gegenden. die der Gefahr des Austrocknens ausgesetzt sind, finden wir zumeist an den Blättern Vorkehrungen, welche darauf abzielen, die Transpiration durch die Epidermiszellen und auch durch die Spaltöffnungen möglichst einzuschränken. Die Kutikula solcher Gewächse ist sehr mächtig, häufig sind die Blätter mit einem abwischbaren, dem freien

Auge als Reif erscheinenden Überzuge bedeckt, der sich bei
mikroskopischer Untersuchung als eine aus Körnchen, Krusten
oder Stäbchen gebildete Wachsschichte erweist. Das
Wachs wird von der Oberhaut ausgeschieden, ist krystallinisch
und gehört zu den echten Fetten (Glyceriden). Sehr häufig sind
die Spaltöffnungen nicht auf gleicher Höhe mit den übrigen
Epidermiszellen, sondern mehr oder minder tief ins Blatt-
gewebe eingesenkt, so daß zur Zeit lebhafter Verdunstung über
ihnen Räume mit großer Luftfeuchtigkeit entstehen, welche eine
fortgesetzte allzu rasche Transpiration hintanhalten. Viele
Gräser haben Rollblätter, die, nur oberseits Spaltöffnungen
tragend, sich zu Zeiten großer Dürre mittels eigener, zu beiden
Seiten des Hauptnerven oder überhaupt zwischen je zwei Gefäßbündeln liegender Gelenkszellen der Länge nach schließen,
wodurch die Transpiration auf ein Minimum herabgesetzt wird.

In anderen Fällen sind es Haarüberzüge, welche
dem Transpirationsschutze dienen. Im einfachsten Falle sind
diese Haare oder Trichome warzenförmige stark vorgewölbte
Epidermiszellen. Oft sind sie der Länge nach in mehrere
Zeilen gegliedert oder bestehen aus mehreren Zellreihen, so
daß sie auch quergeschnitten mehrzellig erscheinen. In anderen
Fällen können sie wohl auch sternförmig sein. Solche Haare
treten nun mitunter an Stengeln und Blättern, namentlich bei
Pflanzen trockener Gebiete in so großen Massen auf, daß diese,
wie in einen dichten, meist weißen Pelz eingehüllt, gegen
allzu starke Wasserabgabe trefflich geschützt sind. —

Sehr häufig haben nur die jungen Blätter Haarüberzüge
(Huflattich), während die alten Blätter verkahlen. Diesem Haar-
filze kommt hier und in vielen anderen Fällen nicht nur die
Aufgabe zu, das im Werden begriffene Blatt vor allzu starker
Wasserabgabe zu bewahren, sondern auch das in den jungen
Zellen entstehende, noch sehr empfindliche Chlorophyll gegen
starke Beleuchtung zu schützen. — Trichome, namentlich der
Hochblätter der Blütenregion und auch des obersten Teiles
des Stengels, tragen nicht selten an der Spitze ein ein- oder
mehrzelliges Köpfchen, aus dessen Innerem eine oft klebrige
Flüssigkeit abgeschieden wird. Manchmal sitzen diese „Drüsen"

direkt auf der Oberfläche der Organe. Die Bedeutung derselben liegt in der Absonderung gewisser Stoffe, welche, für den Stoffwechsel überflüssig geworden, immerhin auch jetzt noch der Pflanze von Vorteil sein können, indem sie dieselbe vor Tierfraß schützen, gewissen Schädlingen das Hinaufkriechen zu den Blättern verweigern und dergleichen mehr.

Während die Trichome nur Oberhautgebilde sind, nehmen an der Bildung der ähnlichen, aber meist viel größeren Emergenzen (z. B. Stacheln an der Fruchtschale der Roßkastanie, „Dornen" der Rosen etc.), die häufiger an Stammgebilden als an Blättern auftreten, auch das Grund- und Stranggewebe Anteil. Als Stacheln dienen die Emergenzen zum Schutze gegen Tierfraß. —

Das Stranggewebe tritt auch in den Blättern, wie wir beim Zyklamenblatt, von dem wir ausgegangen sind, sehen, in der Form von Gefäßbündeln auf. Um ihrer Hauptfunktion, der Weiterleitung der vom Stengel und den Ästen zuströmenden Nahrung zu den Verarbeitungsstätten, den Mesophyllzellen, und auch wieder zurück in die Äste und den Stamm, dienen zu können, müssen sie mit den Stammbündeln in Zusammenhang stehen. An Längsschnitten kann man sich leicht davon überzeugen, daß gewisse Bündel des Stammes tatsächlich in die Blätter übertreten, ja an gewissen zarten Schattenpflanzen, z. B. bei *Impatiens parviflora*, kann man dies ohne jede Vergrößerung konstatieren, wenn man ein Exemplar im durchfallenden Lichte betrachtet. Es gibt aber auch Bündel, welche nur dem Stamme angehören und im Gegensatze zu den „Blattspursträngen" stammeigene Bündel genannt werden. Entsprechend dem Anschlusse der Bündel der Blätter an die der sie tragenden Achsen kommt in ersteren das Phloem auf der Unterseite, das Xylem auf der Oberseite zu liegen. Das Auftreten netznerviger Blätter bei den Dikotyledonen und gestreiftnerviger bei den Monokotyledonen erklärt sich dadurch, daß bei ersteren meist je ein großes Bündel in jedes Blatt eintritt, das sich dann sehr reichlich verzweigt und in immer kleinere Bündel auflöst, während die Blätter der letzteren meist von einer größeren Anzahl geschlossener Bündel, die

5

66

nur ganz feine Seitenzweige abgeben, der ganzen Länge nach durchzogen werden. — Wie im Stamme fällt auch in den Blättern den Bündeln vor allem die Aufgabe der Nahrungsleitung zu, und sie bestehen daher aus ebendenselben Elementen, Siebröhren. Tracheen, Tracheiden, Sklerenchymfasern usw. wie in diesem. Im Interesse einer möglichst gleichmäßigen Versorgung aller Teile der assimilierenden Laubfläche mit Nahrungsflüssigkeit ist die Verästelung der Bündel eine sehr weitgehende. Sie erinnert an die Verästelung der die Ernährungsflüssigkeit (Blut) leitenden Röhren (Adern) im tierischen Körper. Nach dieser Analogie werden die feinen Verzweigungen der Blattbündel als Adern (viel weniger bezeichnend als Nerven) angesprochen. Die dünnsten Ästchen bestehen meist nur aus einer oder doch nur einigen wenigen sehr zarten Tracheen, aus welchen die ihnen eng anliegenden Zellen des Pallisadengewebes die Nahrungsflüssigkeit erhalten. Die assimilierten Substanzen wandern in den Röhren des Siebteiles wieder in den Stamm zurück, um von hier aus zu den verschiedenen Verbrauchs- und Speicherungsstellen transportiert zu werden. Außer den Siebröhren des Phloems ist es noch ein eigenes Gewebe, die jedes Bündel als eng anschließender Mantel umgebende Gefäßbündelscheide, welcher gleichfalls die Rückleitung der assimilierten Nahrung obliegt. Die strahlenförmige Anordnung der Schwammparenchymzellen um die Gefäßbündelscheide erleichtert die Zufuhr der Nahrung in dieses leitende Gewebe.

Zur Herstellung der nötigen Festigkeit werden die Bündel in ganz ähnlicher Weise wie in den Stämmen, und zwar bei den Monokotyledonen alle Hauptbündel, bei den Dikotyledonen dagegen nur die Bündel der Mittelrippe und der kräftigsten Seitenadern von Sklerenchymfasersträngen begleitet. Häufig finden wir bei netznervigen Blättern einen durch die Vereinigung der Enden der Seitennerven entstandenen Randnerv, welcher mit mechanischen Elementen ausgerüstet ist, um das Einreißen der Blattspreite vom Rande aus zu verhindern.

Isolaterale Blätter unterscheiden sich von den dorsiventralen gewöhnlich nur dadurch, daß kein strenger Unterschied zwischen Ober- und Unterseite vorhanden ist, was sich sowohl im Bau des Haut- als auch des Grundgewebes äußert, indem in der Epidermis die Spaltöffnungen häufig über die ganze Oberfläche verteilt sind, im Mesophyll aber kein scharfer Gegensatz zwischen Pallisaden- und Schwammparenchym existiert.

c) Die Wurzel.

Während die rings vom Wasser umgebenen Algen die Nahrung mit der ganzen Oberfläche ihres Körpers aufnehmen, teilen sich bei den höheren Pflanzen die Blätter mit der Wurzel derartig in dieses Geschäft, daß von den ersteren die Kohlensäure der Luft, von den letzteren aber das Wasser mit den Nährsalzen dem Boden entnommen wird. Auch bei den normalen Wurzeln finden wir ein Haut-, Grund- und Stranggewebe. Das Hautgewebe einer echten Bodenwurzel ist dadurch ausgezeichnet, daß seine Zellen außen nicht kutikularisiert sind — wegen dieses Verhaltens hat man ihm zum Unterschiede von der Epidermis den Namen Epiblem gegeben — und daß in einer gewissen Entfernung von den Spitzen der Seitenwurzeln seine Zellen in lange, dünnwandige, saftreiche Trichome umgewandelt sind, welche sich den Bodenpartikelchen fest anschmiegen und ihnen die Nahrungsstoffe entnehmen[1]. Die durch die vielen Wurzelhaare bedingte Oberflächenvergrößerung gestattet die Aufnahme möglichst vieler Nahrungsflüssigkeit zur selben Zeit. Den Grundgewebszellen fehlt das Chlorophyll. Die Gefäßbündel sind nicht gegen die Peripherie, sondern gegen das Zentrum zu gerückt und haben anfangs radialen Bau, indem die Phloemelemente nicht außerhalb der Xyleme, sondern neben denselben zu liegen kommen. In den Xylemen sind nicht wie in denen des Stammes die äußersten, sondern die innersten Gefäße die weitesten. Das Dickenwachstum erfolgt in der Weise, daß sich zwischen Phloem und Xylem ein Kambiumring einschaltet, welcher ebenso wie beim Stengel nach außen neues Phloem, nach innen neue Holzelemente absondert. Dort, wo die Hauptwurzel mit dem Stamme zusammenhängt, findet eine Drehung

---

[1] Vergl. Abb. 13.

5*

ihrer Bündel in der Weise statt, daß die Holz- und Bastteile derselben an die des Stammes direkten Anschluß haben, so daß der Leitung der Nahrung kein Hindernis im Wege steht. Auch hier trennt eine einschichtige Gefäßbündelscheide den Zentralzylinder von der Rinde. Viele mechanische Elemente sind in der Wurzel nicht vonnöten. Soweit sie vorhanden, liegen sie gegen das Zentrum zu, da die Wurzel weniger biegungs- als vielmehr zug- und druckfest gebaut sein muß.

Besonders charakteristisch ist der Vegetationskegel der Wurzel. Er ist von einer ganzen Menge sich abstoßender und nur durch eine schleimige Absonderung in Verbindung bleibender Zellen, der W u r z e l h a u b e, überkleidet, welche die zarten Zellen der Vegetationsspitze vor der Berührung mit den Steinchen des Bodens bewahrt. Die Seitenwurzeln entstehen ähnlich wie die Seitenäste eines Sprosses in der Weise, daß die am weitesten von der Wurzelspitze entfernten, also hier die obersten, die ältesten sind. Während jedoch die Verzweigungen eines Stammes exogen entstehen, indem sich nur die äußeren als Dermatogen und Periblem bezeichneten Schichten des Vegetationskegels an ihrem Zustandekommen beteiligen und sie erst nachträglich mit Gefäßbündeln versehen werden, erfolgt die Neuanlage einer Nebenwurzel endogen, vom Gefäßbündel der Mutterwurzel aus, innerhalb der Gefäßbündelscheide. —

Diese Schilderung des inneren Aufbaues der höheren Gewächse konnte die einzelnen Organe nur insoweit berücksichtigen, als sie typisch ausgebildet sind und ihren normalen Funktionen dienen. Wenn sie für andere Aufgaben bestimmt sind, ändert sich natürlich ihre Struktur entsprechend der Art der neuen Funktion. Bei im Wasser untergetauchten Stämmen, zum Beispiel sind die Bündel samt den mechanischen Elementen gegen die Achse gerückt, da diese Pflanzen fast nur auf Zugfestigkeit beansprucht werden, die Luftwurzeln entbehren im Zusammenhange mit ihrem Auftreten außerhalb der Erde einer Wurzelhaube und haben zur Aufnahme von Wasser ein charakteristisches, zur Zeit der Trockenheit weiß erscheinendes parenchymatisches Gewebe (velamen radicum)

usw. So groß jedoch auch diese Abweichungen sein mögen,
die eben geschilderten wesentlichen Merkmale treten doch in
den meisten Fällen so auffällig zutage, daß es nur selten
schwer fallen dürfte, zu entscheiden, ob man es mit einem
Stamm, einem Blatt oder einer Wurzel zu tun hat.

Fünfter Vortrag.

II. Die Fortpflanzungsorgane.

Die Existenz jedes Organismus ist an zeitliche Grenzen gebunden. Jedes Individuum geht nach Ablauf eines gewissen für jede Art konstanten Zeitraumes aus uns unbekannten Ursachen zugrunde. Es würde demnach jede Art, auch wenn sie in Millionen von Individuen auf der Erde verbreitet wäre, in kurzer Zeit aussterben, wenn ihr nicht die allem Organischen eigene Fähigkeit der Fortpflanzung bei gleichzeitiger Vererbung aller charakteristischen Eigenschaften, also die Fähigkeit, aus sich selbst ihresgleichen zu erzeugen, gegeben wäre.

Die Fortpflanzung besteht immer in einer Abgliederung gewisser Zellen oder Zellgruppen des Organismus, welche zu einem neuen Individuum derselben Art heranzuwachsen vermögen. Je nachdem dieser Bildung der Fortpflanzungszellen oder — Zellgruppen eine Verschmelzung zweier Protoplasten, Befruchtung genannt, also ein geschlechtlicher Akt vorausgegangen ist oder nicht, spricht man von einer geschlechtlichen oder ungeschlechtlichen Fortpflanzung.

1. Ungeschlechtliche Fortpflanzungsorgane.

Die ungeschlechtliche Fortpflanzung ist eine im Pflanzenreiche weitverbreitete Erscheinung. Die einzelligen Organismen und Coenobien haben keine eigenen Organe zur Fortpflanzung. Bei den ersteren besteht der ganze Akt der ungeschlechtlichen Fortpflanzung in einer Teilung und Trennung des einzelligen Körpers in zwei Zellen, deren jede die Eigenschaften des Mutterindividuums ererbt und auch wieder zu dessen Größe heranwächst und nach einer gewissen Zeit sich ebenso teilt wie dieses. Auf solche Weise vermehren sich vor allem die Spaltpflanzen, viele einzellige Konjugaten und Grünalgen [1]). Bei den Spaltpflanzen, welche noch keinen eigentlichen Kern besitzen, bildet sich in der Mitte der Zelle eine neue Membran, an welcher dann die Trennung in der Weise erfolgt, daß jede neue Zelle die Hälfte der neu gebildeten Membran erhält; das junge Individuum wächst dann zur ursprünglichen Größe der Mutterpflanze heran. Wenn die Zellen sich nicht trennen, entstehen eben Coenobien. Bei den einen Kern enthaltenden Formen geht der Sonderung des Plasmas und der Bildung der neuen Zellwand eine meist komplizierte Teilung des Kernes voraus, die Karyokinese. Durch die Tatsache, daß bei diesen

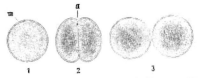

Abb. 5. *Pleurococcus vulgaris.* Fig. 1. Einzelnes Individuum. *m* Zellwand. Fig. 2. Zelle in Teilung begriffen. Bei *a* Bildung der neuen Membran. — Fig. 3. Die durch die Teilung entstandenen Tochterzellen. — Vergr. 100. — Nach Wettstein.

Kernteilungen selbst die kleinsten Partikelchen des Kernes noch geteilt werden, wird das Wesen der Vererbung, das heißt der Übertragung der Eigenschaften des Organismus auf seine Nachkommen unserem Verständnis näher gerückt. Denn diese kleinsten Teilchen sind offenbar die Träger vieler individueller Eigenschaften der Mutterpflanze. Die Karyokinese spielt auch bei vielen anderen Zellteilungsvorgängen, die nicht gerade mit der Fortpflanzung im Zusammenhange stehen, eine wichtige Rolle und ist ein im ganzen Pflanzenreiche weitverbreiteter Vorgang.

Während bei der Fortpflanzung der eben besprochenen einzelligen Organismen aus einer Zelle deren zwei hervorgehen, vermehren sich die Coenobien meist durch Zerfall ihres Körpers in seine Zellen oder doch in einzelne Gruppen von Zellen. Die Trennung kann entweder an beliebigen Stellen auftreten oder sie erfolgt an ganz bestimmten, von

----

[1]) Vergl. Abb. 5.

den übrigen Zellen der betreffenden Pflanze verschiedenen Grenzzellen, den ¯Heterocysten (*Nostoc*).

Bei den mehrzelligen Algen und Pilzen finden wir schon sehr oft gesonderte Fortpflanzungszellen, welche zumeist in ganz bestimmten Partien des Körpers entstehen und schließlich abgegliedert werden oder ausschwärmen, um zum Ausgangspunkte eines neuen Individuums zu werden. In der Ausbildung solcher Zellen herrscht ein sehr großer Gegensatz zwischen den als selbständig assimilierende Pflanzen im Wasser lebenden Algen und den Pilzen, welche zumeist außerhalb des Wassers eine saprophytische oder parasitische Lebensweise führen. In Anpassung an die Verhältnisse im Wasser haben die Algen sehr oft aktiv bewegliche Fortpflanzungszellen, Zoosporen, während die Fortpflanzungszellen der Pilze meist keine eigene Beweglichkeit besitzen, sondern durch den Wind verbreitet werden.

Den Zoosporen der Algen begegnen wir zunächst bei den Grünalgen [1]), woselbst sie in sehr mannigfaltiger Form auftreten. Sie entstehen in Ein- oder Mehrzahl in einer Zelle der Algen und verlassen dieselbe, um im Wasser, zumeist ohne Membran, als nackte, mit zwei, vier oder auch vielen Geiseln ausgestattete Protoplasmaklümpchen herumzuschwimmen. Die Bewegung kommt nicht nur durch Geiseln, sondern oft auch durch eine vom Protoplasma umschlossene pulsierende Vacuole zustande. Nachdem sie sich eine Zeitlang herumgetummelt, setzen sich die Zoosporen fest, umgeben sich mit einer Zellwand und wachsen durch für jede Art genau bestimmte Teilungen wieder zu einem vollkommenen Algenkörper heran. Die ungeschlechtliche Fortpflanzung durch Zoosporen ist auch in den Stämmen der Braun- und Rotalgen eine häufige Erscheinung. Den letztgenannten Formen sind auch fast immer bewegungslose, ungeschlechtliche Fortpflanzungszellen eigen, welche gewöhnlich zu vieren entstehen und deshalb Tetrasporen heißen.

Im Gegensatze zu den autotrophen gewöhnlich im Wasser

[1]) Vergl. Abb. 8. Fig. 2 und 3.

lebenden Algen haben die heterotrophen, zu allermeist ans
Landleben angepaßten Pilze unbewegliche Fortpflanzungszellen. Je nachdem diese innerhalb einer Zelle durch Zerfall
des Inhaltes derselben, das ist endogen, oder durch reihen-
weise Abschnürung nach außen, das ist exogen, entstehen,
nennt man sie Endosporen oder Exosporen (Konidien).
Endogene Sporenbildung sehen wir schon bei den
Bakterien, deren Zellen nicht selten, wenn die Verhältnisse
zu weiteren Teilungen ungünstig sind, innerhalb ihres Zell-
leibes eine Dauerspore bilden, welche, ungemein widerstands-
fähig, die höchsten Temperaturen (bis zu -130 und $+140^0$ C.)
auszuhalten imstande ist und erst, wenn neuerdings günstige
Vegetationsbedingungen vorhanden sind, wieder zu einer
normalen Spaltpilzzelle wird.
Besonders typische Fälle der Endosporenbildung
finden wir aber im großen Heere der eigentlichen Pilze.
Eines der besten Beispiele hierfür ist der gewöhnliche
Schimmelpilz (*Mucor Mucedo*), dessen Mycel auf Brot, Tinte,
Schuhwerk und anderen Substanzen organischer Abkunft wuchert.
Wenn sich dieser Pilz zur Vermehrung anschickt, erheben sich
gewisse Hyphenfäden aus dem Substrat, wachsen vertikal nach
aufwärts und tragen an ihrem Ende eine kugelige, mit einer
Membran umgebene, inhaltsreiche Zelle, deren Plasma schließlich
in eine große Anzahl von Sporen zerfällt. Durch das Gewicht
des Köpfchens wird der Träger nach abwärts gebogen, nach
einer gewissen Zeit wird die Membran der Mutterzellen aufgelöst und die Sporen gelangen ins Freie, um entweder auf
derselben Unterlage oder, durch Luftströmungen fortgeführt,
auf einem anderen Nährboden auszutreiben und ein neues
Mycel zu bilden. Auf ähnliche Weise vermehren sich auch
viele andere Pilze.
Einer besonderen Art der Bildung von Sporen begegnen
wir in der Reihe der Schleimpilze. Wir haben den Ent-
wickelungsgang derselben schon früher bis zur Ausbildung
des Plasmodiums verfolgt[1]). Nach einer bestimmten Zeit er-

---

[1]) Vergl. S. 11.

74

hebt sich aus dem Plasmodium ein ziemlich kompliziert gebauter, oft schön gefärbter, bei verschiedenen Typen sehr
mannigfach gestalteter, von einer derben Hülle umgebener
„Fruchtkörper", das A e t h a l i u m, welches gewöhnlich in
seinem Innern ein ungemein zartes, vielfach verästeltes Geflecht,
das K a p i l l i t i u m, birgt. Im Inneren des Aethaliums bilden
sich die einzelligen Sporen. Dieselben werden später frei und
besorgen die Verbreitung des Pilzes.

K o n i d i e n treffen wir besonders häufig unter den
e i g e n t l i c h e n P i l z e n. Ein schönes Beispiel bieten uns
die verschiedenen Pinselschimmel (*Aspergillus* und *Penicillium*).

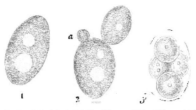

Abb. 6. Bierhefe (*Saccharomyces cerevisiae*). Fig. 1. Einzelliges Individuum. Es sind
die Zellwand, das Protoplasma, zwei große und mehrere kleine Vacuolen zu sehen.
— Fig. 2. Zelle mit zwei Konidien („sprossend"). — Fig. 3. Zelle mit Endosporen.
Vergr. 1200. — Nach W e t t s t e i n.

Diese Gattungen haben ein ähnliches Mycel wie *Mucor*, aus
welchem sich ein wie bei diesem vertikal nach aufwärts
wachsender Sporenträger entwickelt. Das Ende desselben ist
nun bei *Aspergillus* kopfförmig verbreitert und es schnüren
sich an demselben außen in vielen Reihen die Konidien ab,
welche schließlich durch die Luft verbreitet werden. Beim gewöhnlichen grünen Pinselschimmel (*Penicillium*) geht das Ende
des Trägers in mehrere stäbchenförmige Äste über, an deren
Enden sich erst die Konidien in großer Anzahl abschnüren,
so zwar, daß die oberste die älteste, zuerst gebildete ist. Die
Konidienbildung der Hefepilze, jener einzelligen Organismen,
welche in zuckerhältigen Flüssigkeiten Alkoholgärung hervorrufen, wird S p r o s s u n g genannt[1].

[1] Vergl. Abb. 6, Fig. 1 und 2.

84

Die höchststehenden Pilze, zu denen unter anderen
auch unsere „Schwämme" gehören, lassen sich in zwei große
Gruppen teilen, deren eine durch den Besitz ganz bestimmter
endogener, die andere durch ebenfalls ganz charakteristische
exogene Sporen ausgezeichnet ist. Sie bilden jene mehr oder
minder kompliziert gebauten Sporenträger aus, die uns als
gestielter „Hut" bei den Schwämmen oder als Schwamm
schlechtweg bekannt sind. Die erste Gruppe bilden die sogenannten Schlauchpilze, die zweite die Basidienpilze.
Diejenige Schichte des Hutes, in welcher die Sporen, respektive die Sporen erzeugenden Gewebe zu finden sind, heißt das
Hymenium.

Von den Schlauchpilzen haben nur wenige Formen,
wie die Morcheln und Lorcheln (*Morchella* und *Helvella*) große
Sporenträger. Der eigentliche Vegetationskörper eines solchen
Pilzes, zum Beispiel einer Morchel, ist sehr unscheinbar, denn er
besteht nur aus dem im Humus des Waldes oder der Wiese
wuchernden Mycelium. Aus diesem Mycelium erhebt sich nun,
wenn sich der Pilz zur Sporenbildung anschickt, ein Fruchtkörper, welcher eben das ist, was wir Morchel nennen. Der
Strunk sowohl als auch der eiförmige Hut bestehen aus
einem sehr engmaschigen Geflecht von Hyphenfäden, das
außer der dichteren Rinde keine Gliederung in verschiedene
Gewebe erkennen läßt. Das Hymenium ist jene Schichte,
welche den äußeren, grubigen Teil des Hutes überzieht. Hier
kommen in vollkommen regelmäßiger Anordnung, senkrecht zur
Oberfläche gestellt, länglich sackförmige und zwischen diesen
fadenförmige Zellen zur Ausbildung. In den ersteren zerfällt
das Protoplasma in zwei, vier und schließlich acht Teile,
deren jeder sich mit einer Membran umgibt und eine Spore
darstellt. In jedem Sacke befinden sich demnach acht Sporen.
Die einzelnen Säcke (Schläuche oder Asci) stehen eng-
gedrängt nebeneinander und sind nur durch die erwähnten
Fäden (Saftfäden oder Paraphysen) getrennt. Zur Zeit
der Sporenreife werden die Schläuche aufgelöst und die Sporen
kommen ins Freie, um durch den Wind verbreitet zu werden und
unter günstigen Verhältnissen ein neues Mycelium zu bilden.

Ähnlich sind die Verhältnisse bei den meisten andern Schlauchpilzen Die Trüffel zum Beispiel hat unterirdische, knollige. harte Fruchtkörper; das Hymenium ist im Innern dieser Knollen. Die verhältnismäßig großen, dunkelbraunen, stacheligen Sporen entstehen zu vieren in je einem Schlauche. Die Verbreitung erfolgt durch die Exkremente von Tieren (Schweinen), welche -die wohlriechenden und -schmeckenden Fruchtkörper ausgraben und verzehren. Bei vielen Gattungen sitzen die Schläuche in Perithecien, das ist in flachen oder krugförmigen Vertiefungen eines Fruchtträgers, welche mit kleinen Öffnungen an der Oberfläche desselben münden.

Noch viel mannigfaltiger in der Ausbildung des Fruchtkörpers sind die Basidienpilze. Ebenso wie für die Schlauchpilze die Schläuche, sind für diese die Basidien charakteristisch. Es sind dies an den Enden gewisser Hyphen auftretende keulige Gebilde, deren jedes 2—8 (meist 4) Stielchen, die Sterigmen, trägt. An jedem dieser Sterigmen wird eine einzige Spore (Basidiospore), die also eine Konidie ist. abgegliedert. Das die Basidien tragende Hymenium überzieht ganz bestimmte Teile des Fruchtkörpers. Bei den Hautpilzen (Hymenomyceten) ist es außen an den Fruchtkörpern, bei den Bauchpilzen (Gasteromyceten) im Innern derselben. Zu den Hymenomyceten gehören unsere wichtigsten Schwämme. Der Vegetationskörper derselben ist zumeist ein im Boden lebendes Mycel. ganz ähnlich dem einer Morchel. Am Fruchtkörper kann man meistens Hut und Strunk unterscheiden. Beim Champignon. Fliegenschwamm und vielen anderen Pilzen befindet sich das Hymenium, gegen Regen wohlgeschützt, auf vielen radialen Blättchen an der Unterseite des zusammen mit dem Strunke einem Regenschirm ähnelnden Hutes. Das Hymenium selbst besteht aus Basidien und Paraphysen. Bei anderen Pilzen stehen die Basidien nicht auf Blättchen, sondern in Röhren, zum Beispiel beim Herrenpilz. Manchmal fehlt auch der Strunk (*Polyporus*arten: Zunderschwamm). Wieder in anderen Fällen überkleidet das Hymenium Stacheln (*Hydnum*: Habichtsschwamm) oder die Enden von Keulen (*Clavaria*: Bärentatze). Die Bauchpilze, zu denen der bei uns häufige Flockenstäubling gehört, tragen das Hymenium im Innern ihres Fruchtkörpers. Gewöhnlich ist außer den Basidien noch ein dichtes Geflecht vieler Hyphenfäden vorhanden, zwischen welchen sich die von den Basidien abgetrennten Sporen befinden und welches dann, wenn die vertrocknende Hülle zerreißt, samt den Sporen als bräunliches Pulver vom Winde verbreitet wird.

Viele Schlauch- und Basidienpilze haben außer dem Stadium der gewissermaßen normalen Sporenbildung noch andere einfachere Konidienbildungen, welche an die des *Aspergillus* erinnern. Bei manchen findet ein ganz regelmäßiger Wechsel von Konidien und Asco-, beziehungsweise Basidiosporen bildenden Stadien statt: es liegt also hier ein Fall von Generationswechsel vor. Zwei einfache Beispiele mögen dies erläutern.

Unser gewöhnliches Mutterkorn, *Claviceps purpurea*, ist jenes horntörmige Gebilde, welches wir bereits als Dauermycel unter dem Namen Sklerotium kennen gelernt haben [1]. Dieses Gebilde tritt im Sommer an den Ähren mehrerer Getreidearten auf und fällt im Herbste zu Boden und überwintert. Im nächsten Frühjahre treibt es nun unter günstigen Verhältnissen eine größere Anzahl (10—20) dünner Strünke, welche an ihrer Spitze je ein kugeliges Köpfchen tragen. Strünke und „Hüte" bestehen aus einem ebenso dichten, ein Parenchym vortäuschenden Geflechte von Hyphen, wie der Fruchtkörper einer Morchel. An einem Querschnitte durch das Köpfchen erkennt man, daß in dasselbe zahlreiche flaschenförmige Perithecien eingesenkt sind, welche mit je einer kleinen Öffnung nach außen münden. In jedem Perithecium sitzt am Grunde eine große Anzahl von Schläuchen, deren jeder acht fadenförmige Sporen bildet. Zur Zeit der Getreideblüte verlassen die Sporen die sich auflösenden Schläuche und gelangen durch die Öffnung des Peritheciums ins Freie. Kommt nun eine solche Spore auf den Fruchtknoten einer Getreideblüte — die an

[1] Vergl. S. 19.

sich geringe Wahrscheinlichkeit hiefür wird durch die ungemein
große Menge der Sporen wesentlich erhöht — so treibt sie
einen Schlauch ins Innere derselben, aus welchem sich alsbald
ein den ganzen Fruchtknoten durchwucherndes und aussaugendes Mycelium entwickelt. Die einzelnen Hyphen desselben
sondern an ihren Enden an der Oberfläche des Fruchtknotens
viele Konidien ab. Durch eine gleichzeitig entstehende süßliche Absonderung werden Insekten angelockt, denen sich die
Konidien anhetten, um so von Fruchtknoten zu Fruchtknoten
verbreitet zu werden und neue Mycelien zu erzeugen. Nach
einer gewissen Zeit, zur Getreidereife, stellt der Pilz die
Konidienbildung ein und es wird jetzt das Mycel zum Sklerotium, das später zu Boden fällt und überwintert, um im Frühjahre
auf die bereits geschilderte Weise die Entwickelung des Pilzes
fortzusetzen. Wir sehen also, daß uns der Mutterkornpilz zu
verschiedenen Zeiten in zwei ganz verschiedenen Generationen
entgegentritt — einer Ascosporen- und einer Konidiengeneration
— und nennen diese Erscheinung Generationswechsel. Auch
die Pinselschimmel sind Schlauchpilze, welche zu gewissen
Zeiten in Gebilden, welche den Fruchtkörpern der höheren Ascomyceten analog sind, Schläuche mit Ascosporen tragen. Die
früher [1]) besprochenen charakteristischen Träger mit den exogen
entstehenden Sporen entsprechen nur einer Konidienform
dieser Pilze. — Die Hefepilze, deren Konidienform wir
bereits kennen gelernt haben[2]), erzeugen unter bestimmten
Ernährungsverhältnissen gleichfalls Zellen mit Endosporen [3]).

Auch unter den Basidiomyceten gibt es sehr typische
Fälle von Generationswechsel. Der gefürchtete in die Gruppe
der Rostpilze (Uredineen) gehörende Grasrost (*Puccinia graminis*) bildet im Sommer auf den Blättern und Stengeln
verschiedener Grasarten, auf denen er sich als Parasit angesiedelt hat, längliche, mißfarbige Streifen, den sogenannten Rost.
Bei näherer Untersuchung findet man im Innern der Wirtspflanze das Mycel des Pilzes, dessen Hyphen an gewissen
Stellen zu Büscheln vereint die Epidermis des befallenen

[1]) Vergl. S. 74. [2]) Vergl. Abb. 6. Fig. 2. [3]) Vergl. Abb. 6, Fig. 3.

Organs durchbrechen, um an die freie Oberfläche zu gelangen. Jede Hyphe des Büschels schnürt eine einzellige, dünnwandige, dunkelbraune Konidie, die Uredospore, ab. Diese kann wieder ein Gras befallen und eine Hyphe ins Innere desselben treiben, die zu einem neuen, Uredosporen erzeugenden Mycelium heranwächst. Im Herbste entstehen statt der Uredosporen zweizellige, dickwandige, zur Überwinterung bestimmte Teleutosporen, welche auf der Erde überwintern und im Frühjahre ein Promycelium, das ist ein mehrzelliges, saprophytisch am Humus lebendes fädliches Gebilde, erzeugen, an dessen Enden sich ähnlich wie bei den Basidiomyceten vier Exosporen, die Sporidien, abschnüren. Diese werden durch Luftströmungen fortgeführt, können sich aber merkwürdigerweise nur dann weiterentwickeln, wenn sie auf die Blätter des Berberitzenstrauches gelangen. Hier keimen sie, treiben einen Schlauch, der ins Innere des Blattes eindringt und zu einem Mycelium wird. Nach Ablauf einer gewissen Zeit bilden sich auf der Unterseite des befallenen Blattes breite, becherförmige Gebilde mit weiter Mündung, in welche Hyphenfäden hineinragen, die in großen Mengen neue Konidien, die Aecidiosporen, absondern. Auf der Oberfläche des Berberitzenblattes erzeugt das Pilzmycel engere, in ihrer Form den Perithecien des Mutterkornpilzes ähnliche Behälter, die Spermogonien, in welchen Hyphen des Myceliums die Pyknokonidien abschnüren. Die Aecidiosporen werden auch durch den Wind verbreitet und befallen die Vegetationsorgane der Gräser, um hier wieder zum Ausgangspunkt eines neuen Uredosporen liefernden Myceliums zu werden. Auch die Pyknokonidien sind ungeschlechtliche Fortpflanzungszellen. Der Generationswechsel der Rostpilze besteht also in einer regelmäßigen Aufeinanderfolge einer saprophytischen (Promycel) und mehrerer parasitischer Generationen, die sogar auf verschiedenen Wirten (ähnlich wie die Trichine) schmarotzen. Jede dieser Generationen erzeugt Fortpflanzungszellen ungeschlechtlicher Natur. — Verhältnismäßig einfacher ist der Generationswechsel der gleichfalls unliebsam bekannten Ustilagineen oder Brandpilze. Hier wechseln nur zwei Ge-

80

nerationen: ein im Frühjahre entstehendes, saprophytisch
lebendes Promycel und ein parasitisches Stadium, dessen in
den Fruchtknoten vieler Gräser massenhaft auftretende Konidien
ein dunkles Pulver (Brand der Gräser) bilden.

Die Flechten haben wir als Organismen kennen gelernt,
die aus einem Pilze und einer Alge zusammengesetzt sind
Der Alge fällt vor allem die Aufgabe der Assimilation, dem
Pilze die Herbeischaffung der anorganischen Nahrung zu. Die
Flechtenpilze sind zu allermeist Ascomyceten. Diese Pilze bilden
die für die Flechten charakteristischen Apothecien aus,
das sind scheiben- oder schüsselförmige Behälter der Schläuche,
wie sie auch bei frei lebenden Pilzen zu finden sind. Auch
Perithecien, in den Thallus eingesenkte Behälter mit nach
außen mündender Öffnung, werden von vielen Flechtenpilzen
gebildet. In den Apothecien und Perithecien liegen — genau
wie bei den frei lebenden Pilzen — die Schläuche, in welchen
auf die uns schon bekannte Weise die Ascosporen entstehen.
Außer diesen können von den Hyphen des Flechtenpilzes Exosporen, sogenannte Pyknokonidien. abgeschnürt werden, ähnliche Fortpflanzungszellen wie die Gebilde gleichen Namens
der Uredineen. Meist entstehen diese Pyknokonidien in den
Spermogonien dieser Pilze gleichwertigen Gebilden, den
Pykniden. Eine solche Ascospore aus den Apo- oder Perithecien oder eine Pyknokonidie aus den Pykniden einer Flechte
ist aber, wenn sie keimt, allein nicht imstande, eine neue
Flechte zu bilden. Sie würde vielmehr alsbald zugrunde gehen.
Nur wenn der Keimschlauch auf Algengonidien trifft, ist die
Möglichkeit der Bildung eines neuen Thallus gegeben, indem
er diese innig umschlingt und gemeinsam mit ihnen alsbald
lebhafte Teilungen eingeht. — Außerdem haben aber die
Flechten noch eine andere Art ungeschlechtlicher Fortpflanzungsorgane, welche die wunderbare Natur dieser eigenartigen Gebilde besonders schön zum Ausdrucke bringen. Es sind dies
die Soredien, Ballen von Algengonidien und Pilzhyphen.
welche sich entweder an ganz bestimmt umschriebenen Stellen
(Sorale) oder am ganzen Flechtenkörper, ihn oft wie ein
Pulver überziehend, entwickeln. Aus einem solchen Soredium,

das meist durch den Wind verbreitet wird, kann durch entsprechende Teilungen ohne weiteres ein neuer Flechtenthallus entstehen.

Bei den M o o s e n ist die vegetative Fortpflanzung eine überaus mannigfaltige. Teile der Rhizoiden, Stämmchen, Blättchen und vor allem des später noch zu besprechenden Protonemas können bei Laubmoosen zum Ausgangspunkt für die Bildung eines neuen Moospflänzchens werden. Das gesellige Vorkommen der Moose ist ja eine Folge ihrer überaus mannigfaltigen Vermehrung auf ungeschlechtlichem Wege. Organe, die n u r der vegetativen Fortpflanzung dienen, sind verhältnismäßig selten. Vor allem sei an die Brutkörper gewisser thallöser Lebermoose (*Marchantia* usw.) erinnert, welche sich in becherförmig umgrenzten Theilen des Lagers entwickeln. Sie sind vielzellige, bereits Chlorophyll enthaltende Zellplatten, welche sich von der Mutterpflanze ablösen und, wenn sie günstige Ernährungsbedingungen finden, sich alsbald bewurzeln und zu einem neuen Lebermoosindividuum heranwachsen.

Auch im großen Reiche der F a r n - und B l ü t e n p f l a n z e n ist die vegetative Fortpflanzung, wenn auch nicht so vorherrschend wie bei den Moosen, keine seltene Erscheinung. An den verschiedensten Teilen des Pflanzenkörpers können Sprosse mit verkürzten Internodien und dichtgedrängten, meist schuppigen Blättern: A b l e g e r, gebildet werden, die schließlich vom Mutterindividuum abgetrennt werden. Wurzeln treiben und zu einer neuen Pflanze derselben Art sich entwickeln. Wir begegnen solcher Ablegerbildung in den Achseln von Niederblättern bei Zwiebelpflanzen, zum Beispiel bei Laucharten, wo sich am Zwiebelkuchen der alten Zwiebel neue, in den Achseln der Zwiebelschuppen entstandene Brutzwiebeln bilden, oder in denen der Laubblätter, zum Beispiel bei der Feuerlilie, oder bei *Dentaria bulbifera*, deren Knöllchen nichts anderes sind als Ableger, die sich, nachdem sie abgefallen sind, bewurzeln, um zu einer neuen Pflanze zu werden, oder sogar ausschließlich in der Blütenregion, wie bei gewissen Laucharten oder Gräsern (Arten von *Poa* etc.), bei denen im Blüten-

6

stande an Stelle von Blütensprossen Vegetationssprosse, die gleich den Früchten zur Vermehrung dienen, zur Ausbildung gelangen. Eine und dieselbe Art kann in Gegenden, deren Klima die verhältnismäßig langwierige Entwickelung der Samen ermöglicht, wirklich blühen und fruchten, während sie in Gebieten, in denen sie nicht die für das Reifen der Samen nötigen Wärmeverhältnisse findet (zum Beispiel in den Alpen usw.), sich durch Jahre hindurch nur auf ungeschlechtlichem Wege vermehrt. Ja es gibt Grasarten, von welchen man bisher überhaupt keine Blüten gefunden hat.

Bei manchen Typen (zum Beispiel bei *Asplenium viviparum*, einem tropischen Farne) treten sogar an den Blättern neue Sprosse auf, welche in ähnlicher Weise wie die Brutknospen der Feuerlilie der ungeschlechtlichen Fortpflanzung dienen. Auch die Bewurzelung von Ausläufern und Lostrennung derselben von der Mutterpflanze zum Zwecke der Bildung eines neuen Individuums, wie wir dies bei der Erdbeere finden, ist als vegetative Vermehrung anzusprechen.

Auch die künstliche Vermehrung gewisser Pflanzen durch Stecklinge oder einzelne Blätter ist ein ungeschlechtlicher Fortpflanzungsakt. Der Mensch hat sich nämlich die Fähigkeit vieler Pflanzen, an Sprossen (zum Beispiel beim Oleander) oder sogar an Blättern (zum Beispiel bei Begonien) neue Wurzeln zu bilden, zunutze gemacht und versteht es, dieselben auf Grund dieser Eigenschaft zu vermehren.

2. Geschlechtliche Fortpflanzungsorgane.

A. Die geschlechtlichen Fortpflanzungsorgane der Lagerpflanzen (*Thallophyta*).

Das Wesen der geschlechtlichen Fortpflanzung besteht darin, daß der Bildung der zur Fortpflanzung bestimmten Zellen oder Zellgruppen eine Verschmelzung zweier Protoplasten, ein Befruchtungsakt, vorausgeht. In den einfachsten Fällen sind die beiden Protoplasten einander vollkommen gleichartig, während es ein Zeichen höherer Organisation ist, wenn sich ein Unterschied zwischen dem befruchtenden und befruchteten Protoplasten erkennen läßt, ein Unterschied, der sich zumeist auch auf die Zellen erstreckt, von denen die Protoplasten umschlossen sind. Man nennt den befruchtenden Protoplasten den männlichen, den befruchteten den weiblichen.

Vielen der niedersten Formen des Pflanzenreiches (Schleimpilze, Spaltpflanzen) fehlt überhaupt geschlechtliche Fortpflanzung. Zum erstenmal begegnen wir derselben erst bei den Jochpflanzen. Doch finden wir hier noch nirgends eigene Fortpflanzungsorgane. Als ein einfaches Beispiel sei der geschlechtliche Akt, wie er bei der zu den Konjugaten gehörigen Alge *Mougeotia* stattfindet, geschildert. Die Mougeotiaarten sind gewöhnlich im Wasser freischwebende, Watten bildende Zellfäden. Die Zellen der zur geschlechtlichen Fortpflanzung bestimmten Fäden sind einander vollkommen gleich. Die einander gegenüberliegenden Zellen paralleler Fäden dieser Algen treiben bis zur gegenseitigen Berührung Fortsätze (Kopulationsschläuche) gegeneinander. Die plattenförmigen Chromatophoren werden aufgelöst und die Protoplasmen samt der Kernsubstanz ballen sich zusammen, gleiten in die Kopulationsschläuche und verschmelzen nach Auflösung der trennenden Membranen in der Mitte zwischen den beiden Fäden. Mit der Vereinigung der Protoplasmen geht eine solche der Kerne Hand in Hand und gerade in ihr liegt das Wesen der Befruchtung.

Das Produkt der Verschmelzung, welches sich alsbald mit einer derben Zellwand umgibt, wird als Zygospore (Jochspore) angesprochen. Sie ist eine Dauerspore, das heißt erst nach einer längeren Ruheperiode kann sie durch entsprechende Teilungen einen neuen Mougeotiafaden bilden. Man nennt diese Art der Verschmelzung zweier Protoplasten Kopulation. Bei gewissen Spirogyraarten findet die Vereinigung der Protoplasten, der eigentliche Befruchtungsakt, nicht in der Mitte zwischen beiden Fäden, sondern in einer der beiden Zellen statt, deren Inhalte kopulieren, und man kann diese Zelle als die weibliche, die andere als die männliche bezeichnen [1]. Am höchsten

---

[1] Vergl. Abb. 7.

6*

84

stehen jedoch diejenigen Arten, bei denen sich die weiblichen Zellen auch durch ihre gedrungenere, mehr tonnenförmige Gestalt von den zylindrischen männlichen Zellen unterscheiden. Ein ähnliches Verhalten, wie die Spirogyren zeigen auch die einzelligen Desmidiaceen, die Kiesel- und gewisse Geiselalgen. Bei allen diesen einzelligen Formen sind es natürlich

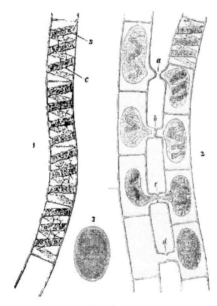

Abb. 7. Eine Spirogyraart. Fig. 1. Ein einzelner Faden mit vier Zellen, *c* Chromatophor, *s* Stärkekorn. - Fig. 2. Zwei Fäden mit kopulierenden Zellen, *a—d* aufeinanderfolgende Stadien der Befruchtung. — Fig. 3. Reife Zygospore. — Vergr. 350. - Nach De Bary und Wettstein.

ganze Individuen, deren Protoplasten sich am Kopulationsakte beteiligen. Die Kopulation ist die für den Stamm der Konjugaten charakteristische Art der Fortpflanzung.

Unter den Grünalgen finden wir bei den niedersten Formen (zum Beispiel bei *Pleurococcus*) überhaupt keine geschlechtliche Fortpflanzung. Erst auf höherer Stufe treffen wir Kopulation, die aber hier nicht innerhalb der gegeneinander wachsenden Zellhäute stattfindet. Es verlassen vielmehr die zur

Kopulation bestimmten Protoplasten die Zellmembranen, um als unbehäutete, mittels Cilien aktiv bewegliche Schwärmer sich im Wasser herumzutummeln. Sie sehen den früher besprochenen Zoosporen sehr ähnlich. Um ihre geschlechtliche Funktion anzudeuten, hat man sie Gam e t e n genannt. Nach einer gewissen Zeit der Bewegung legen sie sich zu zweien aneinander, ziehen ihre Wimpern ein und verschmelzen ·zu einem einzigen Protoplasmaklümpchen. welches sich entweder sofort oder nach längerer Bewegung mit einer Membran umgibt und jetzt auch als Zygospore bezeichnet wird. Die weitere Entwickelung der Zygospore ist der der Konjugaten sehr ähnlich. In den einfachsten Fällen sind die Gameten einander vollkommen gleich, ein Unterschied zwischen männlich und weiblich ist noch nicht vorhanden. Auf höherer Stufe läßt sich eine größere (weibliche) von einer kleineren (männlichen) Gamete unterscheiden.

Bei den höchststehenden Grünalgen finden wir bereits m ä n n l i c h e und w e i b l i c h e F o r t p f l a n z u n g s o r g a n e[1]. Die ersteren heißen A n t h e r i d i e n, die letzteren O o g o n i e n. Die Antheridien sind Zellen, aus deren Inhalt sich zumeist viele, mittels Cilien frei bewegliche Schwärmer, S p e r m a t o - z o i d e n entwickeln. Die Oogonien umschließen zumeist eine einzige Zelle, die E i z e l l e, deren Protoplasma zur Befruchtung durch die Spermatozoiden bestimmt ist. Diese schwimmen nachdem sie das Antheridium verlassen, im Wasser umher und dringen schließlich in die Eizelle ein, um mit dieser zu verschmelzen. Dieser Akt der Verschmelzung ist die eigentliche Befruchtung. Ein einziges Spermatozoid genügt zur Befruchtung einer Eizelle. Das Resultat der Befruchtung ist die Bildung einer mit einer Membran umgebenen Spore, der O o s p o r e, aus welcher in ähnlicher Weise wie aus den Zygosporen ein neuer Algenthallus entsteht. Die kompliziertesten Antheridien und Oogonien treffen wir im Bereiche der Grünalgen bei den Armleuchtergewächsen (Characeen).

Auch bei den B r a u n a l g e n entbehren die niedersten Formen der geschlechtlichen Fortpflanzung. Höher organi-

---

[1] Vergl. Abb. 8. Fig. 4 und 5.

sierte Formen zeigen Gametenkopulation. Bei ausbleibender Kopulation können sich auch die Gameten wie ungeschlechtliche Zoosporen verhalten. Die höchststehenden Braunalgen, haben ziemlich kompliziert gebaute Antheridien und Oogonien. Beide sitzen zumeist in Vertiefungen (Konzeptakeln) des Thallus. Die aus den Antheridien frei werdenden, im Wasser durch Cilien beweglichen Spermatozoiden befruchten die aus den

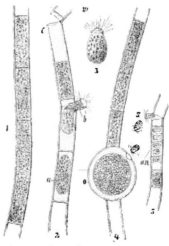

Abb. 8. Eine fadenförmige Grünalge (*Oedogonium tumidulum*). Fig. 1. Vierzelliger Faden. — Fig. 2 Faden mit freiwerdender Zoospore *b*, *a* Zelle vor, *c* nach dem Ausschwärmen der Zoospore. Fig. 3. Zoospore, *w* Wimpern. — Fig. 4. Faden mit Oogonium *o*. — Fig. 5. Fadenstück mit Antheridien *an*, *s* Spermatozoiden. — Vergr. 320. — Nach Pringsheim und Wettstein.

Oogonien austretenden und ohne aktive Bewegung im Meerwasser schwimmenden Eizellen.

Besonders kompliziert ist die Befruchtung bei den Rotalgen. Die Typen dieser sehr formenreichen Gruppe haben zum Unterschiede von den Grün- und den meisten Braunalgen nur passiv bewegliche männliche Fortpflanzungszellen. die Spermatien. Die Eizelle, Karpogon, hat an ihrer Spitze zumeist eine haarartige Verlängerung. das Trichogyn. Im Wasser fortgetrieben. gelangen die Spermatien an die Trichogyne und verschmelzen mit denselben. Diese Vereinigung ist aber nicht immer die eigentliche Befruchtung, sondern oft erst gewißermassen ein Anstoß zu derselben, indem jetzt der Inhalt des Carpogons mit anderen Zellen des Eiapparates Verschmelzungen eingeht, deren Resultat die Bildung der Rhodophyceenfrucht ist.

Die Pilze haben in Anpassung an den Landaufenthalt nicht 'nur meist die Bildung von Zoosporen, sondern auch die der beweglichen Protoplasten, die zur geschlechtlichen Fortpflanzung dienen, also der Gameten und zumeist auch der Spermatozoiden eingebüßt. Geschlechtliche Fortpflanzung ist überhaupt bei den Pilzen viel seltener als bei den Algen. Nur einige im Wasser lebende Pilze zeigen Befruchtung von Eizellen durch Spermatozoiden. Alle anderen Befruchtungsarten bestehen in Verschmelzungen ruhender Protoplasten. Der einfachste Fall ist nach Analogie der Konjugaten Kopulation. Wir finden dieselbe besonders schön beim gewöhnlichen Köpfchenschimmel. Zwei Fäden des Mycels wachsen bis zur Berührung der Wände gegeneinander, sondern dann durch Querwände je eine Zelle ab, deren Inhalte schließlich zu einer sich später mit einer derben braunen Membran bekleidenden Zygospore verschmelzen.

Eine nur bei Pilzen vorkommende Art der Betruchtung finden wir bei dem Kartoffelpilze (*Phytophthora infestans*), einem bekannten Schädlinge. dessen Mycel hauptsächlich im Gewebe der Kartoffelblätter lebt und auf deren Unterseite durch die Spaltöffnungen Konidienträger nach außen treibt. An gewissen Mycelfäden im Innern des Blattes finden sich nun Oogonien mit einer Eizelle. An anderen in der Nähe befindlichen Hyphen werden sogenannte Pollinodien angelegt, männliche Befruchtungsorgane, die keine Spermatozoiden ausbilden — dieselbe wären ja auch hier ohne Bedeutung, da sie in der Luft der Blattintercellularen von ihren Cilien keinen Gebrauch machen könnten — sondern gegen das Oogonium einen Schlauch treiben, der dessen Wandung durchdringt. Das Plasma des Pollinodiums gelangt dann in das Oogonium und verschmilzt mit dem Plasma der Eizelle. Die Bildung einer Oospore ist das Resultat der Befruchtung.

88

Den höheren Pilzen Asco- und Basidiomyceten —
kommt nach den heute herrschenden Ansichten überhaupt keine
geschlechtliche Fortpflanzung zu. Man hat allerdings gewisse
Kernverschmelzungen, welche der Bildung der Asci, beziehungsweise Basidien vorausgehen sollen, als geschlechtlichen Akt gedeutet, doch hat sich diese Ansicht bisher nicht
zu einer herrschenden Lehre auszugestalten vermocht. An
Stelle der geschlechtlichen Fortpflanzung haben diese Pilze
jene so ausgiebigen und mannigfaltigen Arten der ungeschlechtlichen Vermehrung, welche wir ja früher in ihren
wichtigsten Formen kennen gelernt haben.

Sechster Vortrag.

B. Die geschlechtlichen Fortpflanzungsorgane der Moos-, Farn- und Blütenpflanzen (*Bryophyta, Pteridophyta* und *Anthophyta*).

Die höheren Pflanzen von den Moosen aufwärts lassen sich in bezug auf ihre Fortpflanzung in eine natürliche Reihe bringen, deren Glieder, die Bryophyten, gleich- und ungleichsporigen Pteridophyten, Gymnospermen und Angiospermen, in ihren Befruchtungseinrichtungen eine immer vollkommenere Anpassung an das Landleben erkennen lassen. Während sich bei den Bryophyten und Pteridophyten die Befruchtung noch im Wasser vollzieht, haben sich die Gymnospermen und Angiospermen als höchstentwickelte Landpflanzen von der Befruchtung im Wasser vollkommen emanzipiert, aber nicht, wie die Pilze, dieselbe verloren, sondern an ihrer Stelle Einrichtungen erworben, welche eine Befruchtung außerhalb des Wassers ermöglichen.

Die Bryophyten oder Moose sind zwar zumeist Landpflanzen, welche nur durch Rhizoiden in dem wasserhältigen Boden befestigt sind, aber sie besitzen, wie wir bereits bei der Besprechung ihrer Vegetationsorgane kennen gelernt haben, in hohem Grade die Fähigkeit, Wasser in flüssigem Zustande festzuhalten, und sind somit noch in hohem Grade vom flüssigen Element abhängig. In der gesamten Pflanzenwelt nehmen sie demnach in gewisser Beziehung eine Zwischenstellung ein zwischen den größtenteils ans Wasserleben angepaßten niederen

Formen und den höheren Gewächsen, die größtenteils Land-pflanzen sind.

Die Befruchtung der Moose erfolgt aber immer im Wasser. Meist an der Spitze des Vegetationskörpers oder in den Achseln gewisser Blätter — es soll zunächst nur von den Laubmoosen die Rede sein — entstehen die männ-lichen und weiblichen Zeugungsorgane, die Antheridien und Archegonien. Dieselben treten bei manchen Arten an ein und demselben Individuum auf, bei anderen tragen gewisse Individuen nur Antheridien, andere nur Archegonien. Im ersteren Falle spricht man von einhäusigen, im letzteren von zweihäusigen Moosen. Häufig sind die Geschlechtsorgane von eigenen, aus Blättern gebildeten Hüllen (Perianthium) um-geben. Die Antheridien sind kugelige oder ellipsoidische Gebilde und enthalten ein parenchymatisches, nach außen durch eine aus einer Zellschichte bestehende Wand abgeschlossenes Ge-webe, aus dessen Zellen die bewimperten, nur im Wasser beweglichen Spermatozoiden hervorgehen. Die Archegonien sind komplizierter gebaut als die Oogonien der Algen. Sie haben meistens Flaschenform. Die kugelige Eizelle wird näm-lich von einem flaschenförmigen Gewebe, der Wand, um-schlossen, das aus einer Zellschichte besteht. Die Zellen des Halses dieser Flasche lassen zwischen sich einen zur Eizelle führenden Kanal frei, in welchem sich mehrere Zellen befin-den, deren untere, unmittelbar über der Eizelle liegende die Bauchkanalzelle genannt wird, während die oberen, die den Halskanal nach außen abschließen, Halskanalzellen heißen. Die Eizelle und Bauchkanalzelle samt den sie um-schließenden Wandzellen bilden den Bauchteil, die Hals-kanalzellen mit ihrer Wand den Halsteil des Archegoniums. Zur Zeit der Empfängnisreife der Eizelle verschleimen die Halskanalzellen und ihr Inhalt tritt über den Rand des Arche-goniums. Die inzwischen aus dem Antheridium freigewordenen, mit zwei Cilien versehenen Spermatozoiden bewegen sich im Wasser — ihr Austritt erfolgt nur zu Zeiten der Feuchtig-keit, in welchen die Perianthien mit Wasser gefüllt sind und der Mooskörper mit einer Wasserhülle umgeben ist — bis zum Halse eines Archegoniums, werden hier durch den Schleim der Kanalzellen festgehalten, dringen durch den Hals bis zur Eizelle vor und vollziehen hier die Befruchtung. Ein einziges Spermatozoid genügt zum Befruchtungsakte. Dieser selbst besteht in einer Verschmelzung des Kernes und Plasmas des Spermatozoids mit dem der Eizelle.

Nach der Befruchtung beginnt sich die Eizelle, ohne vom Moosstämmchen abzufallen, zu teilen. Durch fortgesetzte gesetzmäßige Teilungen und das Heranwachsen der neu gebildeten Zellen entsteht das Sporogon, das ist die Mooskapsel (wohl auch Moosfrucht genannt), samt dem Fuße, jenem Gewebsteile, welcher das Sporogon im Moospflänzchen befestigt. Meist erhebt sich das Sporogon an einem auch erst nach der Befruchtung durch Teilungen der Eizelle entstandenen, langen Stiele, der Seta, über das Moospflänzchen. Die Verbindung des Fußes mit diesem ist aber stets nur eine lose, niemals ist eine organische Verwachsung zu konstatieren. — Den Torfmoosen (Sphagnen) fehlt die Seta. An ihrer Stelle ist der oberste Teil des Moosstämmchens als Pseudopodium stielartig verlängert. — Während der Entwickelung der befruchteten Eizelle wird der Hals des Archegoniums von dessen Grundteil abgerissen und entweder abgeworfen oder er bedeckt, indem er sich vergrößert, den obersten Teil des Sporogons und wird von diesem, wenn es durch die Seta emporgehoben wird, als sogenannte Haube (Calyptra) mitgenommen, während der untere Teil als Scheide (Vaginula) zurückbleibt. Die Kapsel selbst besteht aus einer, mehrere Zellschichten dicken, meist Spaltöffnungen führenden Wand und aus einem von dieser umschlossenen Gewebe, aus dessen Zellen auf ungeschlechtlichem Wege zu vieren (in Tetraden) die einzelligen Sporen entstehen. Fast immer ist das sporenerzeugende Gewebe von einer Säule steriler Zellen, der Columella, zumeist der ganzen Länge nach — bei den Torfmoosen nur im unteren Teile — durchsetzt. Oben hat das Sporogon zumeist einen sehr zierlichen, oft gestielten Deckel, welcher zur Zeit der Sporenreife abfällt und dabei nicht unregelmäßig, sondern in der Weise abgetrennt wird,

daß das zurückbleibende Gewebe an der Abtrennungsstelle
desselben eine größere oder geringere Anzahl von Zähnen,
den Mundbesatz oder das Peristom, aufweist. Diese
Zähne sind sehr hygroskopisch, bei trockenem Wetter sind
sie, um den Sporen den Austritt zu gestatten, nach auswärts
gekehrt, bei feuchtem Wetter dagegen schließen sie zusammen
und verhindern so den Eintritt des Wassers in die Sporen-
kapsel. Die Sphagnen haben kein Peristom. Die Sporen sind
kugelige Zellen mit einer Membran, deren äußerer Teil, das
Exospor, stark kutikularisiert, während die innere Schichte,
das Endospor, dünnwandig ist. Das dicke Exospor schützt
den Inhalt der Spore gegen schädliche äußere Einflüsse. Wenn
die Spore unter entsprechende Licht-, Feuchtigkeits- und Wärmeverhältnisse gelangt, keimt sie, indem das Exospor gesprengt
wird und das nur von dem Endospor umgebene Plasma einen
Schlauch treibt, welcher, in die Länge wachsend, alsbald ein
Rhizoid in den Boden sendet. Der am Boden weiterwachsende
Teil des Schlauches teilt sich alsbald in mehrere Zellen.
Später verästelt er sich und die Zellen ergrünen durch Ausbildung von Chlorophyllkörnern. Man nennt dieses einer
Fadenalge sehr ähnliche Stadium das Protonema. Bei den
Torfmoosen ist dasselbe flächig gestaltet. An irgendeiner
Stelle des Protonemas bildet sich durch gesetzmäßige Zellteilungen eine Knospe, welche an der Spitze eine Scheitelzelle besitzt und zu dem vegetativen Mooskörper heranwächst,
an dem sich schließlich neuerdings die Antheridien und Archegonien entwickeln, deren Befruchtung sich wieder in der bereits geschilderten Weise vollzieht. So geht im wesentlichen
die Entwickelung aller Laubmoose vonstatten.

Bei den Lebermoosen ist das Protonema zumeist sehr
unscheinbar, oft flächig entwickelt und erinnert an das Prothallium der später zu besprechenden Farne. Die Geschlechtsorgane werden bei den frondosen Formen oft auf Teilen des
Thallus angelegt, die als Träger wesentliche Umänderungen
erfahren haben (zum Beispiel bei *Marchantia*). Die Bauch-
wand des Archegoniums wird niemals als Haube abgehoben,
sondern bleibt an der Basis des Sporogons als Scheide zurück.

Eine Columella fehlt mit einer einzigen Ausnahme vollständig.
Außer den Sporen werden in der Kapsel noch die sogenannten
Schleuderzellen, Elateren, gebildet, welche unter
anderem oft auch beim Ausstreuen der Sporen eine Rolle
spielen. Die Kapsel öffnet sich zumeist durch Klappen, seltener
durch einen Deckel. In der Art der Entwickelung stimmen
die Lebermoose mit den Laubmoosen vollkommen überein.

Wir erkennen in der Entwickelung aller Moose einen
Generationswechsel, bei welchem mit einer durch keine
Ausnahme gestörten Regelmäßigkeit eine geschlechtliche und
eine ungeschlechtliche Generation (Gametophyt und Sporophyt) abwechselt. Die erstere umfaßt das aus der Spore sich
bildende Protonema samt dem aus einer Knospe desselben
entstehenden Moosstämmchen, das dann die Befruchtungswerk-
zeuge trägt (daher der Name Gametophyt). Durch Befruchtung
der Eizelle des Archegoniums entsteht eine neue, die ungeschlechtliche Generation, das Sporogon, das mit der geschlechtlichen nicht organisch verbunden ist, seine Unabhängigkeit
von dieser vielmehr unter anderem dadurch zu erkennen gibt,
daß es oft Spaltöffnungen aufweist, was beim Gametophyten
nie vorkommt. Ohne eine nochmalige Befruchtung, also auf
ungeschlechtlichem Wege, entstehen im Sporogon die Sporen.
Man nennt daher diese Generation auch den Sporophyten.
Der eigentliche Vegetationskörper der Moose ist aber der
Gametophyt.

Die Farnpflanzen sind im Vergleiche zu den Moosen
schon viel mehr an das Landleben angepaßt, und im Zusammenhange hiemit können wir auch sehr leicht die Bedeutung der Unterschiede verstehen lernen, welche zwischen
dem Generationswechsel dieser Gruppe und dem der Farnpflanzen besteht. Wir wollen zunächst die Entwickelung eines
gleichsporigen[1]) Typus, zum Beispiel eines der Farnkräuter
unserer Wälder ins Auge fassen. Die an dem Farnwedel
entstehenden Sporen sind ganz ähnlich gebaut wie die Sporen
der Mooskapsel. Bei der Keimung, die auf der Erde statt-

---

[1]) Vergl. S. 98.

findet. wird das Exospor gesprengt, das von dem Endospor umhüllte Plasma tritt als Zellfaden, der sich sogleich mit einem Rhizoid im Boden befestigt, aus der Hülle des Exospors und beginnt sich alsbald zu teilen. Durch fortgesetzte Teilungen bildet sich eine kleine, meist herzförmige, an den Seiten einschichtige, grüne Zellfläche, das Prothallium, welches mit einer in der Bucht zwischen den beiden Lappen vorn befindlichen zweischneidigen Scheitelzelle weiterwächst und im ausgewachsenen Stadium meist nicht einmal 1 cm^2 Flächeninhalt besitzt. Auf der Unterseite ist es namentlich in der Mitte und an dem der Scheitelzelle gegenüberliegenden Ende mit vielen Rhizoiden im Boden befestigt und trägt vorn, zwischen den Rhizoiden, die Archegonien, welche, zum Teil im Prothalliumgewebe eingesenkt, viel einfacher gebaut sind als bei den Moosen, aber doch denselben Typus erkennen lassen, indem die Bauchkanalzelle, die Halskanalzellen und auch die Zellen der Halswand vorhanden sind. Aus anderen, weiter hinten gelegenen Zellen entstehen sehr einfach gebaute, kleine, aus dem Prothallium wenig hervorragende Antheridien (das Prothallium ist also einhäusig) mit Wandzellen und einer die Spermatozoiden bildenden Mittelschichte. Zur Zeit der Geschlechtsreife verlassen die Spermatozoiden das Antheridium, bewegen sich mittels zahlreicher Cilien im Wasser an der Unterseite des Prothalliums und dringen schließlich ganz wie bei den Moosen in den Hals der Archegoniums und befruchten die Eizelle.

Alsbald nach der Verschmelzung des Spermatozoids mit dem Plasma derselben beginnt sich diese zu teilen. An einem Prothallium geht stets nur aus der Eizelle eines Archegoniums eine Farnpflanze hervor. Zunächst entstehen zwei, dann vier Zellen. Diese sind bereits die Anlagen der Hauptorgane der entstehenden Farnpflanze, indem aus einer dieser Zellen die Wurzel, aus der zweiten der Stamm, aus der dritten das erste, sehr einfache Blatt (Keimblatt) des Farnes hervorgeht. Aus der vierten Zelle wird der Fuß, welcher den jungen Farnembryo im Prothallium befestigt und es dem heranwachsenden Pflänzchen ermöglicht, dem Prothallium Nährstoffe zu entziehen. Es

erfolgt jetz ein lebhaftes Wachstum, und alsbald sieht man an
dem aus der einen der ersten vier Zellen entstandenen Stämmchen
nach aufwärts ein Blatt und nach abwärts ein Würzelchen
wachsen. An der Spitze des Stämmchens hat sich der Vegetationskegel gebildet, durch dessen Teilungen das Stämmchen weiterwächst und neue Blätter entstehen. Bei den meisten Farnen
bleibt der Stamm kurz, bei unseren einheimischen sogar unter-
irdisch (als Rhizom), nur bei den Baumfarnen der Tropen erhebt er sich oft hoch über den Boden. In ganz gesetzmäßiger
Anordnung, stets wechselständig, entstehen an ihm die großen,
in der Regel an ihrem Stiele mit eigenartigen Trichomen,
den Spreuschuppen, bekleideten, meist kompliziert zusammengesetzten Blätter, welche in der Jugend spiralig
nach einwärts gerollt sind.

Au den Blättern der ausgewachsenen Exemplare bilden sich
unterseits in verschiedenartiger Anordnung Häufchen sogenannter Sporangien, gestielter oder sitzender Säckchen mit
einer aus einer Zellschichte bestehenden Wand, dem sporen-
erzeugenden Gewebe im Innern und der Tapetenschichte zwischen beiden. Wie bei den Moosen entstehen die
Sporen aus je einer Mutterzelle zu vieren (in Tetraden). Die
Sporangienhäufchen (Sori) sind entweder von einer Wucherung
der Epidermis des Blattes, dem Schleier (Indusium), dessen
Anheftung zur Zeit der Sporenreife sehr verschiedenartig sein
kann, überdeckt oder nackt. Eigentümlich verdickte Zellen, welche
in bestimmten Teilen der Sporangienwand auftreten und zusammen den Ring bilden, bewirken die Öffnung des Sporangiums
zur Zeit der Reife der Sporen. Die Sporen werden vom Winde
fortbewegt und keimen, auf einen entsprechenden Nährboden
gelangt, um in der bereits geschilderten Weise ein neues
Prothallium zu bilden. Blätter, an denen Sporen entstehen,
wie dies bei den Farnen der Fall ist, nennt man Sporen-
blätter oder Sporophylle, Blätter, welche nur der Assimilation, also der Ernährung dienen, Ernährungsblätter
oder Trophophylle. An den meisten unserer Farne vereinigen die Blätter die Eigenschaften eines Tropho- und
Sporophylles. Nur bei einigen, wie beim Straußfarn (*Onoclea*

Struthiopteris) wird die Assimilation von eigenen Trophophyllen, die Fortpflanzung von später entstehenden, ganz anders gestalteten Sporophyllen besorgt.

Wenn wir den eben geschilderten Generationswechsel der Farne mit dem der Moose vergleichen, so sehen wir, daß bei den ersteren die geschlechtliche Generation bedeutend unterdrückt ist, indem sie nur mehr aus dem kleinen, unscheinbaren Prothallium besteht, während als ungeschlechtliche Generation die ganze mächtige Farnpflanze mit ihren oft zahllosen Sori auftritt. Es entspricht also das Prothallium der Farne dem Protonema der Moose samt dem ganzen Vegetationskörper dieser Pflanzen, während die hochorganisierte, mit einem bereits aus Tracheiden (oder gar Tracheen) und Siebröhren zusammengesetzten Leitungsgewebe, Spaltöffnungen etc. ausgerüstete Farnpflanze, die man gewöhnlich einzig und allein als Farn bezeichnet, dem unscheinbaren Moossporogon gleichwertig ist. Dieses deutet allerdings dadurch, daß es allein am Moose Spaltöffnungen besitzt, darauf hin, daß es ein der Farnpflanze ebenbürtiges Gebilde ist. Es erscheint demnach bei den Farnen der Sporophyt bedeutend gefördert, der Gametophyt im Zusammenhange mit den viel geringeren Beziehungen dieser Gewächse zum flüssigen Wasser bedeutend unterdrückt.

Die übrigen gleichsporigen Pteridophyten verhalten sich im Prinzip wie die Farne. Nur ist der Bau der Sporophyten ein ganz anderer. Die Sporen der Schachtelhalme haben ein Exospor, welches sich in Form zweier riemenförmiger Stränge ablöst und sehr hygroskopisch ist, wodurch die Bewegung und Verbreitung der Sporen gefördert wird. Aus verschiedenen, der Gestalt nach gleichen Sporen entstehen zweierlei Prothallien, männliche und weibliche, die also wie gewisse Moose zweihäusig sind. Die Prothallien sind noch unscheinbarer als bei den Farnen. Die Befruchtung und Bildung des Sporophyten erfolgt in ähnlicher Weise wie bei den Farnen. Der Bau dieses Sporophyten ist nun ein ganz anderer. Während es bei den Farnen hauptsächlich die Blätter sind, welche der ganzen Pflanze das charakteristische Gepräge verleihen. sind hier die Blätter meist sehr klein, nicht geteilt, oft schuppenförmig und nicht wechselständig, sondern quirlig und an der Basis stets zu Scheiden verwachsen. Entsprechend der quirligen Stellung der Blätter ist auch die Verzweigung der Stämme. wenn überhaupt vorhanden, eine quirlige und auch die Seitenäste tragen an ihren Knoten Blattquirle. Die Assimilation fällt hauptsächlich den stets grünen, der Länge nach fein gerippten, verkieselten Stammgebilden zu.

Manche Equisetumarten (zum Beispiel *Equisetum arvense*) haben zweierlei Sprosse: unverzweigte, bleiche Sprosse mit Sporophyllen im Frühling (fertile oder Fortpflanzungssprosse) und reich verzweigte, grüne Sprosse ohne Sporophylle im Sommer (sterile oder Ernährungssprosse). Bei *Equisetum silvaticum* und anderen nehmen die Fortpflanzungssprosse nach Abwerfen der Sporophyllstände die Eigenschaften der Ernährungssprosse an. *Equisetum hiemale, variegatum* usw. endlich zeigen keinen Unterschied in ihren Sprossen.

Die Gefäßbündel sind nicht konzentrisch wie bei den Farnen, sondern kollateral und stehen wie bei den Dikotyledonen in einem Kreise. Die Stämme sind von einem großen zentralen und mehreren kleineren, der Zahl der Bündel entsprechenden und mit diesen abwechselnden peripherischen Lufträumen der Länge nach durchzogen. Auch die Bündel selbst führen je einen Luftkanal. — Die Sporophylle sind von den Trophophyllen verschieden und am Ende des Hauptstammes und oft auch gewisser Seitenäste zu je einem Sporophyllstande vereinigt. Sie sind gewöhnlich schildförmig und tragen auf der Unterseite mehrere Sporangien, welche durch einen Längsspalt sich öffnen und die Sporen, die wie bei den Farnen entstehen, entleeren. Gewöhnlich bildet unterhalb des Sporophyllstandes ein Kreis unfruchtbarer Blätter den sogenannten R i n g, eine Andeutung der Blütenhülle der Samenpflanzen. Während die Sporophylle der Farne sehr viele Sori tragen, deren jeder wieder viele Sporangien enthält, so daß also die Zahl der gesamten Sporangien an einem Sporophyll eine sehr beträchtliche ist, übersteigt sie hier selten die Zahl zehn und es ersetzt die große Zahl der Sporophylle die

7

geringe Zahl • der Sporangien an einem solchen Blattgebilde.

Die gleichsporigen Bärlappe endlich haben tetraedrische
Sporen ohne Exospor. Die aus diesen hervorgehenden knollen-
förmigen Prothallien sind einhäusig, rüben- oder walzenförmig
und leben, da sie wenig oder gar kein Chlorophyll führen,
saprophytisch. Die in den Antheridien entstehenden Spermatozoiden haben wie die der Moose nur zwei Cilien. Die befruchtete
Eizelle teilt sich zunächst in zwei Zellen, von denen die eine
zum Embryoträger wird, während aus der anderen durch weitere
Teilungen — in ähnlicher Weise wie aus der ganzen Eizelle
der Farne und Schachtelhalme — die Uranlage des Stammes,
ersten Blattes, der Wurzel und endlich der Fuß hervorgeht. Der
Sporophyt selbst besitzt dichotom-sympodial verzweigte Stämme
mit konzentrischen Bündeln und nadel- oder schuppenförmigen,
wechselständigen Trophophyllen und an den Enden der Sprosse
meist zu Ähren vereinigte, gleichfalls schuppenförmige Sporophylle, welche oberseits an der Basis je ein einziges Sporan-
gium tragen, das sich durch eine Längsspalte öffnet und die
Sporen (Semina Lycopodii) entleert.

Jeder dieser Gruppen von gleichsporigen (isosporen) Pteridophyten entspricht eine Gruppe von ungleichsporigen (heterosporen): den Farnen die Wasser-
farne, den Schachtelhalmen die bereits ausgestorbenen Kala-
miten, den Bärlappen endlich die sogenannten Moosfarne
(Selaginellaceen) und die Isoetaceen. Das Charakteristische des Generationswechsels dieser heterosporen Pteridophyten wollen wir an einer der in unseren Gewächshäusern
häufig kultivierten Arten der Gattung *Selaginella* kennen lernen.
Zum Unterschiede von den gleichsporigen Bärlappen entstehen
hier an den Sporophyten, die denen der Bärlappe ähnlich
sind, zweierlei Sporangien, kleinere (Mikrosporangien),
in welchen zahlreiche kleine Mikrosporen, und größere
(Makrosporangien), in welchen nur vier große Makrosporen gebildet werden. Die Sporen verlassen die Sporangien
und keimen auf feuchter Unterlage. Aus beiden Arten von
Sporen bilden sich sehr kleine Prothallien, welche aus der

Sporenhülle, die bei der Keimung gesprengt wird, nicht
heraustreten und nicht assimilationsfähig sind. Die Prothallien
der Mikrosporen entwickeln ein einziges, sehr einfach ge-
bautes Antheridium, aus dessen zentralen Teilen wieder die
Spermatozoiden entstehen. Die Prothallien der Makrosporen
tragen an ihrem freien oberen Ende ein paar sehr kleine, eingesenkte Archegonien. Die zweiwimperigen Spermatozoiden
bewegen sich auch hier im Wasser des Bodens zu den Archegonien, befruchten deren Eizellen, und aus einer der Eizellen
eines weiblichen Prothalliums entsteht in ähnlicher Weise wie
bei den Bärlappgewächsen der Embryo des Sporophyten. Die
beiden ersten Blätter des Sporophyten sind von den später
entstehenden nicht unbeträchtlich verschieden. Der wichtigste
Unterschied dieser Formen gegenüber den gleichsporigen liegt
also erstens in der Ausbildung von zweierlei verschieden gestalteten Sporen für das männliche und weibliche Prothallium
und zweitens in der noch weitergehenden Rückbildung der
geschlechtlichen Generation.

Am weitesten haben sich die Blütenpflanzen (Anthophyta) oder auch Samenpflanzen (Spermatophyta)
genannt, vom Wasser unabhängig gemacht, indem die Makro-
und Mikrosporen dieser ausnahmslos heterosporen Gewächse
vor der Befruchtung überhaupt nicht mehr zu Boden fallen,
um hier Prothallien mit Archegonien und Antheridien zu bilden.
Es bleiben vielmehr die Makrosporen in den Makrosporangien
auf dem betreffenden Sporophyten, das ist auf der eigentlichen
Pflanze, und die Mikrosporen werden zum Zwecke der Befruchtung durch die Luft zu ihnen getragen. Der Gametophyt,
den wir bei den Moosen als das ganze Moospflänzchen, bei
den gleichsporigen Pteridophyten noch als selbständig assi-
milierendes Prothallium, bei den heterosporen Pteridophyten
nur mehr als ganz rückgebildetes, die Spore nicht mehr ver-
lassendes Prothallium kennen gelernt haben, ist hier noch mehr
unterdrückt, indem er schon bei den Gymnospermen von den
Sporen umschlossen bleibt, bei den Angiospermen aber überhaupt kaum mehr nachzuweisen ist. Man kann bei diesen
höchststehenden Pflanzen die Sporophyten als die geschlecht-
7*

liche Generation und ihre Makro- und Mikrosporen als die Geschlechtsorgane auffassen.

Die Mikrosporen der Blütenpflanzen nennt man Pollenkörner, die Makrosporen Embryosäcke. Die Mikrosporangien sind die Pollensäcke (Loculi), die Makrosporangien die Samenanlagen oder Samenknospen (Ovula). Beide Arten von Sporangien kommen auch hier an Sporophyllen zur Ausbildung. Die Sporophylle, welche die Staubbeutel tragen, heißen Staubblätter, die Sporophylle mit den Samenanlagen Fruchtblätter (Karpide). Wie die Trophophylle (Laubblätter) stehen auch die Sporophylle an Stammachsen. Zumeist bilden die Anthophyten Sprosse, welche nur Trophophylle, und solche, welche Sporophylle, das ist Staub- und Fruchtblätter und meist noch einen oder zwei Kreise steriler Hüllblätter tragen. Die ersteren nennt man Laubsprosse, die letzteren Blütensprosse. Der oberste Teil eines Blütensprosses, an dessen einander genäherten Knoten die Sporophylle (und meist auch Blütenhüllblätter) sitzen, heißt Blüte, der untere Teil Blütenstiel. Dieser trägt entweder eines (Monokotyledonen) oder zwei (Dikotyledonen, zum Beispiel Veilchen), selten mehr Vorblätter oder ist nackt. Ist der Blütenstiel nicht entwickelt, so heißt die Blüte sitzend. Manchmal kommt es vor, daß ein Sproß in seinem unteren Teile Laubblätter und in seinem oberen Staub- und Fruchtblätter trägt. Auch dann kann natürlich nur dieser obere Teil als Blüte bezeichnet werden (zum Beispiel beim Klatschmohn, wenn er unverzweigt ist).

Während das Wachstum eines Laubsprosses oft unbegrenzt ist, indem er sich durch die Terminalknospe oder durch Achselknospen weiter zu entwickeln, zu verlängern und zu verzweigen vermag, ist die Blüte von begrenztem Wachstum, da, wenn einmal die Staub- und Fruchtblätter ausgebildet sind, ein Wachstum durch die Terminal- oder durch Achselknospen nicht mehr eintritt. Ist dies doch der Fall (bei „durchwachsenen" Rosen oder Nelken), so haben wir es mit einer abnormen Erscheinung zu tun, welche zeigt, daß wir der Mannigfaltigkeit in der Natur mit unseren Bezeichnungen nicht gerecht zu werden imstande sind. Unter den Samenpflanzen haben nur die weiblichen Exemplare der Gymnospermengattung *Cycas* (Farnpalme) keine Blüten, indem der Stamm, welcher die Fruchtblätter trägt, terminal über dieselben hinauswächst, um neue Laubblätter zu erzeugen. Anderseits kann man auch die Sporophyllstände gewisser Pteridophyten, nämlich der Selaginellen, als Blüten ansprechen. Auf den Sporophyllstand der Schachtelhalme wollen wir jedoch diese Bezeichnung nicht ausdehnen, da wir es hier mit isosporen Pflanzen zu tun haben.

Blüten, welche nur Staubblätter oder nur Fruchtblätter haben, heißen eingeschlechtig (monoklin) und zwar im ersteren Falle männlich (♂), im letzteren weiblich (♀): Blüten, welche Staub- und Fruchtblätter tragen, zweigeschlechtig (diklin) oder zwitterig (hermaphroditisch). Pflanzen, deren männliche und weibliche Blüten auf verschiedene Individuen verteilt sind, nennt man zweihäusig (dioecisch). Sind männliche und weibliche Blüten auf demselben Individuum, so spricht man von einer einhäusigen (monoecischen), wenn neben männlichen oder weiblichen Blüten auch noch zwitterige, oder wenn solche mit männlichen und weiblichen Blüten auf einem und demselben Individuum vorkommen, von einer polygamen Pflanze[1]).

Staubblätter und Fruchtblätter sind die wesentlichen Bestandteile einer Blüte. Die Gesamtheit der Staubblätter einer Blüte heißt Androeceum, die der Fruchtblätter Gynaeceum. Häufig treten unterhalb dieser Blattkreise, wie schon erwähnt, noch andere Blattgebilde auf, welche in verschiedenen Fällen verschiedene Funktionen versehen und als Blütenhülle oder Perianth bezeichnet werden. Als ähnliche Bildung haben wir schon den Ring der Schachtelhalme kennen gelernt.

Die Blütensprosse entspringen entweder einzeln in den Achseln von Laubblättern (zum Beispiel bei den Ackerehrenpreisen), selten wohl auch direkt aus dem Stamme (Kakao-

[1]) Im Sinne Linnés. Auf die Erklärung des Begriffes Polygamie in neuerer Fassung kann hier nicht eingegangen werden.

102

baum) oder aber sie sind zu besonderen, von der Laubblatt-
region der Pflanze sich mehr minder deutlich abhebenden Sproß-
systemen, den Blütenständen (Infloreszenzen), vereinigt,
innerhalb derer die Tragblätter zumeist hochblattartig und
oft sehr hinfällig sind. Wie in der vegetativen (Laubblatt-) Region der Pflanze kann auch bei den Infloreszenzen die Art
der Verzweigung eine monopodiale oder sympodiale sein.
Danach unterscheidet man racemöse und cymöse Infloreszenzen. Bei jenen ist das Wachstum der Hauptachse, wenn
sie auch sehr verkürzte Internodien hat, ein gewissermaßen
unbegrenztes, indem sie immer neue Seitensprosse erster
Ordnung hervorbringen kann, bei diesen dagegen endet die
Achse erster Ordnung mit einer Blüte (Terminalblüte) und die
Verzweigung erfolgt durch eine, zwei oder mehrere gleichfalls mit je einer Blüte endende Achsen zweiter Ordnung usw.

Die Pollenkörner der Blütenpflanzen entstehen, wie schon
erwähnt, in den den Mikrosporangien der Selaginellen entsprechenden Pollensäcken der Staubblätter. Auch in diesen
Pollensäcken kann man eine Wandschichte, eine Tapetenschichte und ein sporenerzeugendes Zentralgewebe unterscheiden, in dessen Zellen die Pollenkörner zu vieren entstehen. Die ausgebildeten Pollenkörner sind kugelig-ovale
Körper mit einer dicken Membran, an der man eine kutinisierte
Aussenschicht (Exine) und eine zellulosereiche Innenwand
(Intine) unterscheiden kann. Sie sehen den Sporen der Farne
und den Mikrosporen der Selaginellen sehr ähnlich.

Die Embryosäcke kommen in den auf den Fruchtblättern sitzenden Samenanlagen[1]) zur Entwickelung. Häufig
sind jene Teile des Fruchtblattes, an welchem sich die Samenknospen befinden, vom umliegenden Gewebe verschieden und
heißen Placenten. Das Gewebe, mit welchen die Samenanlage
an der Placenta befestigt wird, nennt man den Funiculus
(Nabelstrang). Durch denselben führt zum Zwecke der Ernährung der Samenknospe ein Gefäßbündel in diese. Die Ein-
trittsstelle dieses Bündels in das Ovulum heißt Chalaza.

---

[1]) Vergl. Abb. 10.

Der wichtigste Bestandteil der Samenanlage ist das Innengewebe derselben, der K n o s p e n k e r n (N u c e l l u s). Derselbe ist das eigentliche Makrosporangium und wird zumeist von einer oder zwei an seinem Grunde entspringenden und eine Öffnung, die M i k r o p y l e, freilassenden Hüllen, den I n t e g u m e n t e n,

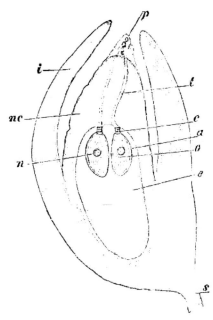

Abb. 9. Längsschnitt durch die Mitte der empfängnisreifen Samenanlage einer Fichte. *e* Embryosack mit dem Endosperm (Prothallium) gefüllt und an der Spitze mit zwei Archegonien, *a* Bauchteil, *c* Halsteil eines Archegoniums. *o* Eizelle, *n* Kern derselben, *nc* Nucellus, *p* Pollenkörner, *t* Pollenschläuche, *i* Integument, *s* Samenflügel. — Vergr. 9. Nach S t r a s b u r g e r.

umgeben. Die Form der Ovula ist zumeist die eines breiten Ellipsoides. Fällt die Längenachse desselben in die direkte Verlängerung des Funiculus, so heißt die Samenknospe o r t h o - t r o p. Die Mikropyle ist dann soweit als möglich von der Chalaza entfernt. Wenn dagegen die Samenanlage dem Funiculus angewachsen ist, so daß die Mikropyle neben die Chalaza zu liegen kommt, so nennt man das Ovulum a n a t r o p. Jene Linie, längs derer es dem Funiculus angewachsen ist, heißt die Raphe. Als campylotrop werden Samenanlagen bezeichnet, die nierenförmig gekrümmt sind. Am Nucellus kann man eine Wand und ein Mittelgewebe unterscheiden, dessen äußerste Schichte der Tapetenschichte des Makrosporangiums einer *Selaginella* entspricht. Im innersten Teile, dem sporenbildenden Gewebe, entsteht fast immer eine einzige Makrospore, der Embryosack. In diesem entwickelt sich vor der Befruchtung bei den Gymnospermen [1]) ein vielzelliges Prothallium mit mehreren Archegonien, die der Halskanalzellen entbehren, während er bei den Angiospermen nur zwei Kerne, die später zumeist zu einem verschmelzen (Polkerne) und sechs freie Zellen enthält. Von diesen liegen drei, die Eizelle und die beiden Synergiden oben, die drei Antipoden unten. Die Synergiden sind Reste eines Archegoniums, die Antipoden eines Prothalliums.

Bei den Gymnospermen sitzen die Samenknospen ähnlich wie die Sporangien der Bärlappe und Selaginellen frei auf den Karpiden (daher der Name Gymnospermen = Nacktsamige) bei den Angiospermen (Bedecktsamigen) sind die Fruchtblätter um die Samenknospen zum sogenannten Fruchtknoten vereinigt. Im ersteren Falle kann der Pollen direkt auf die Mikropyle gelangen, woselbst er durch einen ausgeschiedenen Flüssigkeitstropfen festgehalten wird, im letzteren Falle dagegen wird vom oberen Teile der Fruchtblätter ein besonderes Gewebe zum Auffangen des Pollens, die Narbe und gewöhnlich auch ein Leitungsorgan für den Pollenschlauch, der Griffel, ausgebildet. Fruchtknoten, Griffel und Narbe bilden zusammen den Stempel [2]) (das Pistill) der Angiospermen.

Zur Zeit der Geschlechtsreife gelangen die Pollenkörner durch die Luft zur Mikropyle der Samenanlage oder Narbe des Fruchtknotens. Die Übertragung erfolgt entweder durch den Wind oder durch Tiere (Insekten, Kolibris), an denen die Pollenkörner haften bleiben. Im ersteren Falle sind sie glatt und leicht (wie die Lycopodiumsporen), im letzteren Falle dagegen klebrig oder mit Stacheln usw. versehen. In

[1]) Vergl. Abb. 9. [2]) Vergl. Abb. 10.

seltenen Fällen erfolgt die Übertragung des Pollens im Wasser. Ist das Pollenkorn bei den Gymnospermen zur Mikropyle, bei den Angiospermen zur Narbe gelangt, so treibt es einen Schlauch, der bei jenen direkt in die Samenknospe eindringt, bei diesen zunächst den Griffel durchwachsen muß, um in das Innere des Fruchtknotens und zur Mikropyle einer Samen-

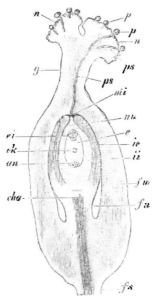

Abb. 10. Stempel eines Knöterichs *(Polygonum Convolvulus)* während der Befruchtung (Längsschnitt). Der Fruchtknoten umschließt e i n e Samenanlage. *fs* Basis, *fw* Wand des Fruchtknotens (Karpid), *g* Griffel, *n* Narbe, *fu* Funiculus, *cha* Chalaza, *nu* Nucellus, *ie* äußeres, *ii* inneres Integument, *mi* Mikropyle, *e* Embryosack, *ek* Embryosackkern, *ei* Eiapparat (die zwei oberen Zellen sind die Synergiden, die untere ist die Eizelle), *an* Antipoden, *p* Pollenkörner, *ps* Pollenschläuche. — Vergr. 18. — Nach S t r a s b u r g e r.

knospe zu gelangen. Auch im Pollenkorn lassen sich noch die Reste eines Prothalliums nachweisen mit vegetativen Zellen und einem Antheridium, doch sind die einzelnen Zellen ohne Membranen und nur mehr in ihren Kernen erkennbar. Zwei dieser Kerne entsprechen den Spermatozoiden der Pteridophyten, und diese werden jetzt mit dem fortwachsenden Pollenschlauch bis zum Embryosacke gebracht, um bei den Gymno-

spermen mit der Eizelle eines Archegoniums, in dessen Hals
der Pollenschlauch eingedrungen ist, bei den Angiospermen
mit dem Kern der Eizelle und dem des Embryosackes zu
verschmelzen. Nur bei Farnpalmen und dem japanischen
Ginkgobaume sind es noch wahrhaftige vielwimperige Spermatozoiden, die sich im Pollenschlauche selbständig bis zum
Embryosacke bewegen, um hier die Befruchtung zu vollziehen.
Die Verschmelzung der Spermatozoiden, respektive Kerne des
Pollenschlauches mit dem Kerne der Eizelle ist der eigentliche
Akt der Befruchtung. Die befruchtete Eizelle schreitet jetzt
zur Embryobildung, die noch auf der Mutterpflanze erfolgt.
Nur bei *Ginkgo* entwickelt sich der Embryo erst, nachdem die
Samenanlage vom Baume abgefallen. Außer dem Embryo selbst
geht aus der Eizelle auch ein Embryoträger hervor. Die Anlage des Stammes, des ersten Blättchens und des Würzelchens
sind Produkte der ersten Teilungen der befruchteten Eizelle.
Die Bildung geschieht innerhalb des Embryosackes. Bei den
Gymnospermen liegt dieser im Endosperm, mit welchem
Namen man das Prothallium, das schon vor der Befruchtung
angelegt war [1]), und dessen Zellen sich jetzt reichlich mit
Reservesubstanzen (Eiweiß, Stärke etc.) füllen, bezeichnet. Das
Gewebe des Nucellus vertrocknet, aus den Integumenten wird
die Samenschale (Testa) und so ist aus der Samenanlage
der den fertigen Embryo enthaltende Same geworden. Durchschneidet man denselben, so findet man zu äußerst die Testa, von
dieser umschlossen das Endosperm und in diesem den Embryo.

Bei den Angiospermen ist, wie erwähnt, vor der Befruchtung kein eigentliches Prothallium vorhanden, es wird
aber durch die gleichzeitig mit der eigentlichen Befruchtung
stattfindende Verschmelzung des eines Kernes' des Pollenschlauches mit dem Kerne des Embryosackes [2]) der Anstoß zu
einer reichlichen Zellbildung innerhalb des Embryosackes
gegeben, so daß auch hier der Embryo alsbald von einem
Endosperm umhüllt ist. In manchen Fällen wird auch das
Gewebe des Nucellus als Perisperm zu einem Ernährungs-

[1]) Vergl. Abb. 9. [2]) Vergl. Abb. 10.

gewebe entwickelt und in wieder anderen Fällen, wenn im Embryo selbst — zumeist in den Keimblättern — genügend Nahrungsstoffe gespeichert werden, unterbleibt die Bildung des Endo- und Perisperms. Am Embryo finden wir bei den meisten Blütenpflanzen bereits die drei Grundorgane, Stamm, Blatt und Wurzel, als Plumula, Kotyledonen und Radicula ausgebildet. Die Kotyledonen, als die ersten Blattorgane, sind von den später entstehenden Blättern zumeist nicht unerheblich verschieden, indem sie viel einfacher gebaut sind als diese. Erst nachdem der Embryo im Samen seine für jede Pflanze charakteristische Ausbildung erhalten hat, löst sich der Same von dieser ab. Am Samen erkennt man die Anheftungsstelle des Funiculus als Nabelfleck oder Hilum, und auch die Mikropyle ist meist noch zu sehen. Manchmal ist am Hilum ein fleischiges, meist lebhaft gefärbtes Gebilde (Arillus) vorhanden, das mit der Verbreitung der Samen in Zusammenhang steht. Ähnliche Auswüchse an der Mikropyle nennt man Karunkel (Wolfsmilchgewächse). Bei den Angiospermen beteiligt sich auch das Gewebe des die Samenanlagen umschließenden Gehäuses des Fruchtknotens an dem nach der Befruchtung eintretenden Wachstum. Es wird aus dem Fruchtknoten die Frucht. Oft werden auch die Griffel, ja selbst Teile der Blütenhülle oder der Achse, ja manchmal selbst ganze sporophyllose Sproßsysteme bei der Fruchtbildung herangezogen. Übrigens gibt es auch viele Gymnospermen, bei denen sich die Fruchtblätter nach erfolgter Befruchtung vergrößern und verholzen oder fleischig werden.

Nach kürzerer oder längerer Ruheperiode beginnen die Samen der Blütenpflanzen auf der ihnen zusagenden Unterlage zu keimen. Die Samenschale wird gesprengt, und der Embryo treibt zunächst die Radicula in den Boden. Erst nachdem er sich dort hinlänglich befestigt hat, kommen, wenn ein Endosperm vorhanden ist, die Keimblätter samt der Plumula ans Tageslicht. Der Embryo bleibt aber noch mit dem Samen solange in Verbindung, bis er dem Endosperm die gesamten Nahrungsstoffe entzogen hat. Inzwischen sind die ersten Blätter ergrünt und das jugendliche Pflänzchen ist jetzt schon imstande, sich selbständig zu ernähren [1]). Ist kein Endosperm in den Samen, so bleiben die in diesem Falle mit Nahrungsstoffen erfüllten Kotyledonen im Samen eingeschlossen, um — gerade so wie im früheren Falle das Endosperm — ausgesaugt zu werden, und nur die Plumula beginnt sich dem Lichte und der Luft entgegenzustrecken.

Die Gymnospermen, zu denen von den bei uns einheimischen Pflanzen nur die Nadelhölzer gehören, sind ein- oder zweihäusige Holzgewächse. Die männlichen Blüten sind von zapfen- oder kätzchenartigem Aussehen und haben häufig ein Perianth. Sie stehen entweder terminal (zum Beispiel Zypressenartige) oder in den Achseln von Blättern und sind dann häufig zu monopodialen, durchwachsenen Inflorescenzen vereinigt (zum Beispiel unsere Kiefern, Tannen usw.). Die Zahl der Staubblätter in den männlichen Blüten ist gewöhnlich eine große. Sie stehen entweder spiralig (zum Beispiel Kiefernartige) oder quirlig (Zypressenartige) an der Achse der Blüte. Bei den Farnpalmen sind sie schuppenartig und tragen unterseits zahlreiche Pollensäcke, bei den meisten anderen schildförmig mit nur zwei Pollensäcken auf der der Blütenachse zugewendeten Seite. Die Pollensäcke öffnen sich durch Risse. Die Pollenkörner werden stets durch den Wind verbreitet und haben manchmal (Kiefern etc.) zwei große Luftsäcke.

Die weiblichen Blüten fehlen nur bei der tropischen Gattung Cycas (Farnpalme [2]). Die Fruchtblätter dieser Gattung sind am Hauptstamme spiralig angeordnet. Die Terminalknospe desselben wird aber von ihnen nicht aufgebraucht, sondern liefert vielmehr über den Fruchtblättern neue Laubblätter, was der früher gegebenen Definition der Blüte widerspricht. Die anderen Zykadeen und die zypressenartigen Gewächse haben endständige, die übrigen Gymnospermen achselständige, selten einzelne, meist zu zapfenförmigen, monopodialen Inflorescenzen vereinigte Blüten. Die einzelnen Deckblätter tragen nur wenige Fruchtblätter, bei unseren einheimischen Arten nur zwei. Die Fruchtblätter werden entweder bei der Bildung der Samen-

[1]) Vergl. Abb. 13. [2]) Ihre Blätter werden sehr häufig als „Palmenblätter" für Grabkränze verwendet.

knospen fast ganz aufgebraucht (*Ginkyo*) oder sind schuppige Gebilde (Fruchtschuppen unserer Kiefergewächse). auf denen die Ovula sitzen. Diese sind anatrop (Kiefer. Fichte. Tanne, Lärche) oder orthotrop (Zypresse, Wachholder).

Die Embryonen haben 2—15 Keimblätter. Die Samen sind von sehr verschiedenartiger Beschaffenheit, teils außen fleischig mit hartem Inneren (*Cycas*, *Ginkyo*), teils hart, und zwar entweder mit fleischigem Mantel (Eibe), oder ohne solchen (Kiefer- und Zypressengewächse). Bei den Kieferartigen wachsen nach der Befruchtung auch die einzelnen Tragblätter (Deckschuppen) der Blüten der weiblichen Blütenstände heran. verholzen und bilden mit der gleichfalls verholzenden Achse der Infloreszenz den bekannten Zapfen. Bei den Zypressenartigen sind es die Fruchtblätter selbst, welche sich mächtig vergrößern und entweder verholzen (Zypresse) oder fleischig werden (Wachholder). Es sind dies schon den Früchten der Angiospermen nahekommende Bildungen. In noch höherem Grade gilt dies von den Früchten der Gnetinae, bei deren einer, der Welwitschie (*Tumboa Bainesii*) der südwestafrikanischen Wüsten wir sogar schon Andeutungen von Zwitterblüten finden.

Die A n g i o s p e r m e n sind die höchstentwickelte und weitaus formenreichste Gruppe des ganzen Pflanzenreiches. Ihre Blüten sind in der Regel Zwitterblüten. — Nur von diesen soll im folgenden die Rede sein. Eingeschlechtige Blüten zeigen ähnliche, aber einfachere Verhältnisse. — Während die Staub- und Fruchtblätter der Gymnospermen an den Blütenachsen zumeist spiralig gestellt sind. ist hier die quirlige Anordnung der Sporophylle die Regel. Gewöhnlich finden sich in einer Zwitterblüte einer oder zwei Kreise von Staubgefäßen und ein Wirtel von Fruchtblättern. welche, stets in der Blüte zu innerst stehend, den Vegetationskegel derselben aufbrauchen.

Eine Blütenhülle ist in der Regel vorhanden, doch ist sie in den meisten Fällen nicht einfach, sondern doppelt, aus zwei Kreisen von Blättern bestehend. Der äußere Kreis. K e l c h genannt, besteht meist aus grünen, unscheinbaren Blättern, der innere dagegen wird in der Regel von größeren, lebhaft gefärbten Blättern gebildet und heißt B l u m e n k r o n e oder K o r o l l e.

Sind beide Kreise des Perianths einander gleich, so nennt man es Perigon.

Vier oder fünf Kreise von Blättern: Kelch, Korolle, einer oder zwei Staubblattkreise und ein Fruchtblattkreis sind bei den Zwitterblüten der angiospermen Pflanzen zumeist anzutreffen. Die Gesamtheit der Staubblätter einer Blüte nennt man, wie schon erwähnt, Androeceum, die Gesamtheit der Fruchtblätter Gynaeceum.

Blüten, in denen Kelch-, Kron-, Staub- und Fruchtblätter in Quirlen stehen, nennt man zyklische, solche, in denen durchwegs schraubige Stellung der Blätter herrscht, azyklische Blüten (Seerosen). Nicht selten sind Kelch und Kronblätter quirlständig, Staub- und Fruchtblätter aber wechselständig. Dann spricht man von hemizyklischen Blüten. Bei zyklischen Blüten haben die einzelnen Kreise sehr oft gleichviel Blätter (zum Beispiel fünf) und alternieren, das heißt es fallen die Blätter der Korolle zwischen die des Kelches, die des ersten Staubblattkreises zwischen die der Korolle und genau über die des Kelches usw. Störungen der Alternanz sind sehr selten.

Jener Teil des Blütensprosses, an welchen die verschiedenen Blätter angewachsen sind, heißt Blütenboden. Derselbe hat sehr verschiedene Gestalt. Zumeist ist er abgekürzt und unverdickt, so daß die einzelnen Wirtel einander sehr genähert sind. Oft ist er oben verbreitert und abgeflacht und es stehen dann die einzelnen Wirtel nicht über-, sondern nebeneinander. In wieder anderen Fällen ist er verbreitert und kegelig zugespitzt (zum Beispiel Hahnenfußgewächse) oder eingesenkt, so daß die Fruchtblätter tiefer zu stehen kommen als Kelch, Korolle und Staubgefäße. Unter einem Diskus versteht man ring- oder polsterförmige Verdickungen des Blütenbodens zwischen einzelnen Blütenkreisen. In der Regel folgen die einzelnen Wirtel ohne Internodien aufeinander, manchmal sind aber zwischen einzelne derselben kürzere oder längere Achsenstücke eingeschaltet. So ist beispielsweise bei den Kapperngewächsen das Gynaeceum von den anderen Wirteln, bei den Nelkenartigen oft das Androeceum und

Gynaeceum samt der Korolle vom Kelche durch ein längeres Internodium getrennt. Die Zahl der Blätter in den einzelnen Kreisen ist bei zyklischen Blüten meist eine ganz bestimmte. Oft sind in allen Kreisen gleich viele Glieder. Bei den Monokotyledonen herrscht die Zahl drei vor, bei den Dicotyledonen ist die Fünfzahl die Regel. Innerhalb des Androeceums erfolgt nicht selten eine Vermehrung, innerhalb des Gynaeceums eine Verminderung der charakteristischen Zahl.

Von den beiden Kreisen des Perianthes ist die Korolle in bezug auf Form und Farben ihrer Blätter bedeutend mannigfaltiger als der Kelch. Die einzelnen Blätter des Kelches sind entweder getrennt oder an den Rändern verwachsen. Das gleiche gilt von der Korolle. Oft sind Kelch und Korolle verwachsenblättrig. —

Der Kelch umhüllt im Knospenstadium der Blüte die inneren Teile derselben und schützt sie gegen schädigende äußere Einflüsse. Bei gewissen Familien (Mohngewächse, Kreuzblütler) ist dies seine Hauptaufgabe, und seine Blätter sind dann meist sehr hinfällig. Sehr häufig bleibt aber der Kelch noch an der abgeblühten Pflanze erhalten, um — oft unter erheblicher Vergrößerung — in den Dienst der Entwickelung und vor allem der Verbreitung der Früchte zu treten. Über die Funktion der Korolle vergleiche man das auf S. 113 Gesagte.

Die Staubgefässe der Angiospermen haben fast stes vier Pollensäcke. In der Regel vereinigen sich je zwei derselben zu einem Fache (der Theca). Das Sporophyll selbst ist meist nur als ein Träger (Filament) entwickelt, an welchem die beiden Fächer in sehr verschiedener Weise befestigt sind. Das Verbindungsstück der Thecae nennt man Konnektiv. Die beiden Fächer samt dem Konnektiv bilden die Anthere. In der Form des Filamentes, des Konnektives und der Fächer herrscht die größte Mannigfaltigkeit. Das Öffnen der letzteren erfolgt zumeist durch Längsrisse entweder gegen die Achse der Blüte zu (intrors) oder nach entgegengesetzter Richtung (extrors), seltener durch Löcher, Klappen usw.

Gleich den Kelch- und Blumenkronblättern verwachsen auch die Staubgefäße nicht selten, und zwar entweder mit den Filamenten (zum Beispiel Schmetterlingsblütler) oder mit den Antheren (Korbblütler). Wenn die Korolle verwachsenblättrig ist, sind die Filamente zumeist an ihr angewachsen.

Das Gynaeceum bildet stets den obersten Teil der Blüte Durch die Fruchtblätter wird der Vegetationskegel der Achse aufgebraucht und somit das Wachstum derselben erschöpft Das einzelne Karpid sieht einem gewöhnlichen Laubblatt viel ähnlicher als ein Staubblatt. Auf der der Oberseite eines Laubblattes entsprechenden Fläche, entweder längs der beiden Ränder oder am Mittelnerven trägt es in verschiedener Anzahl die Placenten genannten Wucherungen, an denen die Samenanlagen befestigt sind. Längs der Mittelnerven ist es in der Weise zusammengefaltet und mit den Rändern zu einem Gehäuse verwachsen, daß die Samenknospen innen sind, die der Unterseite eines gewöhnlichen Blattes entsprechende Fläche aber außen zu liegen kommt. Der Mittelnerv bildet die Rückennaht, die Linie, längs derer die Ränder verwachsen sind, die Bauchnaht.

Untereinander sind die Karpide entweder frei oder verwachsen. Im ersteren Falle spricht man von einem apokarpen (Hahnenfuß-, Rosengewächse), im letzteren von einem synkarpen Gynaeceum. Eine Blüte mit synkarpem Gynaeceum hat also einen einzigen aus mehreren Karpiden bestehenden Fruchtknoten mit einem oder ebenso vielen Griffeln als Fruchtblätter vorhanden sind, eine solche mit apokarpem Gynaeceum mehrere Fruchtknoten mit je einem Fruchtblatte und eigenem Griffel. Fruchtknoten der ersteren Art sind zumeist durch echte oder falsche Längswände in ebensoviele Fächer geteilt als Fruchtblätter vorhanden sind. Die echten Scheidewände sind aus den nach einwärts gekrümmten, verwachsenen Randteilen, die falschen aus Wucherungen der Karpide hervorgegangen. Wenn die Ränder bis zur Mitte reichen und hier gegenseitig miteinander verwachsen, ist die Fächerung eine vollkommene, im anderen Falle dagegen unvollkommen. Stehen die Placenten am Rande der Fruchtblätter, so spricht man von marginaler, stehen sie am Mittelnerv, von parietaler Placentation. Im synkarpen Gynaeceum sind bei marginaler Placen-

tation die Samenanlagen in den Winkeln zu finden, welche die
Karpiden um die Längsachse des Fruchtknotens bilden. Die
Lage der einzelnen Samenknospen im Fruchtknoten ist eine
sehr mannigfaltige.

Je nach der Ausbildung des Blütenbodens ist die Stellung
des Gynaeceums zu den anderen Wirteln der Blüte eine verschiedene. Ist der Blütenboden konvex, so ist das Gynaeceum
zu oberst und heißt o b e r s t ä n d i g, ist der Blütenboden flach
oder konkav, so steht es, da die Blätter der übrigen Wirtel
am Rande angewachsen sind, gleich hoch oder zu unterst und
wird m i t t e l s t ä n d i g oder, wenn in letzterem Falle der
Blütenboden sich vollkommen über dasselbe wölbt und mit
den (synkarpen) Fruchtblättern verwächst, u n t e r s t ä n d i g
genannt. Oft sieht man den mittelständigen Fruchtknoten nur
als einen speziellen Fall des oberständigen an.

Die Übertragung des Blütenstaubes auf die Narben geschieht bei den Angiospermen entweder durch den Wind, das
Wasser oder durch Tiere, vor allem Insekten. In letzterem
Falle muß die Blüte den Tieren Nahrung bieten und Einrichtungen haben, um dieselben anzulocken und um sie derart
zu beschäftigen, daß sie wirklich den Pollen auf die Narbe übertragen. Die Anlockung erfolgt durch Farben oder Düfte. Zumeist ist die Korolle als „Schauapparat" ausgebildet, indem
ihre großen Blätter in den zartwandigen Zellen mannigfache
Farbstoffe gespeichert haben, so daß die Blüte einer solchen
auf Insektenbefruchtung angewiesenen Pflanze meist weithin
sichtbar ist. Die den Insekten dargebotene Nahrung besteht
in Blütenstaub oder süßen Säften (N e k t a r), welche, meist
für die Besucher schwer erreichbar, an den verschiedensten
Teilen der Blütenblätter oder der Achse, oft in eigenen Be-
hältern, den N e k t a r i e n, gebildet werden. Als solche Nektarien
funktionieren umgebildete Kronblätter oder Teile derselben
(Sporne), Staubblätter oder auch Bildungen des Diskus. Während
viele Blüten strahlig gebaut sind, indem sie mehrere Symmetrie-
ebenen aufweisen (Liliengewächse, Kreuzblütler, Rosenartige,
Nachtschatten), haben andere im Zusammenhange mit der
Insektenbefruchtung einen symmetrischen Bau (Orchideen,

8

114

Schmetterlings-, Lippenblütler). Sie haben für die Tiere eine eigene Anflugsstelle, zumeist charakteristische Zeichnungen, Streifen usw. ausgebildet, welche den Tieren als Wegweiser zum begehrten Honig dienen sollen. Auf Wind- oder Wasserbestäubung eingerichtete Blüten haben eine sehr unscheinbare oder gar keine Korolle, keine Nektarien und sind geruchlos. Während bei den Gymnospermen nur racemöse Blütenstände vorkommen, sind bei den Angiospermen cymöse Infloreszenzen mindestens ebenso häufig. Man erkennt die racemösen Blütenstände oft daran, das zuerst die untersten oder äußersten, die cymösen, daß der Reihe nach die Endblüten erster, zweiter usw. Ordnung aufblühen. Bei den einfachen racemösen Infloreszenzen sind sämtliche Blütensprosse Achsen zweiter Ordnung an einer entweder verkürzten oder unbegrenzt weiterwachsenden Achse erster Ordnung (S p i n d e l). Die Tragblätter der Blütensprosse bleiben entweder erhalten oder fallen alsbald ab. Racemöse Blütenstände mit verlängerter Spindel und gestielten Blüten heißen T r a u b e n (Kreuzblütler), mit sitzenden Blüten Ä h r e n (Wegerich), mit verkürzter Spindel und gestielten Blüten D o l d e n (Kirsche), mit sitzenden Blüten K ö p f c h e n (Klee). Hängende Ähren, die nur männliche Blüten tragen und als ganzes abfallen, heißen K ä t z c h e n (Hasel), Ähren mit verdickter, fleischiger Spindel K o l b e n (Aaronsstab). Zu den Trauben, bei denen auch Achsen höherer als zweiter Ordnung vorkommen, gehören die R i s p e n und S t r ä u ß e. Als Rispen bezeichnet man häufig reichverzweigte, vielblütige Infloreszenzen von kegelförmigem Aussehen, gleichgültig ob sie cymös oder racemös sind.

Bei den cymösen Infloreszenzen ist das Wachstum der Achse erster Ordnung durch eine Terminalblüte abgeschlossen. Achsen zweiter Ordnung setzen die Infloreszenz fort, enden aber gleichfalls mit Terminalblüten und übertragen das Wachstum auf Achsen dritter Ordnung usw. Der einfachste Fall eines cymösen Blütenstandes ist das D i c h a s i u m. Wie bei der falschen Dichotomie hat die Achse erster Ordnung zwei Seitenzweige zweiter Ordnung, jeder dieser wieder zwei Zweige dritter Ordnung usw. Nelkengewächse zeigen schöne Dichasien

(Trugdolden). Beim Monochasium wird die Achse erster
Ordnung wie beim Sympodium nur durch einen Seitenzweig
zweiter Ordnung fortgesetzt usw. Je nachdem diese aufein-
anderfolgenden Seitenzweige auf einer und derselben oder abwechselnd auf verschiedenen Seiten liegen, ist das Monochasium
ein Schraubel oder ein Wickel (Rauhblättrige). Sind mehr
als zwei Seitenzweige derselben Ordnung vorhanden, so entstehen Pleiochasien. Durch Verkürzung der Achsen werden
die cymösen Infloreszenzen knäuelartig (Meldengewächse) und
sehen manchmal einem Köpfchen sehr ähnlich. — Gewisse Blütenstände täuschen einzelne Blüten vor, indem ihre äußeren Blüten
durch große, oft lebhaft gefärbte Korollen die Blumenkrone,
die inneren, einfacher gefärbten Blüten das Androeceum und
die zu einer Außenhülle vereinigten Hochblätter den Kelch
einer Einzelblüte nachahmen (Korbblütler).

In bezug auf die Art des Wachstumes des Pollenschlauches zu der Samenknospe scheidet man die Angiospermen in chalazogame und porogame. Chalazogamie,
nur bei nieder organisierten Formen (Casuarineen. Amentaceen)
bekannt, äußert sich darin, daß der Pollenschlauch, nachdem
er den Griffelkanal passiert hat, auf der Wand des Karpides
weiterwächst. Beim Funiculus des Ovulums angelangt, wächst
er durch die Chalaza in dieses hinein und befruchtet die Eizelle. Bei den Porogamen, zu denen die größte Mehrzahl
der Angiospermen gehört, macht er nicht diesen Umweg,
sondern wächst vom Griffelkanal direkt durch die Luft zur
Mikropyle, um von hier aus zur Eizelle vorzudringen. Die
Befruchtungsvorgänge wurden bereits geschildert. Der Embryo
besitzt bei den Monokotyledonen ein Keimblatt mit seitlich
sitzender Plumula. bei den Dikotyledonen zwei Keimblätter. welche die Plumula einschließen.

Ist einmal der Blütenstaub auf die Narbe gelangt, so
gehen Korolle und Staubgefäße als funktionslos gewordene Gebilde alsbald zugrunde. Nur die Kelchblätter bleiben oft noch
erhalten, um — wie schon erwähnt — der heranreifenden
Frucht als Assimilationsorgane oder Verbreitungsmittel oder
als beides zu dienen.

8*

Nach der Befruchtung wird die Samenknospe zum S a m e n,
das Gynaeceum zur F r u c h t. Die Wand des Fruchtknotens wird
zum P e r i k a r p. An diesem kann man nicht selten drei
Schichten (E k t o k a r p, M e s o k a r p, E n d o k a r p) von außen
nach innen unterscheiden. Früchte mit trockenem Perikarp
heißen, wenn sie mehrsamig sind, und das Perikarp sich bei der
Reife öffnet, um die Samen zu entlassen: K a p s e l n; wenn sie
einsamig sind, das Perikarp infolgedessen geschlossen bleibt,
und sie zugleich mit dem Samen abfallen: S c h l i e ß f r ü c h t e;
wenn sie, aus mehreren Karpiden bestehend, in einsamige Teil-
früchte zerfallen: S p a l t f r ü c h t e (Doldenpflanzen). Kapseln,
die aus e i n e m Fruchtblatte bestehen, nennt man, wenn sie
an der Bauchnaht aufspringen, B a l g f r ü c h t e (Hahnenfußgewächse), wenn sie sich aber an beiden Nähten öffnen, H ü l s e n
(Schmetterlingsblütler). Die S c h o t e (Kreuzblütler) ist eine
aus zwei Fruchtblättern bestehende Kapsel mit falscher, nicht
aus den Karpiden selbst gebildeter Scheidewand. Die meisten
Kapseln öffnen sich mit Zähnen, Klappen, Deckeln, Löchern
usw. Die N u ß ist eine hartschalige Schließfrucht, die C a r y o p s e
oder Kornfrucht (Gräser) eine Schließfrucht mit an das Perikarp festgewachsenem Samen, während dieser bei der auch
zu den Schließfrüchten gehörigen A c h a e n e (Korbblütler)
frei ist. Früchte mit vollkommen fleischigem Perikarp heißen
B e e r e n (Heidelbeere, Weinbeere). Früchte mit häutigem
Ektokarp, fleischigem oder faserigem Mesokarp und steinhartem
Endokarp dagegen S t e i n f r ü c h t e (Steinobstarten, Walnuß,
Kokos). Sehr auffällig sind die Früchte vieler Rosengewächse,
an deren Bildung sich außer den Fruchtknoten noch der meist
fleischig werdende entweder hohle (Rose) oder kegelförmige
(Erdbeere, Brombeere) Blütenboden beteiligt. Solche Früchte
heißen S c h e i n f r ü c h t e, im Gegensatze zu den echten Früchten,
die nur aus dem Gynaeceum hervorgehen. Scheinfrüchte
im weiteren Sinne sind auch alle aus unterständigen Fruchtknoten entstandenen Früchte, da an ihrer Bildung außer dem
Fruchtknoten selbst stets auch der mit diesem verwachsene
Blütenboden teilnimmt (Kapsel der Glockenblumen, Spaltfrucht
der Rubiaceen, Achaene, Beere der Heidelbeere usw.) S a m m e l-

früchte nennt man Gebilde vom Aussehen einer Frucht, die nicht aus einem Fruchtknoten hervorgegangen sind, sondern einem ganzen Fruchtstande entsprechen (Maulbeerbaum, Feige.).

Die Verbreitung der Früchte und Samen erfolgt durch den Wind, das Wasser oder die Tiere. Wir bemerken an den Früchten eine Unzahl verschiedener, zumeist aus Trichomen oder Emergenzen gebildeter Flug-, Schwimm- und Anheftungseinrichtungen, welche alle der Verbreitung förderlich sind. Diese Einrichtungen treten nicht an den Früchten allein auf, sondern es werden oft auch noch andere Blütenbestandteile, Griffel, Kelche, Achsen, Tragblätter zum Zwecke der Verbreitung der Früchte herangezogen. Ja manchmal werden ganze Fruchtstände samt ihrem in einen Flügel umgewandelten Tragblatte losgetrennt (Linden) oder sogar ganze Sproßsysteme in den Dienst der Fruchtverbreitung gestellt. Auch Samen, welche die Früchte verlassen, sind mit Verbreitungsmitteln aller Art versehen. Bei vielen ist es das geringe Gewicht (Orchideen), bei anderen sind es haarartige Bildungen des Funiculus oder der Testa oder aber Schleudervorrichtungen der Karpiden (Rührmichnichtan), welche die Verbreitung durch die Luft bewirken, während fleischige Arillusbildungen mit der Verbreitung durch Tiere in Beziehungen stehen.

Das Leben der Pflanzen.
(Pflanzenphysiologie.)

Sechs Vorträge

von

Dr. K. Linsbauer.

—

Erster Vortrag.

Gleichwie nur derjenige eine Maschine vollständig beherrscht, der sowohl ihre Konstruktion als auch ihre Wirkungsweise kennt, ebenso können wir in die Erkenntnis eines lebenden Organismus, der so vielfache Ähnlichkeiten mit einer Maschine aufweist, nur dann tiefer eindringen, wenn wir in seinen Bau und in sein Leben Einblick zu gewinnen streben. Während in dem vorausgehenden Abschnitte der Aufbau der Pflanzen — die Pflanzenmorphologie — in den Vordergrund der Betrachtung gestellt wurde, wird sich die folgende Darstellung mit den wichtigsten Eigenschaften der einzelnen Organe, den Leistungen oder Funktionen derselben, welche in ihrer Gesamtheit das Leben der Pflanzen ausmachen, zu befassen haben.

Das Studium der Lebenserscheinungen der Pflanzen ist der Gegenstand eines eigenen Wissenszweiges: der Pflanzenphysiologie, eines der wichtigsten Kapitel der Lehre von den Pflanzen, der Botanik, überhaupt. Die Physiologie hat also die Aufgabe, die einzelnen Lebenserscheinungen zu beschreiben sowie womöglich ihren Zweck und ihre Ursache klarzulegen. Denn erst wenn wir die Bedeutung eines Lebensvorganges und den Grund oder die Ursache desselben erfaßt haben, verstehen wir ihn vollkommen. Dazu gehören aber nicht allein sorgfältige Beobachtung, sondern hauptsächlich auch wohlüberlegte Experimente, zu deren Ausführung oft alle Hilfsmittel, welche uns vor allem Physik und Chemie liefern können, herangezogen werden müssen.

Die Klarlegung der pflanzlichen Lebenserscheinungen bedeutet für uns einen doppelten, nicht zu unterschätzenden

Gewinn. Wenn wir etwa die Ernährungsverhältnisse einer Pflanze kennen lernen oder wenn wir tiefer in das Verständnis der Vererbung von Eigenschaften einer Pflanze auf ihre Nachkommen eindringen, so wird — wie ohne weiteres klar ist — zunächst die Pflanzenzüchtung, Gärtnerei, Land- und Forstwirtschaft direkten praktischen Nutzen aus unseren Erfahrungen ziehen können. Aber auch für unsere theoretische Erkenntnis ist die Pflanzenphysiologie von hervorragender Bedeutung, um so mehr als die Lebensvorgänge bei Pflanzen und Tieren, wie wir sehen werden, in mancher Beziehung weitgehende Übereinstimmungen aufweisen, so daß jede tiefere Erkenntnis des Lebens der Pflanzen gleichzeitig einen Fortschritt im Verständnis des tierischen Lebens anbahnt und somit ein tieferes Eindringen in die Probleme des Lebens überhaupt ermöglicht.

Wie das Tier, so zeigt auch jedes Pflanzenindividuum eine große Reihe mannigfaltiger Lebenserscheinungen. Ich erinnere nur — um einige der wichtigsten Beispiele zu nennen — an die Keimung, die Ernährung, das Wachstum, die Fortpflanzung usw. Wenngleich diese Lebensvorgänge in ihren wesentlichsten Zügen bei den meisten Pflanzen übereinstimmen, so treten uns doch im speziellen bei den einzelnen Pflanzenarten die mannigfaltigsten Verschiedenheiten entgegen, was uns schon deshalb nicht wundernehmen kann, da wir wissen, unter welchen verschiedenen Lebensbedingungen die Pflanzen zu gedeihen vermögen, ein Umstand, der allein einen Unterschied in den Lebensäußerungen bedingen muß. Da finden wir Gewächse, die ihre ganze Entwicklung unter Wasser durchmachen wie etwa die Mehrzahl der Algen, dort solche, welche durch Monate anhaltender Dürre Widerstand leisten müssen. Besuchen wir etwa den berühmten Karlsbader Sprudel, so sehen wir das Brunnenbecken vollständig von einer prächtig smaragdgrünen Schichte ausgekleidet, welche, wie die mikroskopische Untersuchung lehrt, aus äußerst kleinen, zierlichen Pflänzchen besteht, verschiedenen fadenförmigen Algen, die im heißen Gischt des Sprudels bei einer Temperatur von zirka 60° C. üppig gedeihen. In den Alpen hingegen treffen wir vielleicht

gelegentlich auf Gletschereis, das von rötlichem Anfluge wie
von Blut bedeckt ist. Auch er besteht aus mikroskopischen
Algen, aber von ganz anderer Art, die befähigt sind, bei Temperaturen nahe dem Gefrierpunkte zu wachsen und sich zu vermehren. Manche Gebiete der Tropenzone bieten den Pflanzen
durch ihre Wärme und Feuchtigkeit, welche das ganze Jahr
hindurch kaum nennenswerten Schwankungen unterworfen ist,
die Möglichkeit einer ununterbrochenen Vegetation. Aber
auch in gewissen Teilen des nördlichen Sibiriens treffen wir
eine verhältnismäßig reiche Pflanzenentwicklung, ja selbst zu-
sammenhängende Nadelwälder an, obgleich hier die Vegetations-
zeit auf wenige Monate beschränkt ist und eine Winterkälte
von — 40° C., verbunden mit häufigen Stürmen, jedem Lebewesen
den sicheren Tod zu bringen scheint.

Um im allgemeinen einen vorläufigen Überblick über
die verschiedenartigen Lebenserscheinungen zu gewinnen,
wollen wir zwischen solchen Lebensvorgängen unterscheiden,
welche zur Erhaltung des Individuums nötig sind, und solchen,
welche der Erhaltung der Art, das heißt der Fortpflanzung
des Einzelwesens dienen. Die wichtigsten Lebenserscheinungen,
welche im Dienste der Selbsterhaltung stehen, sind: der S t o f f -
w e c h s e l, das heißt die Aufnahme von Stoffen, die Umwandlung derselben in Bestandteile des eigenen Körpers und die
Ausscheidung von Substanz, das hierdurch ermöglichte W a c h s -
t u m und die B e w e g u n g. Wir wollen diese als v e g e t a t i v e
Lebensvorgänge zusammenfassen und ihnen die Erscheinungen
der Fortpflanzung als g e n e r a t i v e Lebensvorgänge gegenüberstellen; nur müssen wir uns vor Augen halten, daß eine
solche der bequemeren Übersicht halber gemachte Unterscheidung in Wirklichkeit nicht mit gleicher Schärfe durchgeführt werden kann, gewisse Lebenserscheinungen vielmehr,
wie wir sehen werden, in beiden obengenannten Gruppen
unterzubringen wären.

Wenden wir uns zunächst dem Studium jener Erscheinungen zu, welche die E r n ä h r u n g der Pflanzen ausmachen.

Ehe wir die Nahrungsmittel derselben besprechen, wollen
wir untersuchen, aus welchen Bestandteilen die Pflanzen eigent-

124

lich bestehen. Erhitzen wir zu diesem Zwecke irgendeine
Pflanze oder einen Pflanzenteil in einem geschlossenen Glas-
gefäße, so sehen wir sofort, daß sich die Gefäßwand mit
Wasser beschlägt. Die Pflanze gibt Wasser ab, wobei sie
verwelkt und schließlich vollständig vertrocknet. Setzen wir
nun die Erwärmung so lange fort, bis (bei zirka 110° C.)
kein Wasser mehr abgegeben wird, was daraus zu erkennen
ist, daß die Pflanze keinen weiteren Gewichtsverlust erleidet,
so erhalten wir eine vollständig wasserfreie Substanz (Trockensubstanz), deren Gewicht als „Trockengewicht" bezeichnet
wird zum Unterschiede von dem bedeutend höheren „Lebend-
gewicht", welches die frische Pflanze vor der Erwärmung
besaß. Wir erfahren aus diesem einfachen Versuche, der
mit irgendeinem beliebigen Pflanzenteile durchgeführt werden
kann, daß das Wasser einen Hauptbestandteil jeder lebenden
Pflanze darstellt. Erhitzen wir nun die Trockensubstanz noch
stärker, so verbrennt sie bei hinreichend hoher Temperatur
und kräftigem Luftzutritt und hinterläßt eine geringe Quantität nichtbrennbarer Substanz, weißliche A s c h e. Die gesamten
brennbaren Substanzen des verwendeten Pflanzenteiles bezeichnen wir im Allgemeinen als o r g a n i s c h e S u b s t a n z,
worunter wir Verbindungen von Kohlenstoff mit anderen Substanzen, hauptsächlich Sauerstoff, Wasserstoff, Stickstoff, even-
tuell auch mit Phosphor und Schwefel verstehen.

Diese organischen Substanzen sind die wichtigsten Bestandteile des Pflanzen- (und Tier)körpers; die Zellulose der
Zellwand, Stärke und Zucker, Fett und Eiweiß sowie zahllose
andere Stoffe, welche denselben zusammensetzen, stellen alle
derartige organische Verbindungen dar. Daß alle die genannten
Körper tatsächlich Kohlenstoff enthalten, lehrt uns abermals
ein einfaches Experiment. Wir brauchen nur irgendeinen
der genannten Körper bei geringem Luftzutritt (zum Beispiel
in Glasröhrchen, welche unter dem Namen Eprouvetten bekannt
sind) zu erhitzen, so verwandelt er sich in eine schwärzliche
Masse, die nichts anderes als Kohle darstellt. Die bisher
nachgewiesenen Bestandteile des Pflanzenkörpers: Wasser,
Kohlenstoffverbindungen oder organische Substanz und Asche

oder Mineralsubstanz, setzen stets alle Pflanzen und deren
Organe zusammen, wenngleich sie, wie nachfolgende Übersicht
zeigt, in außerordentlich wechselnder Menge anzutreffen sind.

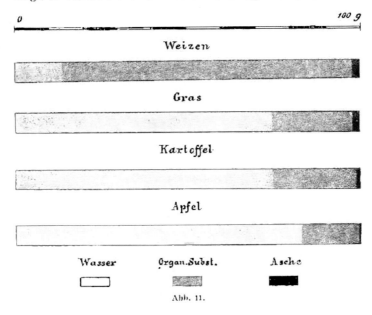

0   *100 g*

Weizen

Gras

Kartoffel

Apfel

Wasser   Organ.Subst.   Asche

Abb. 11.

Wie aus dieser Darstellung erhellt, kann der Wassergehalt namentlich fleischiger Pflanzenteile eine ganz enorme
Höhe erreichen. So enthält zum Beispiel 1 *kg* Champignon
980 *g* Wasser, während das Gewicht der Trockensubstanz nur
20 *g* beträgt, wovon wieder nur ein verschwindender Bruchteil
auf die Asche entfällt. Aber selbst verhältnismäßig trockene
Pflanzenteile wie Holz enthalten noch gegen 50 Prozent
Wasser, während der Wassergehalt in grünen Blättern auf
75 bis 80 Prozent steigt.

Unterziehen wir die Pflanzenasche einer näheren chemischen Prüfung, so finden wir sie gleichfalls, je nach der
Pflanzenart und dem Pflanzenteile, welcher der Veraschung
unterworfen wurde, verschieden zusammengesetzt sowohl in
bezug auf die Art als auch auf das Mengenverhältnis der

einzelnen Bestandteile; nur eine beschränkte Anzahl von Substanzen treffen wir mit Sicherheit regelmäßig an, es sind vornehmlich Kalk (Calcium), Kali, Eisen und Bittererde (Magnesium), Phosphor und Schwefel.

Nachdem wir nun über die wichtigsten Pflanzenbestandteile orientiert sind, können wir an die Beantwortung zweier Fragen herantreten, die sich uns zunächst aufdrängen: 1. Woher nimmt die Pflanze die verschiedenen Stoffe, die sie enthält? 2. Benötigt die Pflanze auch die Mineralstoffe, welche bei der Verbrennung als Asche zurückbleiben, zu ihrer normalen Entwicklung oder sind diese Stoffe nur vielleicht zufällig mit der übrigen Pflanzennahrung aufgenommen worden und ohne Bedeutung für die Ernährung, worauf die geringe Menge derselben hinzuweisen scheint?

Sehen wir zunächst von den Wasserpflanzen und gewissen Ausnahmsfällen ab, so ist es klar, daß für die Pflanze, welche im Gegensatz zum Tiere an die Scholle gefesselt ist, überhaupt nur der Boden und die Luft als Nahrungsquelle in Betracht kommen können. Tatsächlich finden wir im Erdboden alle Bestandteile wieder, welchen wir schon im Pflanzenkörper begegneten. Zunächst treffen wir im Boden stets eine mehr oder minder reichliche Menge Wasser an, welche denselben durchtränkt und selbst dann noch nachweisbar ist, wenn er für unser Gefühl völlig trocken erscheint. Die Erde selbst besteht aus einer Reihe verschiedener Substanzen, die ihren Ursprung teils der Verwitterung der Gesteinsarten verdanken, teils durch Verwesung tierischer und pflanzlicher Stoffe, zumal abgefallener Blätter, entstanden sind. Gerade in den verbreitetsten Gesteinen aber (Granit, Gneis, Glimmer etc.) finden wir zum größten Teile jene Substanzen wieder, welche wir in den Pflanzenteilen antrafen (Kalk, Kali, Bittererde, Eisen sowie Phosphor und Schwefel). Anderseits werden dem Boden durch die Zersetzung abgestorbener Organismen auch organische Verbindungen, also Verbindungen des Kohlenstoffes, zugeführt.

In der Luft finden wir hauptsächlich neben Wasserdampf nur Stickstoff (79%) und Sauerstoff (21%) sowie eine ganz geringe Quantität von Kohlensäure (genauer Kohlendioxyd), bekanntlich ein Gas, welches aus Kohlen- und Sauerstoff besteht. Ich will nachfolgend die bisher gewonnenen Resultate übersichtlich in Form einer Tabelle gruppieren.

Bestandteile des Pflanzenkörpers.

Wasser	Trockensubstanz	
	organische Sub-stanz	Asche oder Mineralsub-stanz
	d. h. Verbindungen von *Kohlenstoff* mit einem od. mehreren der folgenden Körper: *Wasserstoff* *Sauerstoff* *Stickstoff*	enthält: *Kalk* (Calcium) [1]) *Kali* *Bittererde* *Eisen* etc. *Schwefel* *Phosphor* [2])

Bestandteile des Bodens.

Wasser	Verwesungs-produkte (Humus)	Verwitterungs-produkte des Gesteines:
	hauptsächlich bestehend aus org. Subst., also: *Kohlenstoff* *Wasserstoff* *Sauerstoff* *Stickstoff* u. a.	*Kalk* *Kali* *Bittererde* *Eisen* *Phosphor* *Schwefel* etc.

[1]) Die hier genannten Stoffe kommen weder in der Pflanze noch im Boden rein als solche (als Elemente) vor, sondern stets in Form von Verbindungen, zumeist sogenannten Salzen; so treffen wir nicht etwa reines Calcium an, sondern z. B. schwefelsaures Calcium oder Gips, salpetersauren Kalk, phosphorsaures Eisen etc.

[2]) In der lebenden Pflanze treten die Mineralsubstanzen häufig als Bestandteile von Kohlenstoffverbindungen (in sogenannter organischer Bindung) auf; nach dem Verbrennen findet man sie jedoch gleichfalls in der Asche.

Bestandteile der Luft.

Wasserdampf *Stickstoff*
Sauerstoff
Kohlensäure
(bestehend aus
Kohlenstoff und
Sauerstoff)

Abb. 12. Wasserkulturen von Bohnen (*Phaseolus vulgaris*).
Gleichaltrige Wasserkulturen von Bohnen in einer vollständigen Nährlösung (normal)
in einer Lösung, welche sämtliche Stoffe, mit Ausnahme von Kalk, enthielt (Ca-frei)
und in destilliertem Wasser (*Aqua dest.*)[1]. In den beiden letzten Fällen sind Wurzeln,
und Stengel kümmerlich entwickelt; die letzteren sind erkrankt und beginnen bereits
zu faulen.

Wie diese Übersicht zeigt, sind die Mehrzahl der nötigen
Baustoffe ausschließlich im Boden anzutreffen; da aber einige
derselben, wie Kohlen- und Stickstoff, auch in der Luft nachweisbar sind, läßt sich von vornherein nicht entscheiden,
welches von beiden Medien als Bezugsquelle dieser Stoffe
zu gelten hat.

[1] Ich verdanke diese Kulturen sowie die Erlaubnis zu deren
Reproduktion dem freundlichen Entgegenkommen des Herrn Leop. R.
v. Portheim.

Die Lösung dieser wichtigen Fragen verdanken wir zahllosen sorgfältigen Experimenten, welche auf der jedem Blumenfreunde bekannten Erfahrung beruhen, daß Blumen, zum Beispiel Hyazinthen, sich ohne Erde, ausschließlich im Brunnenwasser kultivieren lassen. Dieser Versuch gelingt mit den meisten Pflanzen ohne sonderliche Mühe, sofern man nur dafür Sorge trägt, daß das Brunnenwasser zeitweise erneuert und das Glasgefäß, in dem sich die Wurzeln ausbreiten, verdunkelt wird, um die Bildung von grünen Algenanflügen hintanzuhalten. Zu unseren entscheidenden Kulturen verwenden wir aber nicht Brunnenwasser, das bereits eine Reihe von Stoffen gelöst enthält, sondern destilliertes Wasser, dem wir die verschiedenen Substanzen, die wir im Pflanzenkörper beobachteten, in entsprechendem Verhältnis zusetzen. Auf diese Weise läßt sich mit Sicherheit entscheiden, welche davon als Nahrungsmittel für die Pflanze unbedingt nötig sind und welche von diesen mit Hilfe der Wurzeln aufgenommen werden.

Aus solchen Kulturen entnehmen wir zunächst, daß Pflanzen im destillierten Wasser zugrunde gehen, hingegen ein üppiges Gedeihen zeigen, sobald ihnen Kalk, Kali, Bittererde (Magnesium), Phosphor, Schwefel und Stickstoff sowie eine Spur Eisen zugeführt wird. Fehlt auch nur einer dieser Stoffe, welche als wahre Nährstoffe zu bezeichnen sind, zum Beispiel Kalk, so ist die normale Entwicklung gestört, die Pflanze erkrankt und geht frühzeitig zugrunde.

Von größter Wichtigkeit ist auch die Tatsache, daß alle diese Substanzen, um nicht eine schädliche Wirkung hervorzubringen, nur in ganz geringen Dosen (zusammen höchstens 2 g pro l Wasser) geboten werden dürfen, ja daß die minimalen Mengen derselben im (Wiener) Hochquellenwasser (zirka 0·2 g im l) zur Entwicklung hinreichen[1]). Daraus ergibt sich aber,

---

[1]) Die am häufigsten angewandte „Nährstofflösung" (nach Knop) enthält auf 1 l destilliertes Wasser: 1 g salpetersauren Kalk, 0·25 g salpetersaures Kali, 0·25 g saures phosphorsaures Kali, 0·25 g schwefelsaure Magnesia und eine Spur Eisenchlorid. Es ist in den meisten Fällen empfehlenswert, diese Lösung mit der gleichen Menge Wasser zu ver-

9

daß durch verschwenderische Düngung den Pflanzen eher Schaden als Nutzen gebracht wird.

Da die Pflanzen mit so geringen Nährstoffmengen ihr Auslangen finden, ist der Materialverbrauch im Boden ein sehr beschränkter; so entzieht zum Beispiel selbst die anspruchsvolle Buche dem Boden, in welchem sie ihre Wurzeln ausbreitet, innerhalb eines Zeitraumes von 40 Jahren nur 2·7 kg Kali. Bedenkt man, daß durch die absterbenden Pflanzenteile, die Waldstreu, dem Boden wieder ein großer Teil der entnommenen Mineralstoffe zurückgegeben wird und durch den Einfluß von Wind und Wetter immer neue Gesteinsschichten der Verwitterung anheimfallen, wodurch neuerlich für die Pflanzen verwertbare Stoffverbindungen geschaffen werden, so wäre eine Verarmung des Bodens an Nahrungsmitteln nicht zu befürchten, wenn nicht hauptsächlich durch das Regenwasser immer ein großes Quantum löslicher und daher für die Pflanzen wichtiger Stoffe entführt würde. Dadurch aber hauptsächlich tritt häufig eine immer mehr zunehmende Verarmung des Bodens ein, während eine Bereicherung desselben mit Nährstoffen nur selten, zum Beispiel dort zu beobachten ist, wo durch regelmäßige Überschwemmungen neue Stoffe im Boden abgelagert werden. Die Folge dieser Verarmung und anderer Erscheinungen, auf welche hier nicht näher eingegangen werden kann, wird in längeren Zeiträumen darin zum sichtbaren Ausdrucke kommen, daß eine Vegetation, welche verhältnismäßig reichliche Nährstoffe beansprucht (etwa ein Buchenwald), auf solchen Böden allmählich zurückweichen und weniger anspruchsvollen Gewächsen, zum Beispiel Kiefern, den Platz räumen wird, bis auch diese einer trostlosen Heide mit ihren genügsamen Sträuchern und Stauden weichen müssen, wie es in der berühmten norddeutschen Heide erwiesenermaßen der Fall war.

Wir haben hier ein klares Beispiel vor uns, wie die

dünnen. Die „Wasserkulturen" werden am besten in der Weise angelegt, daß man die Nährstofflösung in ein weites Einsiedeglas füllt, dieses mit Organtin zubindet und darauf die auf feuchtem Fließpapier angekeimten Samen so auflegt, daß die Würzelchen ins Wasser reichen. Das verdunstende Wasser wird durch destilliertes ersetzt.

Pflanzendecke im Laufe der Zeiten sich ohne jegliches Zutun des Menschen völlig verändern kann, selbst ohne daß zunächst das Klima einer Veränderung unterworfen zu sein braucht. Eine bedeutend rapidere Verarmung des Bodens tritt aber natürlich auf dem Kulturboden, zum Beispiel auf unseren Wiesen und Feldern, ein, da hier mit den gemähten Kulturpflanzen auch alle in diesen aufgespeicherten, aus dem Boden stammenden Mineralsalze weggeführt werden, ohne daß ein natürlicher Ersatz dafür eintritt. Infolgedessen geht das ganze Streben des Landmannes dahin, eine Bereicherung des Bodens an Pflanzennährstoffen zu erzielen. Das auf uralter Erfahrung begründete Pflügen und Brachliegen des Feldes bezweckt in erster Linie, eine kräftigere Verwitterung des Bodens zu ermöglichen, während durch das Düngen der Erde neue Nahrungsvorräte für die kommende Saat zugeführt werden. Während man in früherer Zeit fast ausschließlich Stallmist als Düngemittel in Anwendung brachte, erfreut sich bekanntlich bei den Landwirten in unseren Tagen der Kunstdünger einer steigernden Beliebtheit. Im wesentlichen besteht der Vorgang rationeller, das ist zweckentsprechender Düngung darin, daß man unter Berücksichtigung der Bedürfnisse der zu bauenden Pflanzenart dem Boden die in zu geringer Menge vorhandenen Nährstoffe zuführt. Ist der Stickstoffbedarf ein großer, so wählt man zum Beispiel Chilisalpeter; fehlt dem Boden Kali, so düngt man mit Kainit; zeigt sich Phosphormangel, so wird Phosphorit, Guano und dergleichen in Anwendung gebracht. So glänzend die mit künstlichem Dünger erzielten Resultate sind, so macht er in der Regel den Stalldünger doch nicht entbehrlich. Ein guter Boden muß eben nicht allein nährstoffreich sein, sondern auch eine Reihe von Eigenschaften besitzen, die wir als physikalische zusammenfassen. Vor allem soll er für Wasser nicht zu durchlässig sein (wie es zum Beispiel bei Sandboden der Fall ist), vielmehr Wasser und Wärme zurückhalten. Diese und manche andere wertvollen Eigenschaften verdankt aber der Boden den verwesenden Pflanzenteilen, dem Humus; darin ist zunächst auch dessen große Bedeutung für die Pflanze gelegen, während er als Nährmittel für die meisten Pflanzen wertlos ist, was

schon daraus erhellt, daß die Wasserkulturen sich vollkommen
entwickeln können, ohne daß ihnen Humus oder eine andere
organische Substanz geboten würde. Der Stalldünger verbessert
aber im Gegensatze zum Kunstdünger zum Teil auch diese
physikalischen Eigenschaften des Bodens.

Um die Nährstoffe des Bodens möglichst ausnützen zu
können, senden die Pflanzen zahlreiche, vielfach verzweigte
Wurzeln aus, welche denselben nach allen Richtungen durchsetzen.

Je reichlicher sich eine Wurzel verästelt, desto mehr

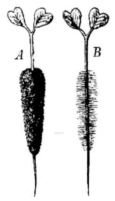

Abb. 13. Senfkeimlinge (*Sinapis alba*.) Fig. 1. In Erde kultiviert, Wurzelhaare infolge der anhaftenden Erdteilchen nicht sichtbar. Fig. 2. In feuchter Luft gezogen
mit deutlichen Wurzelhaaren. — Natürliche Größe. — Nach Burgerstein.

Nährstoffe kann sie dem Boden entziehen. Daher vermag
wohl auch die Kiefer, die etwa 24—30 mal mehr Wurzelfasern
entwickelt als die Tanne, aus einem armen Boden noch
hinreichend Nahrung zu gewinnen, so daß sie uns viel genüg-
samer erscheint als die anspruchsvolle Tanne.

Die Nahrungsaufnahme erfolgt jedoch nicht durch die
gesamte Wurzel, vielmehr ausschließlich durch die Wurzelenden,
weshalb gerade diese oft in enormer Zahl ausgebildet werden,
wie zum Beispiel bei der Buche, wo man an einem einjährigen
Pflänzchen 136 Wurzelspitzen zu zählen vermochte. Diese Endver-
zweigungen der Wurzeln tragen viele Hunderte von zylindrischen
Zellen als eigentliche Aufnahmsorgane, die sogenannten Wur-

z el h a a r e. Es sind einzelne, von einer Zellwand völlig umschlossene haarförmige Gebilde von einigen hundertstel Millimeter Weite und ein bis wenigen Millimeter Länge, erfüllt
von Protoplasma und Zellkern. Sie treten regelmäßig an den
soeben ausgewachsenen Partien der Wurzeln auf, funktionieren
gewöhnlich nur kurze Zeit, worauf sie wieder absterben,
während sich gegen die Spitze hin immer wieder neue Härchen
entwickeln und die Ernährung übernehmen. Die Wurzelhaare,
welche die Oberfläche der Wurzeln um das 5--12fache vergrößern, besitzen die Fähigkeit, sich an feste Erdtteilchen innig
anzuschmiegen und sie förmlich zu umklammern, wobei sie
ihnen alle brauchbaren Substanzen entreißen. Überdies fällt
ihnen eine zweite wichtige Aufgabe zu: indem sie sich
nämlich an die Erdpartikelchen so fest anklammern, daß
sie eher abgerissen werden, bevor sie sich von ihnen los-
lösen lassen, bieten sie der wachsenden Wurzelspitze den
nötigen Haltpunkt, um in den Boden eindringen zu können.
Damit hängt es auch zusammen, daß sie um so näher der
Wurzelspitze entspringen, je größer die Festigkeit des
Bodens ist.

Auf welche Weise nehmen nun die Wurzelhaare die
Nahrung aus dem Boden auf? Zunächst ist klar, daß sie nur
zur Aufnahme gelöster Stoffe befähigt sind, woraus hervorgeht,
daß vor allem nur jene Substanzen für die Pflanze brauchbar
sind, welche in wasserlöslicher Form im Boden vorhanden sind.
Zum Teil können jedoch auch im Wasser unlösliche Stoffe
für die Pflanzen nutzbar gemacht werden, indem die Wurzelhaare sauer reagierende Substanzen ausscheiden, welche jene
in Lösung überführen. Zum Beweis dessen kann man Kresse-
samen auf feuchtem, blauem Lakmuspapier zum Keimen bringen,
worauf überall, wo die Wurzelhärchen dem Papier anliegen,
eine Rötung des Papiers eintritt, was auf eine saure Ausscheidung zurückgeführt werden muß.

Die gelösten Substanzen treten nun durch die Zellmembran hindurch in die Wurzelhaare ein, ein Vorgang, den
wir als Osmose bezeichnen. Zur Erläuterung dieses Prozesses
sei in Kürze auf ein physikalisches Experiment verwiesen.

Legt man ein zylindrisches Glasgefäß (etwa einen in der Mitte abgeschnittenen weiten Lampenzylinder), das mit einer ziemlich konzentrierten Zuckerlösung vollgefüllt und beiderseits mit einer Schweinsblase fest verbunden wurde, in Wasser, so sieht man bald, wie diese Membranen sich nach außen immer mehr vorwölben, ein Beweis, daß die Flüssigkeit im Innern an Menge zugenommen hat; dadurch nimmt auch der Druck im Innern des Gefäßes immer mehr zu, worauf die Spannung der Blase zurückzuführen ist; durchsticht man dieselbe nach einigen Stunden, so spritzt ein Wasserstrahl mit beträchtlicher Kraft empor. Der mit Zuckerwasser gefüllte Apparat hat also offenbar Wasser von außen durch die Schweinsblase hindurch aufgenommen, und zwar jedenfalls mehr, als Substanz in umgekehrter Richtung die Membran passieren konnte. Das Eindringen von Wasser hält so lange an, bis der Zuckergehalt außer- und innerhalb unseres Apparates der gleiche ist. Dabei macht sich im Apparat ein Druck geltend, der bei Anwendung einer zehnprozentigen Zuckerlösung unter bestimmten Umständen bereits 13 Atmosphären [1]) beträgt.

Ähnlich wie unser Apparat verhält sich auch die Pflanzenzelle. Sie besteht bekanntlich aus einem einen Zellkern führenden Protoplasma (Cytoplasma), welches sich sowohl gegen die Zellhaut als gegen den Saftraum hin durch eine derbere Beschaffenheit auszeichnet, weshalb wir diese Partien als „Hautschichte" des Protoplasmas bezeichnen. Sie ist es, welche die Aufgabe der Schweinsblase in unserem Apparat vertritt, während der Zellsaft, welcher den vom Plasma eingeschlossenen Raum erfüllt, die Zuckerlösung ersetzt. Indem nun das Bodenwasser mit den in Lösung befindlichen Stoffen durch die Hautschichte des Plasmas hindurch in den Saftraum eintritt, wird in der Zelle ein Druck hervorgerufen, welcher das zarte Protoplasma innig an die Zellwand anpreßt, die ihrerseits als schützendes Widerlager ein Zerreißen des Plasmas verhindert. Alle lebenden Zellen sind infolge des in ihrem Innern herrschenden Druckes

---

[1]) 1 Atmosphäre entspricht einem Drucke von 1·033 *kg* auf 1 *cm²*.

in einem Zustande der Spannung. den wir als Turgor bezeichnen. Dieser Turgordruck erreicht oft eine ansehnliche Höhe, oft 10 Atmosphären und darüber, was um so erstaunlicher ist, als selbst unsere Hochdruckmaschinen nur mit einem Drucke von 6—14 Atmosphären arbeiten.

Die Pflanzenzelle ist aber noch bedeutend leistungsfähiger als es unser kleiner osmotischer Apparat war. Wir können die Hautschichte mit einem Sieb von bestimmter, wahrscheinlich veränderlicher Maschenweite vergleichen, das nur Körpern ganz bestimmter Größe und Form den Durchtritt gestattet, und auf diese Weise anschaulich machen, daß die Zellen nur jene in Wasser gelösten Stoffe aufnehmen, welche sie benötigen, während anderen der Eintritt in den Saftraum verwehrt wird und die Zelle selbst nur geringe Substanzmengen nach außen abgibt. So verstehen wir es, wenn zum Beispiel ein Wachholder, trotzdem er auf tonerdehaltigem Boden wächst, keine Spur von Aluminium (= Tonerde) aufnimmt, während ein Bärlapp, der etwa in seinem Schatten wuchert, 38 Prozent davon in seiner Asche enthält. Wie bei unserem Apparat würde auch in der Zelle in kurzer Zeit ein Gleichgewichtszustand eintreten, womit jeder weiteren Ernährung eine Grenze gezogen würde, wäre nicht wieder eine besondere Einrichtung getroffen, welche das Zustandekommen eines solchen verhindern würde; dies wird in einfacher Weise dadurch erreicht, daß in der Zelle die Nährstoffe ganz oder teilweise in unlösliche feste Stoffe verwandelt werden, wodurch die Konzentration des Zellsaftes verringert und er neuerlich befähigt wird, Wasser mit gelösten Nahrungsmitteln beladen an sich zu saugen.

Da nun nicht allein die Wurzelhaare, sondern alle lebenden Zellen solche kleinste osmotische Apparate von höchster Vollendung darstellen, wandern die gelösten Stoffe nach Bedarf von Zelle zu Zelle. Das durch die Wurzelhaare aufgenommene Wasser gelangt auf diese Weise in die Gefäße des Holzes, in welchen es mit ansehnlichem Turgordrucke („Wurzeldruck") bis zu einer gewissen Höhe emporgepreßt wird. Darauf beruht eine Erscheinung, welche namentlich bei der Weinrebe leicht zu beobachten und unter dem Namen „Bluten der Rebe" bekannt ist. Sie

besteht darin, daß eine Weinrebe — der Versuch gelingt im
Frühjahre am besten — in einiger Höhe über dem Boden abge-
schnitten, in Kürze eine ziemlich beträchtliche Wassermenge
aus der Schnittfläche hervorquellen läßt, was auf den „Wurzel-
oder Blutungsdruck" zurückzuführen ist. Freilich reicht diese
Kraft keineswegs hin, das mit Nährstoffen beladene Wasser
bis in die Baumkronen hinaufzupressen, doch wir werden bei
einer späteren Gelegenheit noch eine andere Kraft kennen
lernen, welche das Aufsteigen des Saftes, das „Saftsteigen",
befördert.

Zweiter Vortrag.

Während die Nahrungsmittel, welche wir bisher kennen lernten, dem Boden entstammen, wird der Kohlenstoff, wie das Gedeihen unserer Wasserkulturen, denen wir keine Spur kohlenstoffhaltiger Substanzen zusetzten, überzeugend bewies, nicht dem Boden, sondern der Luft entnommen. Gerade dieser Körper ist aber von höchster Wichtigkeit im Haushalte der Pflanzen, nachdem, wie wir schon früher erkannten, der überwiegende Teil der pflanzlichen Trockensubstanz aus organischen Verbindungen, das heißt Verbindungen des Kohlenstoffes besteht. Auch der tierische Körper besteht in gleicher Weise vorwiegend aus organischer Substanz. Die Tiere decken jedoch den hierzu erforderlichen Bedarf an Kohlenstoff durch direkte Aufnahme organischer Substanz, indem sie pflanzliche oder tierische Nahrung zu sich nehmen. Aber auch in letzterem Falle verdanken sie die organische Nahrung doch wieder den Pflanzen, da die als Nahrung verzehrten Tiere ihrerseits in letzter Linie auf Pflanzenkost angewiesen sind. Die Pflanzen allein hingegen sind imstande, organische Verbindungen aus den hierzu erforderlichen anorganischen zu bilden, wobei sie die Kohlensäure der Luft, eine Verbindung von Kohlenstoff mit Sauerstoff, als Kohlenstoffquelle benützen. Dieser Fähigkeit verdanken demnach wir Menschen ebenso wie das Tier unsere Nahrung und Existenz, aber auch unsere Kultur und Industrie. Die Pflanzenfasern (Baumwolle, Flachs, Hanf etc.), aus welchen wir unsere Kleiderstoffe weben, das Papier, welches wir aus Pflanzenteilen darstellen, das Holz, das uns als Bau- und Brennmaterial unersetzlich ist, all das sind Kohlenstoff- (organische) Verbindungen (der Hauptsache nach Zellulose), welche die Pflanzen im Laufe ihres Daseins mit Hilfe des Kohlenstoffes der Luft aufbauen.

Selbst die Wärme und Betriebskraft, welche wir durch Verbrennung der Kohle, die bekanntlich gleichfalls pflanzlichen Ursprunges ist, gewinnen, verdanken wir derselben wunderbaren Lebenstätigkeit, welche Pflanzen vor vielen Jahrtausenden entwickelten. Welcher unschätzbare Gewinn uns daraus erwächst, wird sofort klar, sobald wir die durch das Verbrennen derselben erzielte Arbeit berechnen. Man hat ausgerechnet, daß mit der in einem Jahre in England allein geförderten Kohle eine Arbeitsleistung vollführt werden kann, zu deren Bewältigung — achtstündige Arbeitszeit vorausgesetzt — 4000,000.000 Menschen, zirka dreimal so viel als den Erdball bevölkern, ein volles Jahr hindurch tätig sein müßten.

Diese für uns so eminent wichtige Fähigkeit, den aus der Kohlensäure der Luft stammenden Kohlenstoff zum Aufbau organischer Verbindungen zu verwerten, gewinnt womöglich noch erhöhtes Interesse, wenn wir bedenken, daß die Kohlensäure nur einen verschwindenden Bruchteil der Luft darstellt, indem 10.000 *l* Luft nur 3 *l* Kohlensäure enthalten. Der Kohlenstoff bildet aber wieder nur einen Bestandteil der Kohlensäure. Wir können annehmen, daß 10.000 *l* Luft 2 *g* Kohlenstoff enthalten. Nachdem nun ein Baum von 100 Zentner Gewicht 50 Zentner (= 2500 *kg*) Kohlenstoff enthält, so muß er zu dessen Gewinnung 12,500.000 *m³* Luft ihrer Kohlensäure beraubt haben.

Das Laboratorium, in welchem diese gewaltige Arbeit vor sich geht, ist in allen grünen Pflanzenteilen, also zunächst in den Blättern zu suchen. Durchschneiden wir ein Blatt senkrecht zu seiner Fläche, so finden wir bei mikroskopischer Betrachtung viele Tausende von kleinen, zu einem Gewebe zusammenschließenden Zellen, die in der oberen Blatthälfte in dichten Reihen nebeneinander stehen, während sie in der Blattunterseite ein lockeres, schwammiges Gefüge besitzen, indem die Zellen durch große Lücken voneinander getrennt sind. Wir bezeichnen dieses Gewebe als S c h w a m m g e w e b e im Gegensatze zu dem dichtgefügten Palisadengewebe der Blattoberseite. Alle diese Zellen, namentlich aber die des letztgenannten Gewebes führen in ihrem Zelleibe (Protoplasma) prächtig smaragdgrüne Körnchen (Chlorophyllkörner), denen das Blatt seine Farbe verdankt. Diese Zellmassen werden von faserförmigen Zellsträngen den Gefäßbündeln durchzogen, die dem freien Auge als „Blattnerven" erscheinen, während sie oben und unten von einer aus tafelförmigen Zellen gebildeten Haut (Oberhaut oder Epidermis) bedeckt werden. Die oben-

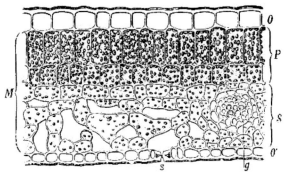

Abb. 14. Querschnitt durch ein Blatt von *Cyclamen*. O, O' Oberhaut, s Spaltöffnung, P Palisadengewebe, S Schwammgewebe, g Gefäßbündel. In den Zellen von P und S zahlreiche Chlorophyllkörner. — Vergrößerung 300. — Nach Wiesner.

erwähnten Chlorophyllkörner sind nichts anderes als kleine, einige Tausendstel Millimeter große Protoplasmagebilde von meist linsenförmiger Gestalt. Im Dunkeln sind sie durch einen gelben Farbstoff (Xanthophyll) gefärbt, worauf die gelbe Farbe der im Dunkeln getriebenen, „vergeilten" Pflanzen zurückzuführen ist. Im Lichte aber tritt daneben noch ein zweiter Farbstoff, das Blattgrün (Chlorophyll) auf, der in wenigen Stunden ein deutliches Ergrünen vergeilter Sprosse hervorruft, der aber durch starkes Sonnenlicht wieder zerstört wird [1].

Die Chlorophyllkörner sind die eigentlichen Apparate, in welchen die Bildung der organischen Verbindungen oder die Kohlensäureassimilation vor sich geht.

[1] Vgl. S. 62.

Wie aber der Chlorophyllfarbstoff nur im Lichte entsteht, so erfolgt auch die Assimilationstätigkeit der Chlorophyllkörner nur im Lichte. Dieser Vorgang besteht im wesentlichen darin, daß die Chlorophyllkörner die Kohlensäure der Luft in ihre beiden Bestandteile, Kohlenstoff und Sauerstoff, zerlegen; dieser wird wieder ausgeschieden und der Atmosphäre zurückgegeben, während der erstere im Chlorophyllkorn selbst mit den Bestandteilen des Wassers (Wasserstoff und Sauerstoff) zu einer organischen Verbindung vereinigt wird, deren ursprüngliche Natur wir zwar nicht kennen, die sich zumeist jedoch in kurzer Zeit in Stärke umwandelt. Die Eigenschaft der letzteren, sich mit Jodlösung blau zu färben, können wir benützen, um mikroskopisch das im Lichte erfolgende Auftreten von einem oder mehreren winzigen Stärkekörnchen in jedem Chlorophyllkorn zu konstatieren. Taucht man das ganze beleuchtet gewesene Blatt, nachdem vorher durch Auskochen in Wasser und Alkohol der störende grüne Farbstoff entfernt wurde, in Jodlösung, so färbt sich (schon dem freien Auge sichtbar) das ganze Blatt blauschwarz. Behandeln wir jedoch auf gleiche Weise ein Blatt, das wir bereits am frühen Morgen gepflückt oder durch 24 Stunden verdunkelt hatten, so zeigt sich keine Spur einer Bläuung; es nimmt vielmehr das ganze Blatt nur einen gelblichbraunen Farbenton an, ein Beweis, daß die im Lichte in den Chlorophyllkörnern gebildete Stärke während der Verdunklung wieder verschwindet. Die an sich im Wasser unlösliche Stärke wird nämlich in Zucker umgewandelt und wandert als solcher von Zelle zu Zelle an die Stellen des Bedarfes, einerseits zu den im Wachstum begriffenen Partien, anderseits in Organe, wo er gewöhnlich nach neuerlicher Umwandlung in Stärke oder Öl als Nahrungsvorrat oder Reservestoff aufgespeichert wird. Solche Nahrungsspeicher finden wir in der mannigfaltigsten Ausbildung bei den verschiedensten Pflanzen. Bald sind es unterirdische, stärkeführende Knollen (Kartoffel), bald Wurzelstöcke oder fleischige Zwiebelblätter oder es dienen gewisse Zellen des oberirdischen Stammes (Mark, Markstrahlen etc.) als Nahrungsdepot. Auch den Samen muß für die erste Periode ihres Lebens Nahrung mit auf den Weg gegeben werden. Daher finden wir auch in den meisten Samen bestimmte Gewebe, die bald von Stärke vollgepfropft sind (Getreidefrüchte, Hülsenfrüchte), bald reichlich fettartige Substanzen enthalten (Mandel-, Lein-, Nußsamen).

Bei diesem Prozeß der Kohlensäureassimilation, bei dem, wie wir gesehen haben, Kohlensäure aufgenommen und an ihrer Stelle Sauerstoff ausgeschieden wird, werden ungeheure Kohlenstoffquantitäten aufgespeichert. So produziert 1 ha Laubwald jährlich ungefähr 3000 kg Kohlenstoff, wozu 11.000 kg Kohlensäure erforderlich sind. Der gesamte Waldkomplex von Niederösterreich allein (ca. 678.000 ha) würde dementsprechend jährlich zwei Millionen Tonnen Kohlenstoff aus der Luft abscheiden. Nachdem nun der Kohlensäuregehalt der Luft an und für sich ein minimaler ist, liegt die Frage nahe, ob nicht der Kohlensäuregehalt der Luft in ständiger Abnahme begriffen ist. Dagegen läßt sich in erster Linie anführen, daß der in dem ungeheuren Luftreservoir, welches unsere Atmosphäre darstellt, vorhandene Kohlensäurevorrat schätzungsweise 3000 Billionen Kilogramm beträgt, welche 800 Billionen Kilogramm Kohlenstoff enthalten. Dazu wird der Kohlensäuregehalt der Luft teilweise durch den Atmungsvorgang, dem alle Lebewesen unterliegen, erneuert. Ein Mensch atmet durchschnittlich pro Tag 900 g Kohlensäure aus, die 245 g Kohlenstoff enthalten, woraus sich eine Jahresproduktion von 89·4 kg Kohlenstoff ergibt. Daraus läßt sich leicht berechnen, daß bereits die Atmungstätigkeit von 34 Menschen genügt, um 1 ha Wald mit der erforderlichen Kohlensäuremenge zu versorgen. Trotzdem reicht natürlich die Tätigkeit der Menschenlungen lange nicht hin, um die von den Pflanzen verbrauchte Kohlensäuremenge vollständig zu ersetzen. Der gesamte Waldbestand in Niederösterreich allein erfordert davon eine solche Quantität, daß zirka 23 Millionen Menschen, das sind fast neunmal so viel als die Bevölkerung beträgt, zur Deckung des Bedarfes erforderlich wären. Ein großer Teil der Kohlensäure wird aber der Atmosphäre durch Verbrennung von Holz und Kohle wieder zugeführt. So produzieren die Wiener städtischen Gaswerke allein mehr Kohlensäure als die gesamte Bevölkerung von Niederösterreich. Dazu kommt noch die Atmung der Tiere, die Kohlensäurebildung bei der Verwesung, natürliche Kohlensäurequellen in vulkanischen Gebieten etc., so daß eine Verminderung des Kohlensäuregehaltes der Luft nicht zu gewärtigen ist, zumal das produzierte Gas sich immer wieder völlig gleichmäßig im Luftraume verteilt.

Da sowohl das Ergrünen der Pflanzen als auch die Bildung organischer Substanz an das Licht gebunden sind, ein Überschreiten einer gewissen Helligkeitsgrenze jedoch eine Zerstörung des notwendigen Blattgrüns bewirkt, ist es verständlich, daß die eigentlichen Organe der Kohlensäureassimilation, die Blätter, fähig sind, sich mäßiges Licht vollständig zunutze zu machen, allzu hoher Lichtstärke hingegen auszuweichen. Wir können an Zimmerpflanzen, namentlich wenn sie gestielte Blätter besitzen, leicht die Beobachtung machen, daß sich alle Blattflächen zur Richtung des stärksten einfallenden Lichtes senkrecht stellen. Wird die Pflanze nun in eine andere Lage zum Lichte gebracht, so wenden und drehen sich die Blätter, solange sie noch nicht zu alt geworden sind, derartig, daß sie auf kürzestem Wege wieder eine zur Einfallsrichtung des Lichtes normale Lage, „die fixe Lichtlage", einnehmen. Bei aufmerksamer Beobachtung treffen wir diese Erscheinung häufig auch unter natürlichen Beleuchtungsverhältnissen an. So sehen wir zum Beispiel sehr häufig im Waldesschatten, daß sämtliche Blätter eines Zweiges sich in einer horizontalen Ebene ausbreiten, da das verhältnismäßig stärkste Licht von oben einfällt; an Ästen hingegen, die frei der vollen Wirkung des Lichtes ausgesetzt sind, ist die Lage der Blätter eine ganz andere. Bald richten sie sich steil auf, so daß die Sonnenstrahlen die Blattfläche nur unter spitzem Winkel treffen, wodurch natürlich die Wirksamkeit bedeutend abgeschwächt wird, bald ist das Blatt in der Mitte wie ein Bogen Papier gefaltet oder auf dem Rande aufgekrempt oder zurückgekrümmt, so daß dem Lichte niemals die volle Blattfläche geboten wird. Wieder in anderen Fällen (Kompaßpflanzen und anderen) drehen sich alle Blätter so um ihre

Längsachse, daß sie dem stärksten Lichte nur ihre Kanten darbieten, oder das Blatt erscheint glänzend wie gefirnißt, da durch seine oberste Schichte ein großer Teil des auffallenden Lichtes wie von einem Spiegel zurückgeworfen wird. Häufig schützen sich die Blätter mit verschiedenartigen Haarüberzügen wie mit einem Schleier vor den sengenden Sonnenstrahlen. Da besonders die jugendlichen Blätter gegen Sonnenlicht empfindlich sind, sind derartige Schutzeinrichtungen gegen zu starkes Licht oft in der Jugend deutlicher ausgeprägt, während sie im Alter vollständig fehlen können. Am wirksamsten schützen sich solche Blätter wohl in vielen Fällen allein dadurch, daß sie bei der Entfaltung der Knospe vertikal aufgerichtet stehen, wobei häufig noch die allerjüngsten im Schutze der älteren heranwachsen.

Das Streben nach dem unentbehrlichen Lichte ist nicht allein mitbestimmend für die Lage und Ausbildung der Blätter und anderer assimilierender Organe, sondern hat bisweilen noch viel weitergehendere Anpassungen zur Folge. Zunächst sind es zwei Pflanzentypen, deren ganze Ausbildung und Organisation im Zusammenhange mit dem Streben nach Licht steht: die Lianen und die Epiphyten, welche ihren größten Formenreichtum im Urwalde des feucht-heißen Tropengebietes in üppigster Weise entfalten, während sie in unserem Klima nur an Zahl und Entwicklung spärliche Vertreter aufzuweisen haben.

Die Lianen, worunter wir alle Kletter- und Schlingpflanzen verstehen wollen, sind dadurch charakterisiert, daß sie sich durch meist rapides Wachstum und unter möglichst geringem Materialaufwande über die Kronen der beschattenden Bäume erheben, um ihr eigenes Laub dem Lichte auszusetzen. Die Mittel, welche ihnen dabei zu Gebote stehen, sind höchst mannigfaltiger Art. Im einfachsten Falle sind die rutenförmigen Zweige oder Blattstiele mit zurückgekrümmten Stacheln besetzt; werden diese schwankenden Gerten durch den Wind gepeitscht, so klammern sie sich an allen Gegenständen fest, die in ihren Bereich kommen, wodurch sie allmählich durch das Geäste der als Stütze benützten Sträucher oder Bäume ans Licht ge-

langen. Zu dieser Lianenform, welche wir als „Spreizklimmer"
bezeichnen, zählt in unserer Flora zum Beispiel die Brombeer-
staude. In den Tropen ist diese Art des Kletterns weit
verbreitet. Zu den bekanntesten Vertretern dieser Gruppe
gehören die Kletterpalmen oder Rotangpalmen (*Calamus*),
welche das „spanische Rohr" des Handels liefern. Die Blätter
dieser Palmen gleichen im allgemeinen denen der Dattel-
palmen, nur sind sie zu einer langen, durch zahlreiche kräftige
Dornen bewehrten Geißel ausgezogen, die als Organ zum Klettern
und Festklammern dient. Sterben diese Blätter ab, so gleitet
der schwere Stamm der Palme infolge der eigenen Last allmählich von seiner Stütze, bis er sich neuerlich mit den
Geißeln der jüngeren Blätter im Gezweige eines Stützbaumes
verankert. Infolgedessen sieht man diese Palmenstämme bald
in weiten Windungen am Boden hingestreckt, bald bogen-
förmig von Stütze zu Stütze ausgespannt, während Blätter
und Blüten für den Beschauer oft unauffindbar über den Kronen
weit entfernter Bäume zur Entfaltung kommen. Im Palmen-
quartier des botanischen Gartens von Buitenzorg auf Java, des
großartigsten Tropengartens der Welt, erreicht der Stamm
einer Kletterpalme die enorme Länge von 240 *m*. Stünde er
aufrecht, er würde ungefähr die Höhe des Leopoldsberges bei
Wien (vom Ufer der Donau gemessen) erreichen.

Andere Lianen wieder, wie zahlreiche Aroideen (zu
welchen der als Zimmerpflanze beliebte Philodendron mit seinen
großen durchlöcherten Blättern gehört) und *Ficus*-Arten, erheben sich dadurch über die Baumkronen, daß sie sich mit
Hilfe von kleinen Wurzeln, ähnlich unserem Efeu, an die rissige
Borke der Bäume oder an andere Unterlagen anklammern,
weshalb sie als Wurzelkletterer bezeichnet werden.
Wieder andere Pflanzen (Rankenkletterer) bilden eigene
Kletterorgane, verschiedenartige Ranken, aus, welche sie be-
fähigen, sich an Stützen festzuklammern, wie es bei Erbsen,
bei wildem und echtem Wein der Fall ist, während sich die
„windenden" Pflanzen dadurch auszeichnen, daß sich ihr Stamm
an lebenden oder toten Stützen schraubenförmig empor-
windet.

Bei vielen Wurzelkletteren stirbt häufig, ohne daß der Pflanze daraus Nachteil erwüchse, der unterste Stammteil ab, so daß sie den Zusammenhang mit dem Boden vollständig verlieren. Solche Lianen bilden den Übergang zu den Epiphyten, worunter wir solche Gewächse verstehen, welche auf Ästen oder Zweigen (bisweilen sogar auf Blättern) anderer gedeihen, ohne aber diesen Nahrung zu entnehmen. Ist schon bei den Lianen mit ihren enorm langen Stämmen die Wasserversorgung eine schwierige, so gilt dies natürlich in erhöhtem Maße für die Epiphyten. Es ist daher wohl verständlich, daß beide Pflanzentypen nur im feuchten Tropenklima zu reicher Entwicklung gelangen können, während in unseren Gegenden hauptsächlich nur anspruchslose Moose und Flechten epiphytisch gedeihen, indem sie bald die Rinde der Bäume mit grünen Polstern überdecken, bald wie Quasten oder Strähne von den Ästen herabhängen (Bartflechte, *Usnea*).

Manche der tropischen Epiphyten (Aroïdeen, *Ficus*) entwickeln zahlreiche „Luftwurzeln", welche, straff gespannten Seilen vergleichbar, aus dem Geäste der von ihnen bewohnten Bäume herabhängen. Viele derselben sind befähigt, Feuchtigkeit aus der Luft aufzunehmen, während andere den Boden erreichen und sich reich verzweigend Bodenwasser und Bodennahrung dem hoch auf einem Aste sich festklammernden Epiphyten zuführen. Solche Wurzeln erstarken in vielen Fällen derartig (Stützwurzeln), daß die astbewohnende Pflanze auf ihre Unterlage nicht mehr angewiesen ist. Wenn auch der Baum, auf dessen Ästen sie sich zuerst ansiedelte, abstirbt und vermodert, so wird sie von ihren eigenen Stützwurzeln in einer Höhe erhalten, daß sie ihre Blätter im Lichte auszubreiten vermag.

Manche *Ficus*-Arten bilden im Alter mächtige Bäume von vielen Metern Umfang; aus der dichten Laubkrone werden zahlreiche Luftwurzeln in den Boden versenkt, die allmählich sich verdicken und den Eindruck hervorrufen, als wären es aus dem Boden emporgeschossene Stämme. Der ganze Baum mit seinen zahlreichen säulenförmigen Wurzeln gleicht eher einem Ficushain als einem einzigen Individuum, das als junge Pflanze

10

146

auf einem schon längst abgestorbenen und vermoderten Baume sein Dasein fristete.

Andere Epiphyten, welche keine Luft- und Bodenwurzeln besitzen, sind ausschließlich auf das an Blättern und Zweigen herabrieselnde Wasser angewiesen; sie besitzen dann oft besondere Einrichtungen, um das Wasser aufzufangen und festzuhalten. So schließen zum Beispiel die Blätter der Bromeliaceen (zu deren bekanntesten Vertretern die nicht epiphytische Ananas gehört), welche in einer Rosette angeordnet sind, so dicht zusammen, daß sie förmlich einen Becher bilden, in welchem das an den Zweigen herabrieselnde Wasser aufgefangen wird (daher Zisternepiphyten). Die Blätter sind von eigentümlichen, schuppenförmigen Haaren bedeckt, welche das Wasser aufzunehmen befähigt sind. Derartige Epiphyten sind oft ein Muster von Anspruchslosigkeit, wie zum Beispiel die südamerikanische Bromeliacee *Tillandsia*, deren fadendünne graugrüne Zweiglein, welche als vegetabilisches Roßhaar auch in europäischen Handel kommen, in dichten Büscheln von den Zweigen der verschiedensten Bäume herabhängen, ganz ähnlich der Bartflechte auf den Nadelbäumen in unseren Gebirgswäldern. Reisende erzählen, daß solche Büschel bisweilen vom Sturme abgerissen und vertragen werden, ohne daß die abgetrennten Teile dadurch zugrunde gehen. Überall, wo sie hängen bleiben, selbst an Telegraphendrähten, gedeihen sie weiter. Tau und gelegentlicher Regen versorgt sie mit Wasser, vom Winde angewehter Sand und Staub deckt ihren Bedarf an mineralischer Substanz.

Während die Fähigkeit der Kohlensäureassimilation ausschließlich der grünen Pflanze eigen ist, sind sämtliche Pflanzen in gleicher Weise wie die Tiere der Atmung unterworfen. Dieser Vorgang ist der Kohlensäureassimilation gerade entgegengesetzt, indem dabei Sauerstoff ein- und Kohlensäure ausgeschieden wird. Der Atmung unterliegt jede lebende Zelle, sei sie grün gefärbt oder farblos, im Lichte sowohl als auch im Dunkeln. Die Ausscheidung von Kohlensäure kann leicht durch folgenden Versuch bewiesen werden. Man bringt die zu untersuchenden Pflanzenteile (keimende Samen, Blätter, Blüten) sowie ein offenes Schälchen, welches eine klare Lösung von Kalk- oder von Barytwasser ent-

hält, in ein absolut luftdicht verschlossenes Gefäß: wird Kohlensäure ausgeschieden, so bildet sie mit Kalk, beziehungsweise
Baryum eine unlösliche Verbindung, die eine Trübung der
früher klaren Lösung zur Folge hat. Läßt man eine größere
Quantität in Wasser gequollener Samen (Weizen) einige Tage
in einem Gefäß mit gut schließendem, eingeriebenem Glas-
stöpsel stehen, so kann man schon nach 24 Stunden die entwickelte Kohlensäure dadurch nachweisen, daß ein in das
Gefäß versenktes brennendes Kerzchen sofort erlischt.

Der bei der Atmung aufgenommene Sauerstoff der Luft
verbindet sich mit dem Kohlenstoffe einer organischen Verbindung, wobei diese in ihre Bestandteile zerfällt. Durch die
Atmung wird demnach ein Teil der organischen Substanz
verbraucht, welche durch die Assimilation geschaffen wurde.

Auf diesem unausgesetzten Wechsel von Aufbau und
Zerstörung organischer Substanz beruht das Leben aller
Organismen. Stoffwechsel und Leben sind so innig miteinander verknüpft, daß wir uns eines ohne das andere nicht
zu denken vermögen: Stoffwechsel ist Leben.

Wir können uns vorstellen, daß die Kraft der Sonnenstrahlen, welche vom Chlorophyllkorn zur Bildung organischer
Substanz verbraucht wurde, jetzt bei deren Zerstörung wieder
frei wird. Sie liefert die Betriebskraft für alle Lebensvorgänge,
so wie die Verbrennung der Kohle die Betriebskraft für eine
Dampfmaschine liefert.

Im wesentlichen ist ja auch die Atmung nichts anderes
als eine Verbrennung, das heißt eine Verbindung mit Sauerstoff, eine Oxydation. Sie ist immer mit einer Wärmeent-
wicklung verbunden, die wir bei Pflanzen nur hauptsächlich
deshalb nicht leicht nachweisen können, weil infolge ihrer
großen Oberfläche wieder eine beträchtliche Abkühlung eintritt. Befinden sich aber zahlreiche keimende Samen dicht
gehäuft in einem Gefäße, so tritt oft eine Temperaturerhöhung
um 2—4° C. ein. Die Blüten der Aaronstäbe (*Araceae*) oder
die riesigen Blüten der Königin unter den Teichrosen, der
Victoria regia, atmen sogar so energisch, daß die Temperatur
in denselben 15—20° höher als die der Umgebung ist.

10*

Dritter Vortrag.

Durch Umwandlung des ersten, sicher nachweisbaren Assimilationsprodukts, der Stärke, kann sich wohl eine Reihe der wichtigsten organischen Verbindungen, wie Zucker und Zellstoff (Zellulose), bilden. Die wichtigsten derselben, die Eiweißkörper, welche die Hauptmenge der lebenden Substanz, des Protoplasmas, darstellen, bedürfen aber zu ihrer Bildung noch anderer Stoffe, wie Stickstoff, Phosphor und Schwefel, Stoffe, die in Form von in Wasser löslichen Verbindungen dem Boden entnommen werden. Wie gelangen nun diese von den Wurzeln aufgenommenen Substanzen in den Bereich der Blätter? Wir können diese Frage heute noch nicht mit voller Bestimmtheit beantworten, doch ist jedenfalls sichergestellt, daß dabei neben dem Wurzeldrucke (siehe Seite 135) der Transpiration, das heißt der Wasserverdunstung, eine sehr wesentliche Rolle zufällt.

Alle Zellen sind reich mit Wasser erfüllt, sie sind „turgeszent". Indem dasselbe nun verdunstet und als Wasserdampf die Zellwände durchdringt, sammelt sich dieser in den Lücken zwischen den Zellen (den Interzellularräumen) an, welche ein kompliziertes Durchlüftungssystem, das heißt ein allseits miteinander in Verbindung stehendes Netz von Hohlräumen bilden. Wir haben gesehen, daß die Blätter, welche begreiflicherweise der Verdunstung am stärksten preisgegeben sind, namentlich in dem Gewebe der Blattunterseite, dem Schwammgewebe, reich an solchen Lücken sind.

Die Blätter müßten aber infolge der Verdunstung am Stamme vertrocknen, wenn sie nicht eine Einrichtung besäßen, welche

158

die Wasserabgabe erschwerte. Diese Aufgabe fällt nun in
erster Linie dem Hautgewebe, der Blattepidermis, zu, dessen
Zellen vermöge der starken Verdickung ihrer an die Luft
grenzenden (äußeren) Membranen nicht allein ähnlich der
tierischen Haut das darunter liegende Gewebe vor schädlichen
äußeren Einflüssen schützen, sondern auch die Verdunstung
wesentlich einschränken Diese wird aber um so mehr erschwert, als die Oberhautzellen selbst wieder von einem zarten,
korkähnlichen Häutchen, der von ihnen selbst ausgeschiedenen
Cuticula bedeckt sind, welches für Wasser nur sehr schwer
durchlässig ist. Eine völlige Hemmung des Austrittes von
verdunstendem Wasser wäre jedoch für die Pflanzen ebenso
verderblich wie eine übermäßige Wasserabgabe. Daher finden
sich zumeist auf der Blattunterseite in geschützter Lage
kleine, aber zahlreiche Lücken, die Spaltöffnungen,
durch welche der in den Interzellularräumen angesammelte
Wasserdampf seinen Weg ins Freie nimmt.

Sie sind zugleich die Pforten für den Durchtritt der
für die Pflanzen nötigen Gase: Kohlensäure und Sauerstoff.
Wenn nun Wasser verdunstet, so ziehen die Zellen durch
Osmose (siehe Seite 133) neuerlich Wasser aus den benachbarten Zellen zur Deckung des Verlustes heran; diese sorgen
auf gleiche Weise für Ersatz, so daß sich eine von Zelle zu
Zelle fortschreitende Saugung geltend machen muß, durch
welche das Aufsteigen des Wassers im Stamme wesentlich
befördert wird. Auf diese Weise entsteht ein durch die
Transpiration hervorgerufener „Transpirationsstrom", welcher
das mit Nährstoffen beladene Wasser in alle Teile der Laubkrone emporschafft. Das Wasser selbst ist in diesem Falle nur
Transportmittel der Bodennahrung. Wenn das Wasser, wie wir
gehört haben, auch nur geringe Spuren derselben gelöst enthält, so sammelt sich doch nach dem Verdunsten von größeren
Quantitäten des Lösungsmittels eine entsprechende Menge solcher
Bodensalze an den Stellen des Bedarfes an, welche zur Bildung von Eiweißkörpern und anderen Substanzen erforderlich sind.

Das Aufsteigen des Wassers geht um so leichter vor
sich, als Wurzel, Stamm und Blätter von einem zusammen-

hängenden System von Wasserleitungsröhren, den Gefäßen, durchzogen werden. Tausende solcher zierlich gebauter Röhrchen, welche nur in den günstigsten Fällen, zum Beispiel an Querschnitten durch Eichenholz als nadelförmige Poren für das freie Auge sichtbar sind, schließen zu Strängen zusammen, die im Blatte die bekannten „Blattnerven" bilden, während sie im Stamme unserer Holzgewächse die Hauptmasse desjenigen Zellgewebes ausmachen, welches wir im praktischen Leben als „Holz" bezeichnen.

Anzahl und Weite dieser Leitungsröhren ist ganz dem Bedürfnisse der Pflanzen angepaßt. Einen hübschen Beweis dessen liefern die Lianen. Mit der kletternden Lebensweise derselben hängt es zusammen, daß ihre Stämme verhältnismäßig schlank gebaut sind; da aber die oft unverhältnismäßig große Laubentwicklung eine reichliche Wasserversorgung erfordert, finden wir zum Beispiel bei unserer einheimischen Waldrebe oder bei dem vielfach technisch verwendeten spanischen Rohr, welches den Stamm einer kletternden Palme, des Rotang oder *Calamus*, darstellt, so weite Gefäße (bis über $^1/_2$ mm) ausgebildet, daß wir sie an einem scharf geführten Querschnitte deutlich mit freiem Auge erkennen können.

Umgekehrt sind langsam wachsende und wenig transpirierende Pflanzen, wie Buchs und Eibe, durch auffallend enge Gefäße ausgezeichnet. Hierdurch nimmt ihr Holz einen dichten und ungemein festen Charakter an, weshalb es sich für gewisse technische Zwecke besonders gut eignet.

Einen Zusammenhang zwischen der Größe der Leitungsbahnen und dem Wasserbedarfe erkennen wir auch bei allen einheimischen Bäumen. Begreiflicherweise ist derselbe zur Zeit des Austreibens im Frühjahre am größten; infolgedessen bildet der sich verdickende Stamm zu Beginn jeder Vegetationsperiode reichlich weite Wasserleitungsröhren aus. Sind bereits Gefäße in hinreichender Zahl gebildet, um die Baumkrone mit Wasser zu versorgen, dann erst tritt das Bedürfnis nach Festigung des Stammes in den Vordergrund. Gegen Ende des Sommers werden demnach engere Gefäße mit dickeren Zellwänden oder Elemente gebildet, die allein der Festigung dienen. Auf diese Weise legen sich an den Holzkörper alljährlich weite und dünnwandige und später allmählich engere und dickwandige Zellen an, was schon mit freiem Auge als abwechselnd heller und dunkler gefärbte Zonen im Holze zu erkennen ist, wodurch die Bildung der sogenannten „Jahresringe" zustande kommt.

Wie das Holz der Leitung des Wassers, so dienen zarte Leitungsröhren der Rinde (Siebröhren) dem Transport der in den Blättern gebildeten organischen Verbindungen.

Da der Nährstoffgehalt des Wassers ein sehr geringer ist (siehe Seite 129), so muß ein großes Wasserquantum die Pflanze durchströmen, um die erforderliche Menge der Nährsalze emporzuschaffen. Wir finden es demnach verständlich, daß gerade schnell wachsende Pflanzen besonders stark transpirieren, weshalb sie in der Kultur, wie wir aus Erfahrung wissen, auch stärker begossen werden müssen. Eine Sonnenrose zum Beispiel verdunstet an einem heißen Sommertage nahezu 1 l Wasser. Eine 50jährige Buche transpiriert schätzungsweise 10 l, eine 115jährige sogar 50 l täglich. Daraus ergibt sich, daß 1 ha eines solchen Buchenbestandes täglich das ansehnliche Quantum von 25—30.000 l Wasser benötigt. Trotzdem sehen wir selbst nach längeren Trockenperioden kaum ein Welken der unter natürlichen Bedingungen wachsenden Pflanzen, was darauf zurückzuführen ist, daß die Wurzelhaare befähigt sind, dem Boden fast die letzten Wasserreste zu entreißen, sowie darauf, daß die Größe der Wasserverdunstung innerhalb weiter Grenzen dem Bedürfnis entsprechend beliebig reguliert werden kann.

Die Spaltöffnungen, durch welche der Wasseraustritt erfolgt, sind nämlich durch einen höchst sinnreichen Mechanismus ausgezeichnet. Der ganze Apparat besteht im Wesen aus zwei wurstförmigen Zellen, die miteinander nur an den beiden Enden in fester Verbindung stehen. (Vergl. S. 63.) Wenn sie durch Wasserverlust erschlaffen, so legen sie sich in ihrer ganzen Länge aneinander, wodurch dem Wasserdampf der Durchtritt verwehrt wird. Im wasserreichen (turgeszenten) Zustande hingegen weichen sie in dem mittleren Teile auseinander, wobei sie sich gegen die

152

benachbarten Zellen vorwölben, zwischen einander aber einen spaltförmigen Kanal bilden. Dieser Spalt schließt sich demnach bei trockenem Wetter oder wasserarmem Boden, während er im umgekehrten Falle weit auseinander klafft, um eine kräftige Transpiration zu ermöglichen. Obgleich die offenen Spalten nur eine Weite von einigen Tausendstel Millimetern besitzen, erreicht die Verdunstung doch infolge ihrer unglaublichen Anzahl bedeutende Werte. Auf einem mm^2 der Blattunterseite stehen in der Regel einige hundert solcher zierlicher Apparate. Ein Kohlblatt besitzt davon etwa 11, die Blätter einer Sonnenrose ca. 13 Millionen.

Es muß übrigens bemerkt werden, daß der Transpiration wahrscheinlich neben dem Transport der Bodennährstoffe noch eine andere Bedeutung zukommt. Die Blätter müßten sich nämlich durch das Sonnenlicht in einer beträchtlichen und für die Pflanzen schädlichen Weise erwärmen, wenn nicht durch die Verdunstung wieder eine weitgehende Abkühlung erzielt würde, so daß die Temperatur des Pflanzenkörpers annähernd der Lufttemperatur entspricht. Dort, wo die Transpiration einen sehr geringen Grad erreicht, wie bei den später zu besprechenden Fettpflanzen, kann man jedoch leicht eine namhafte Temperatursteigerung nachweisen. So wurde beobachtet, daß bei einer Lufttemperatur von 28^0 C. die Blätter, beziehungsweise Stämme von Hauswurzen (Sempervivum) und Kakteen auf $40—50^0$ erwärmt wurden, eine Temperatur, welche die meisten unserer heimatlichen Pflanzen kaum vertragen könnten.

Obgleich die meisten Pflanzen die Verdunstung innerhalb weiter Grenzen regulieren können, so wären sie doch ohne besondere Anpassungen nicht imstande, in Klimaten mit extremen Feuchtigkeitsverhältnissen zu vegetieren. Es ist von vornherein klar, daß Gewächse feuchter Standorte Einrichtungen besitzen müssen, welche es ihnen gestatten, auch bei feuchter Luft einen Transpirationsstrom zu erhalten, den sie zur Beschaffung der Bodennährstoffe benötigen, während Pflanzen, die an Niederschlägen arme Gebiete, wie Wüsten, Steppen etc. bewohnen, mit den geringen Wassermengen, die ihnen zur Verfügung stehen, im höchsten Grade haushalten müssen.

Die an feuchtes Klima angepaßten Pflanzen (Hygrophyten) sind gewöhnlich schon an ihren zarten, dünnen Blattspreiten zu erkennen. Die dünnwandigen Oberhautzellen setzen dem Entweichen des Wasserdampfes keinen großen Widerstand entgegen, so daß er nicht allein durch die massenhaft vorhandenen Spaltöffnungen, sondern zum großen Teile auch durch die Zellwände hindurch seinen Weg nimmt. Die Schließzellen sind oft nach außen stark vorgewölbt, wodurch die Transpiration natürlich in hohem Grade gesteigert wird.

Noch mannigfaltiger sind die Einrichtungen, welche die Bewohner trockener, regenarmer Gegenden (Xerophyten) zum Schutze gegen Wassermangel aufweisen. Denn Wassermangel bedeutet für die überwiegende Zahl der Pflanzen den Tod.

Deshalb wird die Verdunstung auf die verschiedenste Weise möglichst herabgemindert. Die nach außen grenzenden Zellen haben derbe, stark verdickte und verkorkte (kutinisierte) Membranen; die in geringer Zahl auftretenden Spaltöffnungen sind oft in grubenförmige Vertiefungen eingesenkt oder werden von benachbarten Oberhautzellen kuppelförmig überwölbt, so daß sie vor jedem Windhauche geschützt sind. Oft besorgt ein Pelz von Haaren oder ein zarter Überzug von Schüppchen oder ein aus fettartigen Körpern bestehender Wachsüberzug einen weiteren Schutz der Spaltöffnungen.

Die verdunstende Oberfläche wird häufig überdies verkleinert, indem sich die Blätter einrollen oder die Form von Nadeln oder Schuppen annehmen. Es kommt sogar nicht selten vor, daß Blätter überhaupt nicht ausgebildet werden, vielmehr die grünen Zweige die Aufgabe des Blattes, zunächst die Assimilation der Kohlensäure, übernehmen. Die sogenannten Rutensträucher (Spargel, Besenginster und viele andere) bieten hierfür Beispiele.

Bei einer großen Gruppe von Xerophyten wird nicht allein für die Herabsetzung der Transpiration, sondern auch für die Anlegung eines Wasserreservoirs für die Zeit des Bedarfes Sorge getragen, indem bald der Stamm, bald die Blätter enorme Wassermengen aufspeichern. Solche Pflanzen bezeichnen wir als Fettpflanzen oder „Sukkulente". Am bekanntesten sind die Stammsukkulenten, zu denen die vielfach kultivierten und formenreichen Kaktusarten mit ihren kugeligen oder zylindrischen, mannigfaltig gerieften und bewehrten Stämmen gehören. Auch hier haben die saftreichen Stämme gleichzeitig die Aufgabe der Blätter übernommen. Hierher gehören auch viele wüstenbewohnende Wolfsmilcharten (Euphorbien), die äußerlich den Kaktusarten in einer Weise gleichen, daß sie jeder Laie für solche halten muß. Wir sehen an diesem Beispiele, wie in vielen Fällen die gleichen äußeren Umstände bei den verschiedensten Pflanzen ein auffallend ähnliches Aussehen und einen ähnlichen Bau bedingen können.

Welche enormen Wasserquantitäten ein solcher „sukkulenter" Stamm aufzuspeichern vermag, lehrt die Tatsache, daß zum Beispiel ein Igelkaktus (Echinocactus) $80-90\%$ Wasser enthält. Bedenkt man, daß einzelne Individuen dieser kugeligen Stämme gefunden wurden, welche ein Gewicht von 1000 kg aufwiesen, so erhellt daraus, daß ein solcher Kaktusriese ein Reservoir von zirka 800 l Wasser darstellt.

Auch unter den Blattsukkulenten finden wir viele wohlbekannte Zimmer- und Gartenpflanzen, wie zum Beispiel die starrblättrigen Agaven, die verschiedenen Echeveriaarten mit ihren weiß bereiften Blattrosetten, die absonderlich gestalteten Mesembrianthemum u. v. a. Hierher gehören auch die in der Volksmedizin häufig verwerteten Hauswurzen (Sempervivum), die, ohne Wasser und fast ohne Erde auf den Dächern der Bauernhäuser intensiver Sonnenglut ausgesetzt, ein echt xerophytisches Dasein führen.

Unter Umständen können aber auch Gewächse eine weitgehende xerophytische Ausbildung aufweisen, ohne daß sie in einem besonders trockenen Klima gedeihen. So sehen wir die meisten unserer wintergrünen Bäume und Sträucher mit nadel- oder schuppenförmigen Blättern besetzt, wodurch jedenfalls eine Einschränkung der Transpiration erreicht wird; ein Schutz gegen zu weit gehende Verdunstung ist aber auch bei diesen mindestens im Winter nötig, wo die Wurzeln infolge der niederen Temperatur selbst aus nassem Boden nur wenig Wasser aufzunehmen vermögen.

Ebenso finden wir häufig auch die Epiphyten des tropischen Regenwaldes, obgleich feuchte Atmosphäre an sich die Transpiration wesentlich einschränkt, xerophytisch ausgebildet, da die Wasserversorgung auf den von ihnen besiedelten Bäumen eine sehr mangelhafte ist. Daher treffen wir bei zahlreichen tropischen baumbewohnenden Orchideen als Wasserspeicher

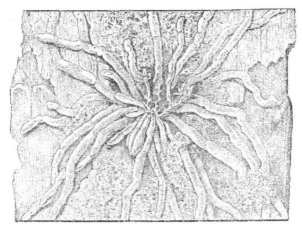

Abb. 15. Blühendes Pflänzchen der epiphytischen Orchidee *Taeniophyllum* mit seinen grünen Wurzeln auf einer Baumrinde wachsend. — Nat. Größe. — Nach Wiesner.

fungierende knollenförmige Anschwellungen des Stammes, dicklederige Blätter mit tief eingesenkten oder in anderer Weise geschützten Spaltöffnungen, Einschränkung der transpirierenden Oberfläche durch Rückbildung der Blätter etc. Diese Reduktion der transpirierenden Organe kann dazu führen, daß die Bildung der Blätter völlig unterbleibt und auch der Stamm eine nur ganz unbedeutende Entwicklung erfährt. Eine solche Pflanze, wie zum Beispiel die tropische Orchidee *Taeniophyllum*, besteht fast ausschließlich aus einer Anzahl bandförmiger, der Baumrinde dicht anliegender grüner Wurzeln, die aber dem besiedelten Baume keinerlei Nahrung entnehmen, hingegen

156

befähigt sind, das an der Rinde herabrieselnde Wasser aufzunehmen und wie Blätter die Kohlensäure der Luft zu assimilieren.

Nach dem Gesagten dürfen wir uns nicht wundern, wenn
wir unter Umständen selbst Bewohner des ständig feuchten
Bodens xerophytisch ausgebildet finden; es handelt sich eben
nicht darum, ob der Boden reich an Wasser ist, sondern ob
dieses für sie erreichbar ist. Daher finden wir auch bei vielen
Bewohnern von Torfmooren (Moorbeere [*Vaccinium uliginosum*],
Moosbeere [*Oxycoccus*], *Andromeda*, Sumpfporst [*Ledum*] etc.)
kleine, aber derb lederige Blätter, Einrollung der Blattspreite,
versenkte Spaltöffnungen etc., durchwegs Einrichtungen, welche
als Schutzmittel gegen übermäßige Transpiration aufgefaßt
werden müssen. Wenngleich diese Pflanzen in einem mit
Wasser gesättigten Boden gedeihen, so bedürfen sie doch
einer derartigen Schutzeinrichtung, da die Wurzeln das an
sogenannten Humussäuren reiche Wasser nur schwer aufnehmen können. Desgleichen zeichnen sich die Gewächse,
welche salzigen Boden bewohnen, namentlich die Meerstrand-
pflanzen, durch einen xerophytischen Bau aus, indem sie wie
andere Sukkulente fleischige Stengel oder Blätter ausbilden.
Obgleich sie häufig dem salzigen Gischt der Brandung ausgesetzt sind, bedürfen sie eines Transpirationsschutzes, wie
wir glauben deshalb, weil eine reichliche Verdunstung eine
zu große Aufnahme des salzreichen Wassers erfordern würde,
wodurch wieder eine übermäßig große und daher schädliche
Anreicherung von Salzen in den Pflanzenorganen bewirkt würde.

Vierter Vortrag.

Wir haben bisher nur von solchen Pflanzen gesprochen, die trotz der verschiedenartigsten Anpassungen im einzelnen doch alle in gleicher Weise befähigt sind, aus Wasser und den Mineralbestandteilen des Bodens sowie aus der Luft die Stoffe des eigenen Leibes zu bilden.

Im folgenden wollen wir einige Pflanzentypen kennen lernen, die zu ihrem vollen Gedeihen noch anderer Substanzen bedürfen. Die interessanteste Gruppe unter ihnen bilden einige hundert (zirka 400) Pflanzenarten, welche unter dem Namen „Insekten fressende" (Insektivoren) oder besser „Insekten verdauende" Pflanzen bekannt sind. Einige der merkwürdigsten Vertreter finden wir in unseren Gegenden wild wachsend: so auf den Torfmooren den zierlichen Sonnentau (*Drosera*), auf feuchten Bergwiesen das blau oder weiß blühende Fettkraut (*Pinguicola montana* und *Pinguicola alpina*) sowie in Wassergräben mehrere Arten des Wasserschlauches (*Utricularia*) mit seinen untergetauchten, fein zerschlitzten Blättchen und orangegelben, an festem Stiele über das Wasser emporgehobenen Blumen, deren Form an die Blüten des Löwenmauls erinnert. Eine größere Zahl von Insektivoren beherbergen die Sümpfe im südlichen Nordamerika und in Kalifornien: die meisten derselben, zum Beispiel die Venusfliegenfalle (*Dionaea*), *Sarracenia* und *Darlingtonia*, werden wegen ihrer interessanten Lebensweise mit Vorliebe in unseren Gewächshäusern gezogen, zumal manche unter ihnen den Beschauer durch die Schönheit der Blüten wie durch die absonderliche Gestalt und prächtige Zeichnung der Blätter in gleicher Weise fesseln [1]).

Die große Gruppe der bekannten Kannenpflanzen (*Nepenthes*) bewohnt die Flußufer von Ostindien, Ceylon und den Molukken.

So gering die Zahl insektenverdauernder Pflanzen ist, so mannigfaltig sind die Einrichtungen zum Anlocken, Festhalten und Verdauen der Insekten. Manche von ihnen führen zu diesem Zwecke auffallende Bewegungen ihrer Blätter aus.

Hierher gehört zunächst die Venusfliegenfalle (*Dionaea*), deren rundlich elliptische Blattspreite um den Mittelnerv wie um ein Scharnier beweglich erscheint. Während der Blattrand durch zahlreiche Borsten gewimpert ist, stehen oberseits auf jeder Blatthälfte je drei kräftige Borsten sowie zahlreiche mikroskopisch kleine Drüsenhärchen. Kommt nun irgendein stickstoffhaltiger Körper (ein Insekt, ein Stückchen Fleisch oder Hühnereiweiß) mit den Borsten der Blattoberseite in Berührung, so bewegen sich die beiden Blatthälften wie die Deckel beim Zusammenklappen eines Buches gegeneinander, wobei sich die etwas aufgekrümmten Randborsten der gegenüberliegenden Seiten kreuzen und auf diese Weise jedes Entkommen eines angeflogenen Insekts verhindern. Gleichzeitig scheiden die Drüsenhärchen eine verdauend wirkende Substanz aus, welche das gefangene Insekt bis auf die Flügeldecken und andere unverdauliche Teile vollständig aufzehrt. Nach 8 bis 14 Tagen breitet sich das Blatt neuerlich aus, der anfliegenden Beute harrend.

Auch unser Sonnentau führt Bewegungen zum Fange der Insekten aus. Die kleinen kreisrunden Blättchen sind von zirka 200 borstlichen $\frac{1}{2}$ *cm* langen Haaren bedeckt, die, einem Schneckenfühler nicht unähnlich, in ein kugeliges Köpfchen endigen. Bei sonnigem Wetter scheidet jedes derselben ein schleimiges, glashelles [Flüssigkeitströpfchen aus, wodurch die Blätter in der Sonne wie von glitzernden Tau-

---

[1]) Eine der reichhaltigsten und prächtigsten Kollektionen fleischverdauender Pflanzen beherbergen die Palmenhäuser des kaiserlichen Lustschlosses Schönbrunn bei Wien.

perlen bedeckt erscheinen. Kleine Insekten haften sofort an diesem klebrigen Exkret und werden, je mehr sie flatternd sich zu befreien streben, von desto mehr Haaren festgehalten[1]. Nach und nach krümmen sich alle Härchen über das Insekt zusammen, dasselbe immer fester umklammernd und gleichzeitig eine Verdauungssubstanz ausscheidend.

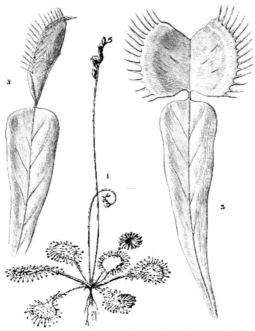

Abb. 16. Fig. 1. Sonnentau (*Drosera rotundifolia*). Natürliche Größe. - Fig. 2. Blatt einer Venusfliegenfalle (*Dionaea muscipula*) offen. — Fig. 3. Dasselbe geschlossen. — Etwas vergrößert. — Nach Wettstein.

Ganz anders geht die Bewegung der Blätter bei den Arten der Gattung Pinguicola vor sich. Diese breiten und dicklichen Blätter, welche dem freien Auge völlig glatt er-

[1] Diese Bewegung erfolgt ziemlich schnell; ein Haar krümmt sich in 10 Minuten um etwa 90°. Dabei genügt zum Beispiel ein Menschenhaar von $\frac{1}{3}$ mm Länge, dessen Gewicht schätzungsweise $\frac{1}{1200}$ mg beträgt, um eine derartige Bewegung zu veranlassen.

160

scheinen, sind von zahllosen Drüsenhaaren — man schätzt
ihre Zahl pro cm^2 auf 25.000 — bedeckt, welche die Oberfläche des Blattes mit einer schleimig-klebrigen Ausscheidung
überziehen. Bleibt ein über die Blätter hinkriechendes Insekt
kleben, so beginnt sich das Blatt sofort von den Rändern her
einzurollen, während die Drüsenhärchen eine Verdauungssubstanz absondern.

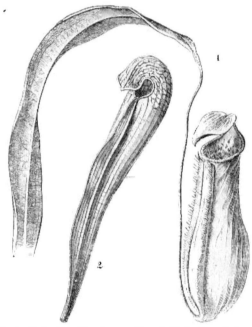

Abb. 17. Fig. 1. Blatt einer *Nepenthes*. — Fig. 2. Blatt einer *Sarracenia*. - Etwas
verkleinert. — Nach Wettstein.

Die oft meterlangen Blätter der strauchartigen Kannenpflanzen (*Nepenthes*) hingegen führen keinerlei Fangbewegungen
aus. Sie bestehen aus einem blattartig verbreiterten Blattstiel,
der in einen stielrunden Teil übergeht, welcher befähigt ist,
sich an Zweigen festzuranken; dieser Teil trägt an seinem
Ende ein krug- oder kannenförmiges Organ, über dessen
Öffnung sich die eigentliche Blattspreite, einem Deckel ver-

gleichbar, ausbreitet, derart, daß das Eindringen von Regen, ohne den Insekten den Zugang zu verwehren, verhindert wird. Angelockt durch die lebhafte Färbung der Kannen sowie durch den am Rande derselben ausgeschiedenen Honig fliegen verschiedene Insekten an, gleiten jedoch, da der überaus glatte Kannenrand selbst dem Insektenfuße keinen Halt gewährt, ab und stürzen in die Kanne, welche bis etwa zur Hälfte mit einer sauren Flüssigkeit erfüllt ist. Ein Entkommen ist jetzt um so mehr ausgeschlossen, als die Kannenwände mit abwärts gerichteten spitzen Stacheln und Borsten ausgekleidet sind, die ein Aufkriechen unmöglich machen. Ist ein stickstoffhältiger Körper in die Kanne geraten, dann wird von zahlreichen Drüsen eine verdauende, das heißt eiweißlösende Substanz ausgeschieden, welche mit dem Pepsin unseres Magensaftes große Ähnlichkeit aufweist.

Auch die Blätter von *Sarracenia* und *Darlingtonia* bilden einen verschieden gestalteten, mit Flüssigkeit erfüllten Hohlraum aus, der als „Fanggrube" für Insekten dient. Hier werden jedoch keine Verdauungssäfte ausgeschieden, vielmehr nehmen diese Blätter die Zersetzungsprodukte der in großer Menge gefangenen und zugrunde gegangenen Insekten auf, weshalb man diese Pflanzengruppe auch als „Aasfresser" bezeichnet.

Hierher sind auch die Wasserschlauch - (*Utricularia*-) Arten unserer Flora zu zählen, deren zerschlitzte Blättchen zahlreiche, kaum über Millimeter große Bläschen tragen, welche durch Umwandlung von Blattzipfeln entstanden sind. Der Eingang in den Hohlraum derselben ist durch eine Art Klappe verschlossen, die kleinen Krebsen und dergleichen den Zugang nach innen ermöglicht, ein Entweichen jedoch verhindert, so daß gelegentlich in jeder Blase mehrere Tierchen gefangen werden und verenden.

Sämtliche insektenverdauenden Pflanzen können auch ohne jegliche tierische Nahrung gezogen werden, doch entfalten sie sich unter sonst normalen Lebensbedingungen jedenfalls bei dieser Kost üppiger. Sie benützen die organische Substanz zur Ergänzung ihrer Stickstoffnahrung, welche andere

11

Pflanzen ausschließlich aus den salpetersauren Salzen des Bodens gewinnen.

Es gibt zahllose Gewächse, welche gleichfalls organischer Nahrung zu ihrem Gedeihen benötigen; sie bedürfen aber nicht wie die Insektivoren des Stickstoffes, sondern des Kohlenstoffes, da ihnen die Fähigkeit, Kohlensäure der Luft zu assimilieren, teilweise oder ganz verloren gegangen ist. Die organische Substanz verschaffen sie sich dadurch, daß sie lebende Tiere oder Pflanzen befallen (Schmarotzer oder Parasiten) oder indem sie der Zersetzung anheimgefallene Organismen oder andere organische Substanzen ausbeuten (Verwesungspflanzen, Humusbewohner oder Saprophyten). Beide Ernährungstypen weisen untereinander viele Ähnlichkeiten auf und gehen gelegentlich auch ineinander über.

Verhältnismäßig selbständig sind die Halbschmarotzer, wie die auf unseren Wiesen häufig anzutreffenden Vertreter der Gattungen *Euphrasia*, *Melampyrum*, *Alectorolophus* usw., welche reichlich Blattgrün führen und infolgedessen zur Bildung organischer Substanz befähigt sind, die aber trotzdem auf den Wurzeln verschiedener Wiesenpflanzen schmarotzen. Andere Parasiten haben ihr Chlorophyll schon völlig verloren und sind daher zum Bezuge von Kohlenstoffverbindungen auf die befallene Pflanze, den „Wirt", angewiesen. Solche Schmarotzer, zu denen die häufig auf Pappelwurzeln lebende Schuppenwurz (*Lathraea*) gehört, erscheinen bleich oder gelblich, oft rot überlaufen und tragen meist nur schuppenförmige Blätter. Je vollständiger überhaupt die parasitischen Eigenschaften ausgeprägt sind, desto mehr treten alle Vegetationsorgane zurück. So besitzt der für unsere Kleefelder so gefürchtete Teufelszwirn (*Cuscuta*) nur ein fadendünnes, zahlreiche Blütenknäuel, aber keine Blätter tragendes Stämmchen, welches, reich verzweigt, weithin alle erreichbaren Pflanzen umstrickt und tötet, indem es in ihre Stengel Saugorgane (Senker oder Haustorien) treibt, welche die Wirtspflanze allen Nährmaterials berauben. Von anderen Schmarotzern, wie den in den Tropen heimischen Rafflesien, ist äußerlich überhaupt weder Stamm noch Blatt zu erkennen, da sie vollkommen innerhalb der

Wirtspflanze wuchern. Man wird des Schmarotzers vielmehr erst dann gewahr, wenn er sich zum Blühen anschickt. Dann brechen aus den befallenen Wurzeln der wilden Reben die Knospen hervor, die bald in Größe und Form einem Kohlkopfe gleichen. Die offenen, dickfleischigen Blumen, welche bei der sumatranischen Rafflesie den enormen Durchmesser von einem Meter erreichen. sind durch eine eigentümliche Fleischfarbe und einen ekeligen Aasgeruch. der ihnen entströmt und weithin wahrnehmbar ist, ausgezeichnet, wodurch zahlreiche Fliegen und andere widerliche Aasinsekten angelockt werden.

Eine eigentümliche Gruppe unter den Schmarotzern nimmt unsere, namentlich auf Pappeln so häufige Mistel (*Viscum*) und ihre Verwandten ein. Sie vermag selbst reichlich zu assimilieren und entzieht der Wirtspflanze daher keine organische Substanz. sondern wahrscheinlich ausschließlich Wasser mit den gelösten Bodennährstoffen. so daß sie als nicht sonderlich schädlich bezeichnet werden kann.

Auch unter den Humusbewohnern gibt es bleiche, blattlose Gewächse. die, im dichtesten Waldesschatten gedeihend, ihren Kohlenstoffbedarf aus dem Moder des Waldbodens, dem Humus. decken. Einige der merkwürdigsten und schönsten Orchideen unserer Heimat. wie die Nestwurz (*Neottia*), *Epipogon* und andere, sind hierher zu rechnen.

Selbst viele der prächtigen Pflänzchen. denen unsere Alpenmatten ihr saftiges Grün und ihr buntes Farbenkleid verdanken, wie Enzian und Glockenblumen. vermögen trotz ihres reichen Chlorophyllgehalts wenigstens teilweise organische Substanz aus dem Humus aufzunehmen. Ebenso sind die meisten Epiphyten auf eine saprophytische Lebensweise angewiesen.

An dieser Stelle ist auch des ungezählten Heeres der Pilze und Bakterien zu gedenken, welche. des Blattgrüns völlig entbehrend, teils parasitischer, teils saprophytischer Lebensweise huldigen. Näher auf ihre Ernährung einzugehen, verbietet der knappe Rahmen dieser Vorträge. zumal noch einem anderen interessanten und bedeutungsvollen Ernährungs-

11*

vorgange, der L e b e n s g e m e i n s c h a f t oder Symbiose, einige
Worte gewidmet werden sollen.

Wie beim Parasitismus, so stehen auch hier zwei verschiedene Pflanzenarten in einer innigen Beziehung zu ein-
einander; während aber dort nur dem einen Partner, dem
Schmarotzer, aus dem Zusammenleben Vorteil erwächst, der
Wirt hingegen mehr oder minder stark geschädigt wird,
gereicht dieses Verhältnis den an der Symbiose beteiligten
Pflanzen zum gegenseitigen Vorteil.

Den ausgesprochensten Fall eines solchen genossen-
schaftlichen Verhältnisses treffen wir bei den Flechten an,
unscheinbaren Pflänzchen von meist gelblicher oder weißlich-
grauer Farbe, die bald in Form von Krusten Holz und Gestein
überziehen, bald als echte Epiphyten in blattförmig gelappten
oder büschelig verzweigten Formen die Rinde der Stämme
besiedeln, oder sparrigen Sträuchlein oder zierlichen Trichtern
gleichend auf Sand- und Heideboden vegetieren. Die mikroskopische Untersuchung lehrt, daß diese anscheinend einfachen
Pflänzchen aus zwei ganz verschiedenen Pflanzenarten bestehen,
und zwar aus einem Pilze, welcher die Gestalt der gesamten
·Pflanze bestimmt und aus kleinen, meist einzelligen Algen,
welche ausgezeichnet durch den Besitz von Chlorophyll zwischen
den dicht verschlungenen Zellfäden des Pilzes geborgen sind.
Daß es sich wirklich um zwei verschiedene Pflanzenarten
handelt, ist über jeden Zweifel erhaben, seit es gelang, Pilz
und Alge getrennt zu kultivieren, ja sogar beide wieder
künstlich zu einer Flechte zu vereinen. Der Pilz gewinnt nun
durch Vermittlung der grünen Alge den Kohlenstoff der Luft,
während er seinerseits die Alge mit Wasser und Mineralstoffen versorgt. Durch dieses einträchtige Zusammenwirken
beider Teile sind gewisse Flechten imstande, selbst auf blankem
Fels zu gedeihen, wo keine andere Pflanze ihr Dasein fristen
könnte [1].

[1] Es soll nicht verschwiegen werden, daß manche Botaniker ein
symbiotisches Verhältnis zwischen Pilz und Alge bestreiten und die
Flechten für Pilze halten, welche auf Algen schmarotzen, indem sie
dieselben einschließen und ihrer Kohlenhydrate berauben.

Ein anderer Fall von Lebensgemeinschaft, der praktisch von größter Bedeutung ist, betrifft die Hülsenfrüchtler (Leguminosen, zum Beispiel Klee, Bohne, Erbse, Goldregen etc.), welche mit Bakterien zumeist ein Genossenschaftsverhältnis eingehen. Es ist eine bekannte Tatsache, daß die Düngung eines mit Hülsenfrüchten bebauten Feldes mit einem Stickstoffdünger (zum Beispiel Chilisalpeter) von keinem wesent-

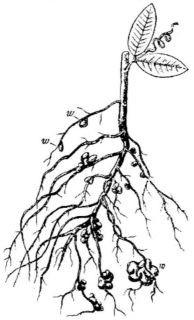

Abb. 18. Wurzel von *Pisum sativum* (Erbse) mit Wurzelknöllchen *w*. Natürliche Größe. — Nach Wiesner.

lichen Einflusse ist, während gerade dieser Dünger den Ertrag anderer Feldfrüchte erheblich steigert. Die Untersuchung der Wurzeln von Hülsenfrüchtlern ergibt nun die regelmäßige Anwesenheit kleiner knötchenförmiger Anschwellungen, der Wurzelknöllchen, welche aus dünnwandigen Zellen bestehen, die zum Teil dicht mit Bakterien erfüllt sind. Da diese Wurzelbakterien imstande sind, den Stickstoff der Luft aufzunehmen und zu verarbeiten (assimilieren), führen sie den

Hülsenfrüchtlern den Luftstickstoff zu, der sonst für die Pflanze völlig unverwertbar ist, da — wie wir gesehen haben — Stickstoff nur aus dem Boden aufgenommen wird. Durch die Tätigkeit dieser Bakterien wird demnach Luftstickstoff in der Pflanze gebunden. Ackern wir demnach ein mit Hülsenfrüchten (zum Beispiel Lupinen) bestandenes Feld um, so wird der Stickstoffgehalt des Bodens vermehrt werden.

Wir machen uns diese Erfahrung bei der sogenannten Gründüngung zunutze. Statt durch Kunst- oder Stalldünger den Stickstoffgehalt des Bodens zu steigern, wird derselbe vor der zu bauenden Feldfrucht mit Lupinen bepflanzt, welche in einem gewissen Entwicklungsstadium in den Boden eingeackert werden. Ein ha Lupinen führt dem Boden auf diese Weise über 200 kg Stickstoff zu.

Welche Vorteile die Bakterien aus dem Zusammenleben mit Leguminosen ziehen, konnte noch nicht mit Sicherheit entschieden werden.

Die Fähigkeit, den Stickstoff der Luft oder den hauptsächlich bei der Verwesung tierischer Exkremente auftretenden Ammoniak in eine für die Pflanze verwertbare Form zu bringen, teilen die Bakterien der Wurzelknöllchen (*Bact. radicicola*) mit anderen, frei im Boden lebenden Arten, den „nitrifizierenden" Bakterien, welche deshalb im Haushalte der Natur eine ebenso wichtige Rolle spielen wie in der praktischen Pflanzenzucht.

In ziemliches Dunkel gehüllt ist auch noch ein anderer weit verbreiteter Fall von Symbiose, nämlich das Genossenschaftsverhältnis zwischen höheren Pflanzen und Pilzen (Wurzelpilze oder Mycorrhiza). Bei einer großen Anzahl von Bäumen und Sträuchern, wie Buche, Hasel, Kiefer und vielen anderen, bei zahlreichen Orchideen und fast allen Saprophyten findet man an Stelle der Wurzelhaare zarte Pilzfäden, welche das Gewebe nach allen Richtungen durchsetzen. Wenngleich es feststeht, daß diese Pilze das Gedeihen der befallenen Pflanzen fördern, so wissen wir doch nicht sicher, welche Rolle sie dabei spielen. Während ihnen manche Forscher eine ähnliche Funktion wie den Knöllchenbakterien zuschreiben, sehen andere ihre Bedeutung in der Begünstigung der Aufnahme von Wasser

mit den darin gelösten Nährstoffen. Noch zweifelhafter ist
es. ob den Pilzen aus dem Verbande mit höheren Pflanzen
ein Vorteil erwächst und worin dieser besteht.

Ebenso wie verschiedene Pflanzenarten untereinander,
so können auch Pflanzen mit Tieren einen Genossenschafts-
verband eingehen. So ist es lange bekannt, daß Süßwasser-
schwämme und -polypen. Infusorien und andere tierische
Organismen grüne, den pflanzlichen Chlorophyllkörnern ähnliche Kügelchen enthalten. Eine eingehende Untersuchung
ergab, daß diese Gebilde einzellige Algen repräsentieren,
welche in den tierischen Körper einwandern und durch ihre
Kohlensäureassimilation demselben organische Nahrung verschaffen.

Auch zwischen Pflanzen und Ameisen herrscht oft ein
ähnliches, wenngleich weniger inniges Genossenschaftsverhältnis.
Wir kennen bereits namentlich in den Tropen eine Reihe
solcher „Ameisenpflanzen". die in ihrem hohlen Stamm. in
vielfach gekammerten Knollen, in hohlen, bauchig erweiterten
Blattdornen usw. den Ameisen ein Obdach gewähren, ihnen
gelegentlich sogar Nahrung in Form von Zucker oder Eiweiß
darbieten, als Preis dafür jedoch von diesen kampflustigen
Tierchen gegen andere tierische Feinde geschützt werden.

Am interessantesten ist diesbezüglich eine brasilianische
Ameisenpflanze. ein Bäumchen namens *Cecropia*, in dessen
hohlen Stamm sich sogenannte Aztekenameisen ansiedeln,
nachdem sie ihn an den dünnsten Stellen, welche äußerlich
als grübchenförmige Vertiefungen kenntlich sind, durchbissen
und sich so Eingang in das Innere des Stammes verschafft
haben. An der Unterseite der Blattbasis werden zwischen samt-
artigen Härchen fett- und eiweißreiche eiförmige Körperchen
(Müllersche Körperchen) gebildet. welche von den Ameisen
abgeweidet werden. Welcher Vorteil dem Baume aus der
Besiedlung mit Ameisen erwächst, ist ersichtlich, wenn die
Aztekenameisen auf irgendeine Weise fern gehalten werden;
solche Bäume werden in kurzer Zeit das Opfer der ge-
fürchteten Blattschneideameisen (*Atta*), welche mit ihren
kräftigen Mundwerkzeugen die Blätter in kleine Stückchen

zerschneiden und mit erstaunlicher Geschwindigkeit den ganzen Baum seines Blattschmuckes berauben. Diese Blattschneider leben selbst wieder in einem höchst merkwürdigen Genossenschaftsverhältnis mit einem Pilze, den sie — wie verläßliche Beobachter mitteilen — auf den zusammengetragenen Blattstücken in förmlicher Reinkultur züchten („Pilzgärten") und durch beständige Verletzungen zu Wucherungen veranlassen, welche ihnen selbst zur Nahrung dienen.

Überschauen wir nochmals alle die Lebenserscheinungen und Lebensgewohnheiten der Pflanzen, von denen bisher die Rede war, so ergibt sich daraus folgende grundlegende Erkenntnis:

Die Pflanze ist in wesentlich gleicher Weise wie das Tier einem Stoffwechsel unterworfen, indem einerseits durch den Vorgang der Ernährung gewisse Stoffe aufgenommen und zur Bildung von Substanz des Pflanzenleibes verarbeitet (assimiliert) werden, anderseits ein Teil derselben durch die Atmung, welche genau wie beim Tiere verläuft, wieder zerstört wird.

Wesentlich unterscheidet sich hingegen die Mehrzahl der Pflanzen (nämlich jene, welche durch den Besitz von Chlorophyll ausgezeichnet sind) von den Tieren im allgemeinen dadurch, daß jene allein unter allen Lebewesen befähigt sind, aus Kohlensäure der Luft, Wasser und Mineralstoffen des Bodens organische Substanz zu bilden, während diese auf bereits vorgebildete organische Substanz zur Bildung ihrer Körpersubstanz angewiesen sind.

Fünfter Vortrag.

Nachdem wir nun einen Einblick in die wichtigsten Kapitel der „Physiologie des Stoffwechsels" gewonnen haben, wollen wir einen anderen Lebensvorgang näher studieren, der bei den Tieren eine so große Rolle spielt, daß er allein in der Regel als untrügliches Zeichen des Lebens gilt: die Bewegung. Daß Pflanzen unter Umständen Bewegungen ausführen, ist bekannt, es ist nur fraglich, ob dieselben als Erscheinungen des Lebens aufzufassen sind, das heißt ob sie nur unter den Bedingungen des Lebens vor sich gehen oder ob sie nicht, an dasselbe geknüpft, auf rein physikalischen Ursachen beruhen, wie zum Beispiel das Abwärtskrümmen eines Astes infolge seines eigenen Gewichtes (Lastkrümmung) oder die Wanderung der Samen und Früchte unter dem Einflusse von Wind- und Wasserströmungen. Solche oft recht auffallende physikalische Bewegungen sind auch diejenigen, welche auf einer ungleichmäßigen Quellung eines Pflanzenteiles beruhen; die stärker quellbare Seite wird bei Befeuchtung natürlich zur längeren und krümmt sich demnach konvex, während sie sich bei Wasserverlust verhältnismäßig stärker zusammenzieht und einen konkaven Bogen beschreibt. Das Öffnen der trockenhäutigen Hüllblätter gewisser Disteln (Wetterdistel oder *Carlina*) bei trockenem Wetter, das Schließen derselben bei zunehmender Luftfeuchtigkeit, wodurch der Blütenstaub vor Benetzung geschützt wird, die korkzieherförmigen Windungen der grannenartigen Fortsätze der Storchschnabelfrüchte (*Geranium*), die sich je nach dem Feuchtigkeitsgehalte der Luft auflösen oder verengern, weshalb sie sich als Zeiger für Wetterhäuschen großer Beliebtheit erfreuen, gehören in diese Kategorie von Bewegungen. Auf ähnliche Ursachen sind zumeist die Bewegungen zurückzuführen, welche sich beim Aufspringen trockener Früchte einstellen und die häufig in den Dienst der Samenverbreitung gestellt sind. Obgleich derartige Bewegungen mit dem Leben nicht direkt zusammenhängen, können sie doch, wie man sieht, für die Pflanze von großer Bedeutung sein.

Diesen Bewegungen stehen jene gegenüber, die an die Lebenstätigkeit gebunden sind (vitale Bewegungen), welche demnach nur so lange vor sich gehen, als die Bedingungen des Lebens — Anwesenheit von Sauerstoff, entsprechende Temperatur etc. — vorhanden sind. Im übrigen können sie sich ganz unabhängig von äußeren Einflüssen einstellen (spontane Bewegungen) oder aber erst als Folge eines äußeren Anstoßes, also einer physikalischen Ursache, wie Licht, Schwerkraft usw., auftreten (paratonische Bewegungen).

Die größte Ähnlichkeit zwischen der Bewegungsweise von Pflanzen und Tieren tritt uns bei den am einfachsten gebauten Formen entgegen, wie ja überhaupt die trennenden Unterschiede zwischen Pflanze und Tier sich immer mehr verwischen, je niedriger die Organisation der verglichenen Lebewesen beschaffen ist.

Eine der einfachsten Bewegungsformen ist die amöboide Bewegung, welche wir in gleicher Weise bei den tierischen Amöben und weißen Blutkörpern der Wirbeltiere als auch bei amöbenähnlichen Entwicklungszuständen gewisser pflanzlicher Organismen, der Schleimpilze oder Myxomyceten, stets aber nur an nackten, membranlosen Zellen antreffen. Die Bewegung dieser mikroskopisch kleinen, schleimigen, mit Zellkern und verschiedenen Inhaltskörpern ausgestatteten Plasmaklümpchen geht in der Weise vor sich, daß der Protoplast nach verschiedenen Richtungen hin Fortsätze (Pseudopodien) ausstülpt, die entweder wieder eingezogen werden, oder in welche die übrige Körpermasse wie ein zähflüssiger Schleim nachströmt. Indem sich dieser Vorgang in gleicher

Weise wiederholt, vermag die Amöbenzelle langsam über eine feuchte Unterlage hinzukriechen.

Weiter verbreitet als diese Bewegung ist die **Geißelbewegung**, die ebenfalls sowohl nieder organisierten Tieren (zum Beispiel Infusorien) als auch bestimmten Zellen des Wirbeltierkörpers (Luftröhrenschleimhaut), in gleicher Weise aber auch einfach gebauten Pflanzen, wie gewissen Bakterien, Algen und Pilzen sowie Fortpflanzungszellen eigentümlich ist (siehe Seite 188).

Der lebende Zelleib besitzt in diesem Falle eigentümliche protoplasmatische Bewegungsorgane, nämlich eine oder mehrere Geißeln oder Cilien von äußerster Zartheit, welche bald an den Enden angeordnet sind, bald seine ganze Oberfläche bedecken. Durch bestimmt regulierten Geißelschlag gleitet die Zelle im Wasser nach beliebigen Richtungen dahin. Die Hauptmasse der lebenden Substanz beteiligt sich nur insofern an dieser Bewegung, als sie den Geißelschlag nach Bedarf reguliert. Denn die Bewegungen dieser Schwärmer, wie man die geißeltragenden Zellen bezeichnet, gehen keineswegs planlos vor sich. Lassen wir zum Beispiel ein größeres mit Wasser gefülltes Glas lange Zeit hindurch unberührt an einem Fenster stehen, so können wir nicht selten beobachten, daß sich nur an der Lichtseite ein grüner Anflug gebildet hat; er besteht aus grünen Algen, welche aus Schwärmsporen hervorgegangen sind, die, alle dem Lichte zustrebend, sich auf dieser Seite des Gefäßes festsetzten und entwickelten. Das Licht beeinflußt demnach die Bewegungsrichtung der Schwärmer, indem sie sich entweder zur Lichtquelle hinbewegen oder aber, wenn deren Intensität ein gewisses Maß überschreitet, von ihr entfernen. Wie das Licht, so können auch andere Ursachen, wie in Wasser aufgelöste Stoffe, die Bewegungsrichtung beeinflussen. Der dabei zurückgelegte Weg ist natürlich ein minimaler und beträgt etwa 1 *m* pro Stunde. Berücksichtigt man jedoch die außerordentliche Kleinheit der Schwärmzellen, so gewinnt man ein ganz anderes Urteil über die Geschwindigkeit, mit der sie sich fortbewegen. Die schnellsten unter ihnen vermögen in einer Sekunde einen Weg zurückzulegen, welcher

172

das Doppelte bis Dreifache ihrer Körperlänge mißt, eine
respektable Leistung, wenn wir berücksichtigen, daß unsere
schnellsten Schiffe ihre Länge in 10—15 Sekunden durchfahren.

Das Vermögen, Bewegungen auszuführen, welche in
den besprochenen Fällen zu einer Ortsveränderung führten,
hat sich das Plasma auch in den Fällen bewahrt, wo es
von einer Zellmembran eingeschlossen ist, was bei der Mehrzahl der Pflanzen der Fall ist. In der Regel verläuft diese
Plasmabewegung freilich so langsam, daß wir sie häufig nur

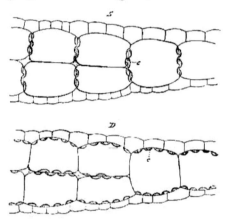

Abb. 19. Querschnitt durch eine Wasserlinse (Lemna trisulca). In den großen Zellen
Chlorophyllkörner (c). S Stellung derselben im Sonnenlichte, D im Schatten. — Stark
vergrößert. — Nach Stahl.

aus der Umlagerung des Zellkernes und der Inhaltskörper
erschließen können, die, selbst unbeweglich, durch das langsam
flutende Plasma fortgeschwemmt werden.

Einen der interessantesten Fälle stellt die Lageverände-
rung der Chlorophyllkörner unter dem Einflusse des Lichtes
dar. Wir wissen, daß dasselbe für die Assimilationstätigkeit
der Chlorophyllkörner unbedingt erforderlich ist, daß aber
zu kräftiges Licht den grünen Farbstoff zersetzt. In günstigen
Fällen, zum Beispiel bei Wasserlinsen, können wir beobachten,
daß sich die linsenförmigen Chlorophyllkörner bei schwachem
Lichte alle mit ihrer Breitseite an die zur Richtung der ein-

fallenden Lichtstrahlen senkrecht stehende Wand anlegen, wodurch sie in die günstigste Beleuchtung gerückt sind, während sie sich bei grellem Sonnenlichte unter Annahme einer mehr kugeligen Gestalt an die dem Lichteinfalle parallelen Wände anschmiegen und so den zerstörenden Strahlen ausweichen.

Bisweilen erreichen derlei Plasmabewegungen aber auch eine ansehnliche Geschwindigkeit und dann sehen wir im Mikroskop deutlich, wie das gesamte Plasma in gleichmäßigem Strome die Zellwand entlang gleitet oder in zahlreiche Stränge aufgelöst auch das Zellinnere nach allen Richtungen durchsetzt (Beispiele: Wasserpest, Brennhaare der Nessel etc.).

Neben diesen Bewegungen des Protoplasmas gibt es eine große Gruppe von Bewegungserscheinungen, welche sich bald als Krümmungen, bald als Drehungen bemerkbar machen und dadurch zustande kommen, daß die Seiten eines Organs mit verschieden großer Geschwindigkeit in die Länge wachsen oder durch den Turgor eine ungleich starke Dehnung erfahren.

Um einen Überblick über diese mannigfaltigen und für die Pflanzen sehr charakteristischen Bewegungen zu gewinnen, wollen wir je nach dem Zustandekommen derselben zwischen Wachstumsbewegungen und Turgorbewegungen unterscheiden, wenngleich sich zwischen beiden keine absolut scharfe Grenze ziehen läßt, da jedes Wachstum von Turgoränderungen begleitet ist.

Derartige Bewegungen stellen sich zuweilen in einem bestimmten Entwicklungsstadium ohne jede äußere Veranlassung ein; sie beruhen auf „inneren", das heißt im Organismus gelegenen, uns völlig unbekannten Wachstumsursachen. Ein Beispiel hierfür liefern die meisten Blätter, welche in der Jugend auf ihrer Unterseite im Wachstum vorauseilen, so daß die Blattoberseiten konkav eingekrümmt werden; indem sie sich derartig von allen Seiten schützend über die wachsende Zweigspitze (Vegetationsspitze) legen, bilden sie eine Knospe. Die Entfaltung derselben beruht darauf, daß in einem gewissen Stadium die Blattoberseite relativ schneller zu wachsen beginnt.

Bekannt ist auch das Nicken vieler Keimlinge, zum Beispiel
der Bohnen, Sonnenblumen und vieler anderer in den ersten
Stadien der Entwicklung, wodurch das Durchbrechen des
Bodens bei der Keimung erleichtert wird. Ebenso wird die
Richtung der Zweige sehr wesentlich durch eine derartige
ungleichmäßige Verteilung des Wachstums bedingt.

Die größte Bedeutung aber im Leben der Pflanzen gewinnen die auf äußere Anlässe hin erfolgenden Wachstumsbewegungen; denn ihnen allein verdanken sie die Möglichkeit,
sich verschiedenen äußeren Einflüssen in zweckvoller Weise
durch Lageänderung ihrer Organe zu akkommodieren. Diese
verhältnismäßig langsam vor sich gehenden Bewegungen bieten
der Pflanze einen teilweisen Ersatz für die ihnen abgehenden
Muskelbewegungen, die allerdings mit unverhältnismäßig
größerer Geschwindigkeit vor sich gehen.

Unter den äußeren Ursachen, welche eine Wachstumsbewegung zur Folge haben, stehen an erster Stelle Licht und
Schwerkraft.

Es ist bei der großen Wichtigkeit des Lichtes für das
Gedeihen der Pflanzen begreiflich, daß deren Organe in bestimmter Weise zu demselben orientiert sein müssen; bekanntlich krümmen sich auch die meisten Stengel in die
Richtung des Lichtes, indem sie auf der beschatteten Seite
einem intensiveren Wachstum als auf der Lichtseite unterworfen sind, ein Verhalten, das wir als positiv heliotropisch
bezeichnen. Manche hochempfindliche Pflanzen (Wicken-
keimlinge) reagieren schon auf fabelhaft geringe Lichtstärken;
in wenigen Stunden neigen sie sich dem Lichte zu und
wachsen, sobald sie in die Richtung der Strahlen gelangt sind,
direkt gegen die Lichtquelle hin.

Das umgekehrte Verhalten, das Wegwenden vom Lichte,
der negative Heliotropismus, ist häufiger an Wurzeln als an
Stengeln zu beobachten. Die Kletterwurzeln der Lianen verdanken es vorwiegend dieser Eigenschaft, daß sie innig an
ihre Unterlage angepreßt werden.

Die Art, wie sich eine Pflanze dem Lichte gegenüber
verhält, hängt oft auch mit ihrem Entwicklungsstadium zu-

sammen. Während zum Beispiel die Blütenstiele des Juden-
bartes (*Linaria cymbalaria*) positiv heliotropisch sind, wodurch
es den Blüten ermöglicht wird, sich im Lichte zu entfalten,
werden sie nach erfolgter Befruchtung negativ heliotropisch,
so daß die reifenden Früchte in die dunklen Ritzen der Felsen,
welche diese Pflanzen mit Vorliebe bewohnen, geleitet werden,
wo die ausgestreuten Samen die günstigsten Keimungsbe-
dingungen vorfinden.

Ähnlich wie das Licht wirkt auch die Schwerkraft auf
die Pflanze ein, indem sie zweckentsprechende Krümmungs-
bewegungen veranlaßt. Mag ein Same in was immer für einer
Lage dem Boden anvertraut werden, stets sprießt der Stamm
unter der richtenden Wirkung der Schwerkraft senkrecht
empor (negativ geotropisch), während die Wurzel, durch dieselbe Schwerkraft beeinflußt, in gerade entgegengesetzter
Richtung (positiv geotropisch) in den Boden eindringt. Dadurch, daß sich die Wirkung dieser Kraft auf Seitenzweige
und Seitenwurzeln nicht genau in derselben Weise geltend
macht, wird eine gegenseitige Behinderung der Organe in der
Ausnützung des Luft- und Bodenraumes vermieden und eine
zweckentsprechende Ausbreitung gewährleistet.

Beobachten wir einen durch einen Sturm zu Boden ge-
drückten oder sonstwie horizontal gebogenen Zweig, so sehen
wir ihn nach Verlauf einiger Zeit sich wieder aufrichten und
allmählich in die ursprünglich eingenommene Lage zurück-
kehren. Bei älteren Pflanzen können wir jedoch bemerken,
daß sich nur die jüngsten Spitzenteile, soweit sie noch im
Längenwachstum begriffen sind, erheben, ein klarer Beweis,
daß die geotropische Krümmung eine Wachstumsbewegung
darstellt.

Bei denjenigen Pflanzen, deren Stengelglieder durch
knotenförmige Anschwellungen ausgezeichnet sind, wie wir
es zum Beispiel bei Nelken oder Getreidehalmen schön beobachten können, erfolgt die (negative geotropische) Aufrichtung ausschließlich in diesen Organen, welche durch die
Schwerkraftwirkung zu neuem Wachstum angeregt werden,
so daß derartige Pflanzen die Fähigkeit, sich aufzurichten,

176

auch dann noch bewahren, wenn ihre Stengelglieder längst ausgewachsen sind.

Wie Licht und Schwerkraft, so können auch andere äußere Umstände eine Wachstumsbewegung veranlassen, sofern sie nur auf die gegenüberliegenden Seiten eines Organs verschieden einwirken. So reguliert der Einfluß der Bodenfeuchtigkeit, die Qualität der im Boden gelösten Stoffe, ihre Konzentration etc. die Bewegungen der Wurzel in zweckmäßigster Weise. Aber auch Temperaturunterschiede, einseitige Verwundung, bei den Ranken der Kletterpflanzen auch einseitige Berührung und Reibung können derartige Krümmungen veranlassen, deren Vorteil für die Pflanze außer jedem Zweifel steht.

Alle Organe, die allein zu Wachstumsbewegungen befähigt sind, büßen naturgemäß ihre Bewegungsfähigkeit in einem bestimmten Alter ein, was unter Umständen den Pflanzen zum Nachteile gereichen kann. Wenn wir eine im Treiben begriffene Pflanze lange Zeit hindurch unverrückt auf dem Blumentische stehen lassen, bis sich alle Blätter senkrecht auf das stärkste einfallende Licht gestellt haben, bis sie — wie wir zu sagen pflegen — ihre „fixe Lichtlage" eingenommen haben, was gleichfalls auf verschiedene Wachstumsbewegungen zurückzuführen ist. dann aber den Blumentopf um 180° wenden, so werden die bereits ausgewachsenen Blätter, welche nicht mehr imstande sind, ihre Stellung zum Lichte zu ändern, infolge der ungünstigen Beleuchtungsverhältnisse häufig vergilben und zugrunde gehen. Derselbe Vorgang spielt sich häufig genug unter natürlichen Umständen ab, wenn völlig entwickelte Blätter in den Schatten eines Zweiges gelangen.

Aus diesem Grunde und wegen ihres bedeutend schnelleren Verlaufes erscheinen uns die Turgorbewegungen, welche in voller Unabhängigkeit vom Wachstume vor sich gehen, eine vollendetere Bewegungsform darzustellen. Besonders günstige Objekte zum Studium derartiger Bewegungen liefern uns die zusammengesetzten Blätter der Schmetterlingsblütler (Papilionaceen), wie zum Beispiel Bohne, Klee, Akazie und viele andere. Den eigentlichen Bewegungsapparat stellen die Blattgelenke

(Blattpolster) dar, eigentümlich knotenförmige Anschwellungen, die an der Basis des Blattstieles oder an seinem Übergange in die Blattspreite auftreten und durch einen besonderen anatomischen Bau ausgezeichnet sind. Die Bewegung wird dadurch veranlaßt, daß in der oberen oder unteren Hälfte des Blattpolsters der Turgor sinkt, während er in der entgegengesetzten Hälfte gleichzeitig zunimmt. Wie ein durch eingepreßtes Wasser gespannter Gummiballon sofort erschlafft und einen geringeren Raum einnimmt, wenn der Druck im Innern durch Austritt von Wasser sich verringert, ebenso verkleinern sich die Zellen, sobald sich ihre Turgorspannung durch Wasserverlust verringert. Je nachdem nun die untere oder obere Gelenkshälfte erschlafft, bewegt sich das Blatt abwärts oder hebt sich empor.

Am bekanntesten unter diesen Bewegungen sind die sogenannten Schlafbewegungen, die sich häufig bei eintretender Dunkelheit einstellen. Die bei Tag flach ausgebreiteten Blätter trachten dabei eine möglichst vertikale Lage einzunehmen, indem sie sich bald aufrichten, wie die Blättchen des Klees, oder sich nach unten zusammenlegen, wie es deutlich bei dem im Schatten feuchter Wälder häufigen Sauerklee zu beobachten ist. Verminderung der nächtlichen Abkühlung und Verringerung der Taubildung auf den Blattflächen ist die zweckmäßige Folge dieser Schlafstellung der Blätter.

Manche Blätter führen im intensiven Lichte Bewegungen aus, welche in entgegengesetztem Sinne als die Schlafbewegungen vor sich gehen. Während zum Beispiel die Blättchen unserer Akazie in mäßig hellem Lichte flach ausgebreitet sind, um die unter diesen Umständen günstigste Beleuchtung zu gewinnen, sich bei eintretender Dunkelheit hingegen so weit nach unten schlagen, daß sich die Blattunterseiten berühren, erheben sie sich bei zunehmender Lichtstärke derart, daß sich ihre Oberseiten zu nähern streben, wodurch allzu kräftiges Licht, welches eine Zerstörung des Chlorophylls und eine übermäßige Transpiration zur Folge hätte, zum größten Teile abgewehrt wird.

12

178

Gleichwie das Licht, rufen oft schon geringe Temperaturschwankungen Änderungen im Turgor hervor, welche sich in Bewegungen äußern. So bewirkt eine Temperatursteigerung von nur 0·5⁰ C. unter günstigen Umständen bereits ein wahrnehmbares Auseinanderweichen der Blumenblätter (genauer

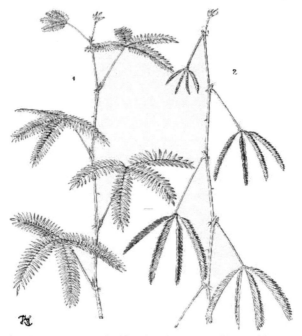

Abb. 20. Sinnpflanze, *Mimosa pudica*. Fig. 1. Zweig mit normal ausgebreiteten Blättern. Fig. 2. Derselbe Zweig nach erfolgter Berührung, Blätter in der Reizstellung. — Verkleinert. Nach Wettstein.

Perigone) von *Crocus*, während sich die Blüten der Tulpe bei einer Temperaturerhöhung von 2−3⁰ zu öffnen beginnen.

Am auffallendsten sind jedenfalls jene Turgorbewegungen, welche bei manchen Pflanzen durch Erschütterungen, durch Stoß oder andere mechanische Einflüsse veranlaßt werden. Ein geradezu klassisches Beispiel für diese Bewegungsform liefert uns die wegen ihres auffallenden Verhaltens sprichwörtlich gewordene Sinnpflanze, *Mimosa pudica* (und einige verwandte Arten), eine in den Tropen allerwärts anzutreffende Leguminose, die sich aber ohne viel Mühe auch als Zimmerpflanze ziehen läßt. Ihre zierlichen, doppelt zusammengesetzten Blättchen führen nicht allein typische Schlafbewegungen aus, sondern zeigen auch bei verhältnismäßig schwacher Berührung eine lebhafte Bewegung, indem die Blättchen nach oben hin zusammenneigen und die Blattstiele sich senken; bei etwas kräftigerer Berührung geht diese Bewegung auch auf die benachbarten Blätter über, bis schließlich das gesamte Laub anscheinend schlaff herabhängt, um nach kurzer Zeit wieder in die frühere Stellung zurückzukehren.

Im wesentlichen dieselbe Eigenschaft wie die Sinnpflanze besitzen noch eine ganze Reihe anderer Gewächse, auch unsere Akazie, obgleich hier selbst eine sehr kräftige Erschütterung eine nur geringfügige Lageänderung zur Folge hat. Auch die Bewegung des Blattes der Venusfliegenfalle beim Fange von Insekten, von der bei einem früheren Anlasse die Rede war, gehört in diese Kategorie. Hierher zählen auch die bei Berührung von Staubgefäßen (*Centaurea*) oder Narben (*Mimulus*) eintretenden Bewegungen, welche bei einer Reihe von Pflanzen im Dienste der Befruchtung stehen.

Die Bewegungen, welche bei Berührung von *Mimosa*-Blättern auftreten, erinnern uns mehr als irgend andere an tierische Bewegungen, nicht als ob sie in ähnlicher Weise zustande kämen — die Ähnlichkeit mit der Bewegung infolge von Muskelkontraktion ist ganz äußerlich — sondern vielmehr wegen der Schnelligkeit, mit welcher sie vor sich gehen, sowie wegen des Fortschreitens der Bewegung an solchen Stellen, welche nicht direkt berührt werden. In richtiger Erkenntnis dieser überraschenden Tatsache hat man von jeher diese Form der Bewegung als Reizbewegung, wie wir sie bei Tieren allgemein vorfinden, aufgefaßt. Der Reizvorgang ist als eine Kette von Erscheinungen aufzufassen, welche sich bei der Mimose augenscheinlich aus denselben Gliedern zusammensetzt wie bei den höheren Tieren. Ein äußerer Anlaß, eine Reizursache, wirkt zunächst auf die für Reize empfängliche lebende Substanz ein, welche den Reiz aufnimmt, ihn perzipiert.

12*

Wir erkennen aus dem Fortschreiten des Bewegungsvorganges, wie der Reiz weitergeleitet wird. Die Bewegung selbst ist die Antwort, die Reaktion, des Protoplasmas auf den wirksamen Reiz.

Denken wir nun zurück an die Wachstumsbewegungen, so steht nichts im Wege, auch sie als Reizvorgänge aufzufassen; durch diese Erkenntnis wird erst Klarheit in manche Erscheinungen gebracht, die sonst nur schwer verständlich wären. Wenn wir einen Stab in horizontale Lage bringen und an einem Ende belasten, so sinkt er infolge der Wirkung der Schwerkraft unter die Horizontale. Ganz anders wirkt dieselbe Schwerkraft auf einen lebenden Pflanzenteil ein. Unter ihrem Einflusse richtet sich die Wurzel nach unten, der Stamm nach oben. Die Schwerkraft wird eben vom lebenden Organismus als Reiz empfunden; jedes Organ antwortet aber auf denselben in seiner besonderen Weise, wie eine Lokomotive nach dem Belieben des Führers bald vor-, bald zurückgeht, wenngleich die bewegende Kraft stets dieselbe bleibt. Daß die Wachstumsbewegungen in die Kategorie der Reizbewegungen fallen, ist um so weniger zu bezweifeln, als auch bei ihnen in gewissen Fällen eine Reizleitung mit Sicherheit nachgewiesen werden konnte.

Eine eingehende Überlegung lehrt, daß auch die Protoplasmabewegung, welche wir eingangs kennen lernten, eine Reizbewegung darstellt. Eine Reizreaktion muß aber keineswegs immer in einer Bewegung zum Ausdrucke kommen; auch die Änderungen im Stoffwechsel, welche von äußeren Einflüssen in Abhängigkeit stehen oder durch die Lebenstätigkeit des Protoplasmas beherrscht werden, lassen sich als Reizvorgänge auffassen, was schon daraus erhellt, daß durch eine bestimmte Intensität gewisser Reizanlässe Lähmungs- und Erregungszustände wie bei Tieren hervorgerufen werden.

Die Reizbarkeit kommt demnach dem pflanzlichen Protoplasma in gleicher Weise zu wie den tierischen Organismen, sie ist demnach für das Leben überhaupt ebenso charakteristisch wie der Stoffwechsel.

Sechster Vortrag.

Nachdem bisher die wichtigsten Erscheinungen des Stoffwechsels und des Bewegungsvermögens der Pflanzen in Kürze
besprochen wurden, erübrigt es noch, die Fortpflanzung und
Vermehrung derselben in ihren wesentlichsten Zügen zu ver-
folgen, jene Lebenserscheinungen, welche wir einleitend als
generative Prozesse den vegetativen gegenüberstellten.

Die Lebensdauer der Gewächse ist wie bei allen Organismen eine beschränkte. Manche nieder organisierte, das heißt
einfach gebaute Pilze vollenden schon innerhalb weniger Tage
ihren gesamten Lebenslauf; doch finden wir auch unter den
höchst entwickelten Blütenpflanzen viele, denen nur eine Da-
seinsfrist von wenigen Wochen vergönnt ist. In dieser kurzen
Spanne Zeit entwickelt sich das Individuum aus dem Samen
bis zur Blüte und zur Fruchtbildung, der in vielen Fällen
der Tod des Individuums folgt. Die Samen solcher Pflanzen
sind entweder sofort keimfähig, so daß in einem Jahre sich
mehrere Generationsfolgen entwickeln können (zum Beispiel
Stellaria media, Veronica hederaefolia etc.), oder sie müssen
eine längere Ruheperiode durchmachen, während welcher sie
unter keinen Umständen zum Keimen zu bringen sind; die
volle Entwicklung derartiger Pflanzen erfolgt dann erst in
dem der Fruchtbildung folgenden Jahre, weshalb sie einjährige
oder annuelle Pflanzen genannt werden im Gegensatze zu den
zweijährigen Gewächsen, bei welchen bis zur Fruchtbildung
zwei Vegetationsperioden notwendig sind. Viele Pflanzen benötigen jedoch noch eine längere Zeit, bis sie zur Fort-

191

pflanzung schreiten können. Auch sie erreichen zum Teil mit der Blütenbildung den Höhepunkt ihrer Entwicklung und gehen, nachdem durch die Fruchtbildung für die Nachkommenschaft gesorgt ist, zugrunde (Agave). Der Fortpflanzungsprozeß kann in den bisher besprochenen Fällen geradezu als Todesursache des Individuums angesehen werden, was schon daraus hervorgeht, daß wir in gewissen Fällen (zum Beispiel *Reseda*) die Lebensdauer beträchtlich verlängern können, wenn wir die Blütenbildung künstlich durch Abschneiden der Knospen verhindern.

Eine große Gruppe von Gewächsen erschöpft sich jedoch keineswegs durch den einmaligen Akt der Fortpflanzung, bewahrt sich vielmehr die Fähigkeit, trotz wiederholter Fruchtbildung weiter zu vegetieren; hierher gehören unsere Bäume und Sträucher, die Zwiebelpflanzen sowie die durch unterirdische Wurzelstöcke überwinternden Stauden oder Perennen, mit einem Worte die überwiegende Mehrzahl der mehrjährigen Pflanzen. Derlei Gewächse können daher unter Umständen ein Alter von vielen hundert Jahren erreichen, wofür unsere Eiben, Linden und Eichen, der südeuropäische Ölbaum, die Drachenblutbäume und viele andere Zeugnis ablegen. Sie alle werden aber durch die kalifornischen Mammutbäume (*Sequoia*) weit übertroffen. An einem derartigen Stammquerschnitte des Berliner Museums, der im Durchmesser 4·7 *m* mißt, wurden über 1300 Jahresringe gezählt. Bedenkt man aber, daß Exemplare dieses Baumriesen bekannt geworden sind, welche bei einer Höhe von 100 *m* einen Durchmesser von 12 *m* aufweisen, so kann man sich eine annähernde Vorstellung von dem fabelhaften Alter machen, welches diese Nadelbäume erreichen.

Allerdings dürfen wir nicht vergessen, daß das Alter der einzelnen Zellelemente, welche eine Pflanze aufbauen, meist nur kurz bemessen ist. Nur die im teilungsfähigen Zustande verbleibenden Zellen, von denen das Längen- und Dickenwachstum des Stammes und der Wurzel sowie alle Neubildung von Organen ausgeht, sind so alt wie die Pflanze selbst. Der größte Teil von Holz und Rinde büßt jedoch schon frühzeitig seinen lebenden protoplasmatischen Zellinhalt ein;

auch den Blättern ist nur ein kurzes Dasein beschieden, wie nicht allein die Bäume und Sträucher unseres Klimas zeigen, welche einem alljährlich wiederkehrenden herbstlichen Laubfall unterworfen sind, sondern auch die sogenannten immergrünen Bäume, wie unsere Nadelhölzer, deren Blätter gleichfalls im Verlaufe von wenigen Jahren allmählich abgestoßen werden.

Die Entwicklung jeder Pflanze ist demnach stets mit einem teilweisen Absterben ihrer Gewebe verbunden. Oft sind wir daher kaum in der Lage, in einem bestimmten Augenblick den eingetretenen Tod einer Pflanze zu konstatieren, zumal wir einen untrüglichen Unterschied zwischen lebendem und totem Plasma nicht kennen, wenngleich wir in der Praxis natürlich zumeist ein Absterben einer Pflanze aus gewissen Anzeichen zu beurteilen vermögen. Auch in dieser Beziehung gleicht die Pflanze dem Tiere. Bei diesem betrachten wir im gewöhnlichen Leben das Versagen der Herzmuskulatur als den Augenblick des eintretenden Todes. Erwiesenermaßen leben aber dessenungeachtet gewisse Gewebe des tierischen (natürlich auch des menschlichen) Körpers noch standen- und tagelang weiter, so daß auch hier der Tod die einzelnen Gewebe nur allmählich ereilt.

Es wurde allerdings an einer früheren Stelle gesagt, daß das Leben einer Zelle durch deren Stoffwechsel gekennzeichnet ist, doch erleidet auch dieser Satz eine Ausnahme. Trockene Samen sowie andere eingetrocknete Organismen lassen nämlich auch bei Anwendung der empfindlichsten Untersuchungsmethoden keine Spur eines Stoffwechsels erkennen, erwachen aber nach Zufuhr von Wasser sofort zu neuem Leben. Ein solcher Organismus zeigt also nicht die geringsten Lebenserscheinungen, kann aber trotzdem nicht als tot bezeichnet werden: wir sagen, er führt ein latentes (das heißt ein uns verborgenes) Leben, um für diesen rätselhaften Vorgang wenigstens ein bezeichnendes Wort zu haben. Man hat diesen Zustand des Scheintodes durch den Vergleich mit einer Uhr anschaulich gemacht, die zwar aufgezogen, aber in ihrem Gange aufgehalten ist, im Gegensatze zu einer gebrochenen Uhr, welcher ein toter Organismus gleicht.

Da nun jedem Organismus eine Daseinsgrenze gezogen ist, muß ihm die Tätigkeit innewohnen, Nachkommen zu erzeugen. Die Art und Weise, wie in der Natur für diesen Prozeß, auf dem der Bestand der Lebewesen beruht, gesorgt ist, zeichnet sich durch eine unerschöpfliche Mannigfaltigkeit aus.

Im einfachsten Falle, wie bei den Bakterien, teilt sich das ganze einzellige Individuum in zwei genau gleiche Hälften, welche ihrerseits wieder — zu normaler Größe herangewachsen — sich in derselben Weise verdoppeln. Dieser Vorgang der Fortpflanzung ist demnach in diesem Falle mit einer lebhaften Vermehrung verbunden. Um eine anschauliche Vorstellung davon zu gewinnen, wollen wir annehmen, daß ein stäbchenförmiges Bakterium mittlerer Größe sich unter günstigen Lebensbedingungen befindet, so daß es eine Teilung pro Stunde vollendet. Wie eine einfache Rechnung ergibt, sind demnach nach zwei Stunden vier, nach drei Stunden acht Nachkommen gebildet. Würde die Vermehrung in gleichem Maße fortschreiten, so müßten nach 24 Stunden bereits 17 Millionen, nach 3 Tagen 4372 Trillionen Individuen, nach $4\frac{1}{2}$ Tagen 3 Millionen Kubikmeilen Bakterien entstanden sein, eine Masse, welche dem Weltmeere an Größe gleichkommt. In Wirklichkeit wird natürlich auch nicht annähernd eine so enorme Vermehrung erzielt, da derselben eine Reihe von Faktoren entgegenarbeiten, auf welche hier nicht näher eingegangen werden kann.

Andere einzellige Organismen, wie die Hefe, ein Pilz, der aus elliptischen Zellen von etwa 0·008 mm Durchmesser besteht, vermehren sich in der Weise, daß die einzelnen, von einer Membran eingeschlossenen Zellen seitliche Aussackungen treiben, welche heranwachsen und sich allmählich abschnüren, ein Vermehrungsvorgang, den wir als Sprossung bezeichnen. Kommt eine Hefezelle unter gewisse ungünstigere Vegetationsverhältnisse, dann ändert sich die Art und Weise der Fortpflanzung; das Protoplasma zerfällt ohne Rest in vier kugelige Zellen, Sporen, welche sich je mit einer neuen Membran umkleiden und nachdem die Zellhaut der ursprünglichen Zelle zugrunde gegangen ist, frei werden. Die auf solche Weise

entstandenen Nachkommen zeichnen sich durch große Wider-
standsfähigkeit gegen Austrocknung und andere ungünstige
Einflüsse aus. Die bisher geschilderten Fälle der Fortpflanzung
bezeichnen wir als u n g e s c h l e c h t l i c h e oder v e g e t a t i v e
F o r t p f l a n z u n g: m i t i h r H a n d i n H a n d g e h t z u-
m e i s t e i n e l e b h a f t e V e r m e h r u n g. Die Fähigkeit, die
Nachkommen auf ungeschlechtlichem Wege zu erzeugen, ist
in der Pflanzenwelt ungemein verbreitet. In der Gruppe der
Algen und Pilze finden wir ganz allgemein, daß sich auf die
verschiedenste, aber für jede Art charakteristische Weise
einzelne teils unbewegliche, teils durch Geißeln bewegliche
Zellen (Schwärmer) abspalten und zum Ausgangspunkte neuer
Individuen werden. Die staubige Substanz, welche sich in den

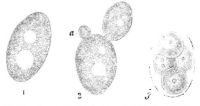

bekannten Mooskapseln vorfindet oder bei Farnen auf der
Blattunterseite in mikroskopisch kleine Behälter (Sporangien)
eingeschlossen ist, die, in größerer Zahl gehäuft, den Eindruck von braunen Punkten oder Strichen machen, besteht
durchwegs aus ungeschlechtlichen Fortpflanzungszellen oder
Sporen.

Bei höheren Gewächsen werden besondere Organe, also
Zellkomplexe, ausgebildet, welche, reich mit Reservestoffen
erfüllt, sich gelegentlich von der Mutterpflanze ablösen und
den Ausgangspunkt zu einer neuen Generation bilden. Derartige Organe stellen zum Beispiel die Brutzwiebeln dar,
welche bei den meisten Zwiebelgewächsen, besonders reichlich beim Knoblauch auftreten. Auch in den Blattachseln
mancher Pflanzen (*Lilium bulbiferum*, *Dentaria bulbifera*,

Saxifraga bulbifera) [1], selbst in der Blütenregion (gewisser *Allium*-Arten) können kleine grüne Zwiebelchen (Bulbillen) gebildet werden, die demselben Zwecke dienen. Hierher ist auch die ungemein häufige Fortpflanzung durch Ausläufer, Knollen und Wurzelstöcke zu rechnen.

Die Fähigkeit der vegetativen Fortpflanzung macht sich oft der Gärtner zur bequemen und schnellen Vermehrung der Pflanzen zunutze, indem er die „Zwiebelbrut" oder die Wurzelstöcke teilt oder Sproßteile zu Senkern oder Stecklingen verwendet. Selbst Blätter oder Blatteile können normal oder künstlich zur Vermehrung dienen. So vermehrt man zum Beispiel die bekannten Blattbegonien in einfachster Weise derart, daß man abgeschnittene Blätter auf ständig feucht gehaltenen Sand auflegt und die starken Blattnerven durchschneidet, worauf sich in kurzer Zeit an diesen Stellen junge Pflänzchen entwickeln.

Während diese ungeschlechtliche Fortpflanzung nur bei den niederen Pflanzengruppen, zum Beispiel Bakterien, die einzige Form der Neubildung von Individuen darstellt, treffen wir bei der überwiegenden Mehrheit der Pflanzen noch eine zweite wesentlich verschiedene, die g e s c h l e c h t l i c h e oder s e x u e l l e F o r t p f l a n z u n g an, welche dadurch charakterisiert ist, daß zwei verschiedene Fortpflanzungszellen daran beteiligt sind: jede derselben ist für sich nicht weiter entwicklungsfähig und geht, sich selbst überlassen, meist schon in kurzer Zeit zugrunde. Ist jedoch beiden die Möglichkeit geboten, sich zu vereinigen, so verschmelzen sie miteinander zu einer neuen Zelle, welche zum Ausgangspunkt eines neuen Individuums wird. Diesen Akt der Verschmelzung zweier Fortpflanzungszellen bezeichnen wir als Befruchtung oder Kopulation.

Eines der klarsten Beispiele hierfür liefert uns die in unseren stehenden Gewässern sehr häufige Schraubenbandalge (*Spirogyra*), deren zylindrische Zellen zu langen Fäden aneinander gereiht sind. Jede dieser Zellen ist durch ein in das Protoplasma eingebettetes schraubenförmiges smaragdgrünes Chloro-

---

[1] *bulbiferus* knollentragend.

phyllband ausgezeichnet, welches die Stelle der Chlorophyllkörner, wie wir sie im Blatte der höheren Pflanzen antrafen,
ersetzt. Der Befruchtungsvorgang wird dadurch eingeleitet, daß
sich je zwei einander gegenüberliegende Zellen benachbarter
Fäden vorstülpen: diese Aussackungen wachsen immer mehr
gegeneinander, bis sie endlich aufeinander stoßen, worauf die
trennende Scheidewand aufgelöst wird, so daß nun beide Zellen

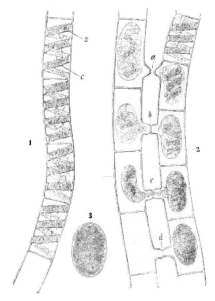

Abb. 22. *Spirogyra.* Fig. 1. Faden mit vier Zellen. *c* Chlorophyllband. Fig. 2. Zwei
Fäden derselben Alge zur Zeit der Kopulation. *a, b, c, d* fortschreitende Stadien des
Befruchtungsvorganges. Fig. 3. Reife Spore. — Vergrößerung 350. — Nach Wettstein.

wie durch ein Rohr miteinander in Verbindung stehen. Der
lebende Zellinhalt, welcher sich indessen samt dem Chlorophyll-
bande zu einem kugeligen Gebilde zusammengeballt hat,
wandert nun aus den Zellen des einen Fadens durch die offene
Kommunikation in die gegenüberliegende Zelle, mit deren
Zelleib er innig verschmilzt. Ist dieser Prozeß vollzogen, so
umgibt sich die Zelle mit einer derben, sehr widerstandsfähigen
Membran. Indem die alte Zellhülle zugrunde geht, wird

diese Zelle frei und bildet wieder den Ausgangspunkt eines neuen Spirogyrafadens. Dieser Fall der sexuellen Fortpflanzung lehrt uns gleichzeitig, daß diese nicht immer mit einer Vermehrung verbunden ist: in dem besprochenen Falle verschmelzen je zwei Zellen zu einem Individuum, während bei vegetativer Fortpflanzung derselben Alge jede einzelne Zelle zu einem neuen Faden werden kann.

Bei den höher organisierten, vielzelligen Gewächsen macht sich insofern noch eine weitere Arbeitsteilung geltend, als nicht alle Zellen des Pflanzenkörpers befähigt sind, Fortpflanzungszellen zu bilden. Die überwiegende Mehrzahl dient vielmehr der Ernährung und Erhaltung des Individuums und ermöglicht höchstens eine vegetative Fortpflanzung; diese Zellen führen demnach ein rein vegetatives Leben. Gewisse Zellgruppen, bestimmte Organe, welche sich gewöhnlich schon äußerlich von den übrigen unterscheiden, übernehmen hingegen ausschließlich die Aufgabe, für die sexuelle Fortpflanzung durch Bildung der Geschlechtszellen zu sorgen. Während diese aber in dem oben beschriebenen Falle von *Spirogyra* keinen oder nur einen unbedeutenden Unterschied erkennen lassen, erweisen sie sich auf höherer Stufe der Organisation untereinander wesentlich verschieden.

Die eine der beiden kopulierenden Zellen, die männliche oder Samenzelle (Spermatozoid), ist zumeist auffallend klein und beweglich. Sie besteht gewöhnlich aus einem verdickten, bei der Bewegung nach vorn gerichteten Teil (Kopf des Spermatozoids), welcher den Zellkern birgt, und den protoplasmatischen Bewegungsorganen, nämlich verschieden angeordneten Geißeln oder Cilien, welche in wechselnder Zahl ausgebildet sind und durch lebhafte, in gewissem Takt erfolgende Schwingungen ein Schwimmen in bestimmter Richtung ermöglichen. Die andere Fortpflanzungszelle, weibliche oder Eizelle (Oosphaere) genannt, übertrifft jene zumeist bedeutend an Größe und Plasmareichtum, besitzt jedoch kein Bewegungsvermögen. Beide Zellen entbehren meist der Zellulosemembran, weshalb man sie als nackte Zellen bezeichnet.

Bei den im Wasser lebenden Algen und Pilzen erfolgt

die Befruchtung in der Weise, daß die männlichen Zellen, sobald sie ihre volle Entwicklung erreicht haben, die Mutterzelle, in der sie gebildet wurden, verlassen und sich schwimmend der Eizelle nähern. Trifft ein Spermatozoid ein empfängnisreifes Ei, so legen sich die beiden Zellen innig aneinander und verschmelzen in kurzer Zeit vollständig, wobei sich Zellkern mit Zellkern, Protoplasma mit Protoplasma vereinigt, worauf sich die neue Zelle mit einer derben Zellulosemembran umkleidet. Den Schwärmern, welche auf eine bereits befruchtete Eizelle stoßen, ist das Eindringen verwehrt: sie gehen in kurzer Zeit zugrunde.

Um die Wahrscheinlichkeit einer Befruchtung zu erhöhen, wird immer ein bedeutender Überschuß an männlichen Zellen gebildet. Die Bewegung der letzteren wird überdies von der Eizelle dadurch beeinflußt, daß der weibliche Apparat gewisse Stoffe ausscheidet, welche auf die männlichen Zellen anziehend wirken. So konnte man nachweisen, daß bei Laubmoosen Rohrzucker, bei Farnen Apfelsäure zur Anlockung der Schwärmer ausgeschieden wird.

Auch bei den letztgenannten Pflanzen, welche zumeist den Landpflanzen zuzuzählen sind, erfolgt die Befruchtung „unter Wasser", nämlich im feuchten Boden oder in einem Tröpfchen Tau, welcher die mikroskopisch kleinen Sexualorgane benetzt und nicht allein das Austreten der Spermatozoiden bewirkt, sondern auch die Bewegung derselben ermöglicht. Moose und Farne, allgemeiner gesagt Bryophyten und Pteridophyten, benötigen also wenigstens zeitweise eine direkte Benetzung mit Wasser. Mit fortschreitender Ausbildung der Landpflanzen trat begreiflicherweise auch insofern eine Änderung im Befruchtungsvorgange ein, als derselbe von der Anwesenheit von Wasser völlig unabhängig wurde, was eine weitgehende Umgestaltung des ganzen Fortpflanzungsapparates zur Folge hatte: es kam zur Entwicklung einer „Blüte".

Auch in der Blüte treffen wir eine Differenzierung in männliche und weibliche Organe: einerseits Staubgefäße, anderseits Fruchtknoten mit ihren Griffeln und Narben. (Vergl. S. 100.)

Die Fortpflanzungszellen selbst bedürfen hier begreiflicherweise eines erhöhten Schutzes gegen die verschiedenartigsten schädlichen Einflüsse. Durchschneiden wir den Fruchtknoten irgendeiner Blüte, so finden wir darin ein oder zahlreiche weißliche Körnchen, die „Samenknospen" oder „Samenanlagen". In jeder derselben liegt abermals sorgfältig umhüllt, eine einzige nackte Eizelle, zu der nur ein äußerst schmaler Eingang offen steht.

Entnehmen wir einer Blütenknospe, etwa einer Lilie, ein Staubgefäß, so erkennen wir unter der Lupe, daß an dem Staubfaden vier zarte gelbliche Säckchen, die „Pollensäcke", befestigt sind, in welchen der derbwandige Blütenstaub oder Pollen entsteht, welcher die männliche Zelle umschließt. In der sich entfaltenden Blüte wird der Pollen durch Öffnung der schützenden Pollensäckchen entleert, „die Blüte stäubt".

Gelangt nun ein Pollenkorn auf die Narbe einer Blüte der zugehörigen Pflanzenart, so beginnt er unter dem Einflusse der von dem weiblichen Organe ausgeschiedenen zuckerhältigen Flüssigkeit zu keimen. Seine Membran reißt auf und nun beginnt das Pollenkorn auf Kosten der in demselben angehäuften Reservestoffe zu einem schlauchförmigen, mehrkernigen Faden, dem „Pollenschlauch", auszuwachsen, welcher allmählich, einem Pilzfaden vergleichbar, im Gewebe des Griffels nach abwärts wächst, bis er in der Höhlung des Fruchtknotens auf eine Samenanlage trifft, in welcher er bis zur Eizelle vordringt. Nun entsteht am Ende des Pollenschlauches eine Öffnung, durch welche der Zellkern der männlichen Zelle zur Eizelle gelangt, mit welcher er innig verschmilzt.

Die Befruchtung wird also dadurch eingeleitet, daß der Blütenstaub in irgendeiner Weise auf die Narbe gelangt. Da er keiner selbständigen Bewegung fähig ist und die Fortpflanzungsorgane oft sogar in beträchtlichem Maße räumlich getrennt sind, muß die Übertragung durch fremde Hilfe erfolgen. Die Mehrzahl der Pflanzen benötigt hierzu als Transportmittel des Windes (windblütige Pflanzen) oder bestimmter Insekten (insektenblütige Pflanzen); bei gewissen Gewächsen stehen aber auch Schnecken, kleine honignaschende Vögel, selbst Fledermäuse im Dienste der Befruchtung. Da die Fortpflanzungsorgane dementsprechende, oft überraschend zweckmäßige Anpassungen aufweisen, erklärt sich zum Teil schon daraus die fast unübersehbare Mannigfaltigkeit von Blütenformen.

Zumeist kann man schon aus dem charakteristischen Bau einer Blüte auf die Art der Pollenübertragung, auf welche sie eingerichtet ist, schließen.

Bei den windblütigen (anemophilen) Pflanzen, bei welchen häufig eine Trennung der Geschlechter zu beobachten ist, insofern als männliche und weibliche Organe in verschiedenen Blüten auftreten, wird die Möglichkeit einer Bestäubung dadurch gesichert, daß die staubförmigen Pollenkörner in enormer Masse ausgebildet werden. Da noch dazu die männlichen Blüten zu schwankenden Kätzchen vereinigt sind (Erle, Hasel) oder die Staubbeutel an zarten Fäden pendeln (Gräser), wirbelt der schwächste Lufthauch ganze Wölkchen von Blütenstaub empor. Die weiblichen Blüten, welche zumeist höher als die männlichen entspringen, lassen eine Reihe von Einrichtungen zum Auffangen des Pollens erkennen, indem die Narben bald pinselförmig gespalten sind (Haselnuß) oder als langes Büschel zahlreicher Fäden herabhängen (Mais), bald wieder die Gestalt zierlicher Federchen annehmen (Gräser). Mit der Windbestäubung hängt es offenbar auch zusammen, daß die hierhergehörigen Laubhölzer ihre Blüten öffnen, ehe die Blattknospen sich entfalten, da sonst das Laub den größten Teil des Blütenstaubes auffangen würde. Aus demselben Grunde fehlen auch größere Kelch- und Blumenblätter, so daß anemophile Pflanzen stets durch unscheinbare Blüten ausgezeichnet sind.

Der Pollen der insektenblütigen (entomophilen) Gewächse hingegen ist zumeist klebrig, so daß er leicht am Körper der die Blüten besuchenden Insekten haften bleibt. Die verschieden gestaltete Narbe trägt an ihrem Scheitel kleine, kurzen Härchen vergleichbare Papillen, zwischen denen der von den Insekten abgestreifte Pollen festgehalten wird. Die Insekten, welche zu dessen Übertragung nötig sind, werden durch den Duft und wahrscheinlich auch durch die Farbe der Blüten angelockt und finden in derselben Nahrung in Form von ausgeschiedenem Honig (Nektar) und Blütenstaub. Teils um die „Schaubarkeit" der Blüten zu erhöhen, teils um die Fortpflanzungsorgane zu schützen oder den Nektar vor unerwünschten Insekten zu bergen, treten auch die Blumenblätter und andere Blütenteile indirekt in den Dienst der Fortpflanzung. Im Gegensatze zu den unscheinbaren, duftlosen Blüten der windblütigen Pflanzen treffen wir daher hier zumeist durch Farbe oder Duft ausgezeichnete Blumen an. Alle die mannigfaltigen und sinnreichen Einrichtungen, welche im Bauplan der Blüte zum Ausdrucke kommen, umfassen eine solche Fülle von interessanten Tatsachen, daß deren Kenntnis ein eigenes Studium erfordert (Blütenbiologie), weshalb hier nur darauf hingewiesen werden kann.

Wozu dient nun — müssen wir uns fragen — dieser enorme Aufwand von Stoff und Energie, welchen die Organismen, deren Bau und Leben sonst ein Muster von Stoff- und Kraftersparnis darstellt, zum Zwecke der Befruchtung machen, zumal nebenher eine mit lebhafter Vermehrung gepaarte vegetative Fortpflanzung auf viel einfacherem Wege erzielt wird? Oft tritt sogar ein ganz gesetzmäßiger Wechsel zwischen ungeschlechtlicher und geschlechtlicher Fortpflanzung ein, was wir als Generationswechsel bezeichnen. Daraus folgt aber offenbar, daß der sexuellen Fortpflanzung eine überaus wichtige Rolle zufallen muß, welche von der vegetativen nicht übernommen werden kann.

Daß das Wesen der Befruchtung zunächst nicht in einer Vermehrung besteht, zeigen schon gewisse einzellige Algen, wie Diatomeen und Desmidiaceen, wo aus der Verschmelzung zweier geschlechtlich verschiedenartiger Individuen nur ein neues Individuum hervorgeht. Die höher organisierten vielzelligen Pflanzen entwickeln allerdings zumeist zahlreiche Fortpflanzungszellen, so daß ein Individuum eine große Anzahl von Nachkommen zeugt, doch kann dieser Umstand allein die Notwendigkeit der sexuellen Fortpflanzung nicht erklären.

Man hat mit Rücksicht darauf, daß sich die Fortpflanzungszellen nicht weiter zu entwickeln vermögen, vielmehr einem baldigen Tode verfallen, die Bedeutung der Befruchtung lange Zeit allein darin gesucht, daß eine für sich nicht teilungsfähige Zelle durch Verschmelzung mit einer zweiten zu neuen Teilungen angeregt wird. Dieser Anstoß zur Entwicklung kann jedoch nicht die einzige Aufgabe des Befruchtungsvorganges sein, da in gewissen Fällen einzelne weibliche Zellen ohne Befruchtung entwicklungsfähig werden können. So ist zum Beispiel eine Alge namens *Chara crinita* in Nordeuropa nur in weiblichen Exemplaren vertreten und doch reifen deren Eizellen heran, als ob sie befruchtet worden wären. Solche Fälle, bei welchen eine Fortpflanzungszelle ohne Kopulation entwicklungsfähig ist — ein Vorgang, der unter dem Namen Parthenogenese bekannt ist — konnten bereits für eine Reihe von Pflanzen [1]) mit Bestimmtheit nachgewiesen werden. Es muß also die Anregung zur Entwicklung auch auf andere Weise als durch Befruchtung hervorgerufen werden können. Tatsächlich wurde konstatiert, daß eine parthenogenetische Entwicklung durch Wärme oder durch Zusatz gewisser Salze zu den Eizellen ermöglicht oder gefördert wird. Wir schließen daraus, daß auch durch den Befruchtungsvorgang ein ähnlicher Reiz auf die weibliche Zelle ausgeübt wird.

Wenngleich die Existenz einer derartigen Reizwirkung kaum zu bezweifeln ist, so dürfte doch die wesentlichste Bedeutung des Befruchtungsvorganges in der V e r s c h m e l z u n g zweier Zellen selbst gelegen sein.

Wir wissen, daß es ebensowenig zwei genau gleiche Pflanzen gibt, wie nicht zwei in jeder Beziehung völlig gleiche Menschen zu finden sind. Die einzelnen Individuen weichen, wenngleich derselben Art angehörend, doch in manchen Punkten voneinander ab, sie „variieren". Daß derlei Abweichungen zustande kommen, läßt schließen, daß jedes einzelne Individuum ganz bestimmte Eigenschaften oder Qualitäten besitzt. Wird nun eine Pflanze ausschließlich vegetativ vermehrt, so werden

---

[1]) Parthenogenese ist auch bei gewissen niedrig stehenden Tieren nachgewiesen worden, fehlt hingegen allen höheren Tierklassen.

13

die Eigenschaften des Stammindividuums auf alle Nachkommen vererbt werden; wird jedoch der Blütenstaub einer Pflanze auf die Narbe einer anderen gebracht, die zwar derselben Art angehört, aber doch verschiedene individuelle Abweichungen aufweist, so wird die Befruchtung eine Kombination väterlicher und mütterlicher Eigenschaften bewirken; mit anderen Worten: bei der vegetativen Fortpflanzung erbt der Sprößling die spezifischen Eigenschaften (Qualitäten) e i n e s Individuums, bei der sexuellen hingegen diejenigen eines Individuumpaares, nämlich beider Eltern. Gerade in dieser Ergänzung elterlicher Eigenschaften, wodurch gleichsinnige Anlagen verstärkt, einander entgegengesetzte hingegen abgeschwächt werden, dürfte das Ziel des Befruchtungsakts gelegen sein.

Von diesem Gesichtspunkte aus ist es sehr verständlich, daß wir bei zahlreichen Gewächsen eine Trennung der Geschlechter in der Weise durchgeführt finden, daß ein Individuum nur weibliche, ein anderes nur männliche Blüten trägt (zweihäusige Pflanzen, zum Beispiel Eibe, Hanf, Weiden). Hingegen müssen wir wohl annehmen, daß in den Fällen, wo weibliche und männliche Organe zwar auch auf verschiedene Blüten verteilt, jedoch an ein und demselben Pflanzenindividuum anzutreffen sind, die individuellen Schwankungen zwischen den beiden Geschlechtszellen zu unbedeutend sind, als daß bei einer gegenseitigen Befruchtung eine Mischung v e r s c h i e d e n e r Eigenschaften erreicht werden könnte. Dasselbe gilt natürlich in noch erhöhterem Maße für die überwiegende Mehrzahl der Pflanzen, welche Staubgefäße und Fruchtknoten in derselben Blüte beherbergen, also durch Zwitterblüten ausgezeichnet sind, bei welchen man eine Selbstbestäubung erwarten sollte. Diese scheinbaren Ausnahmen bestätigen aber unsere Anschauung über die Bedeutung der Befruchtung. Denn bei den meisten dieser Pflanzen ist eine „Selbstbestäubung" ausgeschlossen, das heißt es sind Vorkehrungen getroffen, welche es verhindern, daß der Blütenstaub einer Blüte auf die Narbe derselben Blüte gelangen kann. Bald wird der Pollen früher entleert als die Narbe empfängnisreif geworden ist oder umgekehrt, bald wieder ist die Stellung der Fortpflanzungsorgane eine solche, daß eine Selbstbestäubung erschwert oder gehindert ist: es sind selbst Pflanzen bekannt, bei welchen der Blütenstaub auf den Narben der Blüten desselben Stockes nicht zu keimen vermag. Bei gewissen Orchideen soll das Bestäuben mit eigenem Pollen sogar ein Absterben der Blüte zur Folge haben.

Allerdings gibt es eine Reihe von Pflanzen, welche bei ausbleibender Insektenbestäubung oder sogar regelmäßig der Selbstbefruchtung unterworfen sind, so daß durch die Befruchtung eine Mischung verschiedener Eigenschaften ebensowenig wie bei der vegetativen Fortpflanzung erreicht wird. Ob diesen Pflanzen trotzdem aus der sexuellen Fortpflanzung ein Vorteil entspringt, welcher auf vegetativem Wege nicht erreicht werden kann, wissen wir nicht mit Bestimmtheit zu sagen, wie sich denn überhaupt dem tieferen Eindringen in das Problem der Befruchtung mannigfaltige Schwierigkeiten entgegenstellen. Gerade in neuester Zeit wurden allerdings die Bemühungen, durch das Studium der Bastardbildungen und durch sorgfältigste mikroskopische Untersuchungen einiges Licht in das Dunkel des Befruchtungsvorganges zu bringen, von manchen Erfolgen gekrönt, doch sind die bisherigen Resultate zu lückenhaft und zum Teil widersprechend, als daß wir hier näher darauf eingehen könnten. Wir wollen uns mit der Erkenntnis der verschiedenen Formen der Fortpflanzung bescheiden und nur hinzufügen, daß wir sie in gleicher Weise im Tierreiche ausgeprägt finden. Auch hier treffen wir bei niederen Formen ausschließlich vegetative Fortpflanzung. Bei allen höheren Tieren tritt sie jedoch immer mehr in den Hintergrund, während die sexuelle Fortpflanzung an Bedeutung gewinnt.

Erinnern wir uns, daß auch die übrigen Grunderscheinungen des Lebens, welche wir an den Pflanzen beobachten konnten, Stoffwechsel, Wachstum, Bewegungsvermögen und Reizbarkeit, einerseits im ganzen Reiche der Pflanzen in gleicher Weise zu beobachten sind, anderseits auch das Leben der Tiere charakterisieren, so erkennen wir, daß nicht allein der Bau aller Organismen ein einheitlicher ist, in-

13*

196

dem die lebende. Protoplasma führende Zelle den Baustein des Pflanzen- und Tierkörpers darstellt, sondern daß sich auch das Leben der gesamten organischen Welt, vom Bakterium bis zum Menschen, in denselben Bahnen abspielt.

Sachregister.

Gesellschafts-Buchdruckerei Brüder Hollinek, Wien, III., Erdbergstraße 3.

Verlag von Carl Konegen, Wien.

Die vornehmste Wochenschrift ist die

Österreichische Rundschau

herausgegeben von

Dr. Alfred Freiherr v. Berger und Dr. Karl Glossy.

Ihr Zweck ist: Erweiterung des Wissens durch Darstellungen in allgemein verständlicher Form, Erörterung aller das staatliche, wirtschaftliche und soziale Leben berührenden Angelegenheiten, Pflege der Heimatkunde und der Geschichte Österreichs sowie objektive Würdigung aller aktuellen Fragen der Gegenwart. Ohne ein eigentlich politisches Organ sein zu wollen, bietet die „Österreichische Rundschau" auch Staatsmännern und Politikern Gelegenheit, ihre Ansichten frei von jeder Leidenschaft und streng sachlich darzulegen; außerdem verzeichnet sie die politischen Ereignisse in übersichtlicher Weise

Allgemeines Interesse erregen die in dieser Zeitschrift zur Veröffentlichung gelangenden Memoiren hervorragender Österreicher. Bisher ist dieser Zweig geschichtlicher Darstellung in Österreich nur in bescheidenem Maße gepflegt worden und ist es gelungen, auf diesem Gebiete neue Quellen zu erschließen.

Von besonderer Wichtigkeit ist die Chronik der „Österreichischen Rundschau". In diesem Abschnitte wird jeder Zweig der geistigen und materiellen Kultur und die einschlägige Literatur in periodisch erscheinenden Artikeln von hervorragenden Fachmännern besprochen und ein getreues Bild des geistigen und wirtschaftlichen Fortschrittes geboten.

Die „Österreichische Rundschau" erscheint jeden Donnerstag und kostet vierteljährlich in Österreich = Ungarn Kronen 6.—, in Deutschland Mark 6.—, in allen übrigen Ländern Mark 7.50. Einzelne Hefte 70 Heller oder 60 Pfennige.

Zu beziehen durch alle Buchhandlungen oder direkt vom
Verlag Carl Konegen, Wien, I, Opernring 3.